KB080304

삼한지 2

삼한지 2

초판 1쇄 발행 | 2009년 12월 25일
초판 2쇄 발행 | 2010년 5월 25일

지은이 | 김정산
펴낸이 | 공혜진
펴낸곳 | 도서출판 서돌
편집 | 조일동 김진희
마케팅 | 임채일
경영지원 | 김복희
디자인 | 남미현

출판등록 | 2004년 2월 19일 제22-2496호
주소 | 서울시 마포구 합정동 412-28
전화 | 02-3142-3066
팩스 | 02-3142-0583
메일 | editor@seodole.co.kr
홈페이지 | www.seodole.co.kr

ISBN 978-89-91819-41-2 04810
     978-89-91819-39-9 (전10권)

* 책값은 뒤표지에 있습니다.
* 잘못 만들어진 책은 구입하신 서점에서 교환해드립니다.
* 이 도서의 국립중앙도서관 출판시도서목록(CIP)은 e-CIP 홈페이지(http://www.nl.go.kr/ecip)
  에서 이용하실 수 있습니다. (CIP제어번호 : CIP2009003752)

김정산 역사소설

삼한지

2

마동왕자 서동대왕

서돌 문학

차례

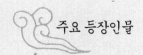 주요 등장인물

부여장(무왕) 扶餘璋

부여선(법왕)의 서자. 어린 시절 마를 캐어 팔며 마동왕자란 별명을 얻는다. 신라 공주 선화를 아내로 맞이한 뒤 법왕의 뒤를 이어 왕위에 오른다. 왕권을 강화하고 군사를 길러 신라를 공격하며 영토를 확장한다.

부여헌 扶餘軒

부여장의 이복 아우. 영특하고 특히 언변이 뛰어나며, 무왕의 왕업을 성심으로 돕는다.

개보 愷普

무왕이 즉위 초기에 발탁한 평민 출신의 책사. 키가 작고 몸집이 뚱뚱하여 외양은 볼 품이 없었으나 혜안이 밝고, 진언을 간하여 무왕의 왕업을 돕는다.

선화공주

신라 진평왕의 셋째 공주이며 백제 무왕의 비. 백제와 고구려는 물론 중국에까지 소문이 날 만큼 미색이 뛰어나다. 천성이 활달하고 자유분방하다. 숙부인 백반의 흉계로 대궐에서 쫓겨난 뒤 마동을 만나 함께 백제로 건너간다.

해수 解讐

백제 장수. 젊은 나이에 병관좌평에 올라 모산성을 침공하지만 참패하고 돌아온다. 그후 가잠성 전투에서 크게 공을 세워 명예를 회복한다.

흑치사차 黑齒沙次

담로국에 살던 백제 왕족. 부여헌과 함께 백제로 돌아와 사군부 장수로 임명된다.

연문진 燕文進

의기가 있고 무예가 뛰어난 백제 장수. 무왕 때 중용되어 가잠성 전투에서 공을 세운다.

백기 苩奇

무왕이 발탁한 장수. 모산성과 가잠성 전투에서 큰 공을 세운다.

원광 圓光

세속오계를 만든 신라 고승이자 화랑들의 스승. 진평왕의 부탁으로 수나라 황제 양광에게 걸사표를 지어 바친다.

양광 (수양제) 楊廣

중국을 통일한 수나라 두 번째 황제. 아버지와 형을 죽이고 황제 자리에 오른 뒤 국내외의 여론을 무마하기 위해 고구려 정벌을 강행한다.

대원 (영양왕) 大元

고구려 26번째 왕. 인내심이 많고 학문을 좋아하지만 지나치게 마음이 여리다. 즉위 초에 서진 정책을 추진하다가 수나라와 마찰을 일으킨다.

연태조 淵太祚

고구려 상신이자 연개소문의 아버지. 서진파의 중심 인물로 남진파 건무의 득세와 함께 실권에서 밀려난다.

건무 (영류왕) 建武

영양왕의 이복 아우. 남진파의 중심 인물이며, 서진파 연태조와 대립한다. 훗날 여수대전에서 공을 세우고 영양왕이 죽은 뒤 보위에 오른다.

단귀유 段貴留

태학에서 공부한 기재(奇才)로 제세지재(濟世之才), 웅재대략(雄才大略)으로 불렸다. 영양왕에게 발탁되어 중외대부에 오른다. 을지문덕을 천거하면서부터 두 사람은 아주 가까이 지냈으며, 특히 살수대첩에서 뛰어난 지략을 발휘한다. 많은 계책을 내어 왕업을 보필하지만 그의 존재를 시기하는 중신들의 모략에 휘말린다.

을지문덕 乙支文德

고구려 영양왕 때의 장수. 단귀유의 천거로 요동 천리장성 공역의 책임자로 발탁된다. 문장과 지략이 뛰어나고, 세상을 읽는 눈과 지혜가 밝다. 수나라 양광이 2백만 군사를 이끌고 요동 정벌에 나섰을 때 탁월한 용병술을 발휘하여 살수에서의 대승을 이끈다.

마동부여장

혼자 사는 과부가 잘난 아들을

보았으니 남의 말 하기 좋아하는 사람들이

모다 그 아들을 가리켜 마동왕자니

못에 사는 용의 자식이니 종작없이들

빈정거렸지만 모자가 그런 소리엘랑

내내 안색 한번 변치 안 하고 살았소.

아들이야 사람마다 낳아도 그만한 아들

보기가 쉽잖애. 나는 용의 자식은

보지 못해 모르겠지만 왕자 구경은

더러 하였는데, 70 평생에 그처럼

우뚝하고 헌칠한 왕자는 본 일이 없소.

법왕 뒤를 이어 즉위한 이가 부여장(扶餘璋), 곧 장왕이다.

그런데 장왕은 법왕(法王)인 부여선(扶餘宣)이 그 아버지 부여계(扶餘季)를 따라 서역으로 가기 전, 경사의 남지(南池)에 살던 한 여인과 몰래 잠통하여 낳은 아들이다. 당시 약관의 청년 부여선이 마음을 빼앗긴 여자는 이름이 안향(眼香)으로, 녹사(錄事) 벼슬을 지내던 진각수(眞角首)의 딸이었다. 안향이 그 이름처럼 눈이 맑고 아름다워서 시선을 대하고 있으면 마치 향기가 이는 듯할 정도였는데, 나이 스물셋에 매작이 들어온 도성의 한 부잣집 아들과 혼례를 올렸다. 그러나 시집을 가서 꼭 석 달 만에 남편을 까닭 모를 급살로 잃고 혼잣몸이 되니 본래 안향의 출중한 미색을 탐내어 며느리로 삼았던 시집에서 이번에는 그 미색을 탓하며 구박이 심하였다. 진각수가 이 소식을 듣고 딸을 찾아와서 말하기를,

"아무래도 네가 인물값을 하는 모양이다."

푹 한숨을 쉬고서,

"서방도 없이 남의 며느리가 되어 고약한 험담이나 듣고 사느니 차라리 인적이 드문 조용한 못가에 따로 거처를 마련해줄 터이니 혼자 지내는 것이 어떠냐?"

하고 물었다. 안향이 잠자코 고개를 끄덕이자 진각수가,

"너는 인물도 인물이지만 특히 눈빛이 묘한 데가 있으니 앞으로는 사람을 똑바로 쳐다보지 말아라. 혼자 사는 처지로 또다시 구설에 오를까 두렵다."

하고 당부하였다. 이때부터 안향이 남쪽 못가에 따로 집을 한 채 구하여 여러 해를 혼자 살았다.

진각수가 벼슬을 하던 사람이라 딸이 먹을 것과 입을 것은 철마다 끊이지 않고 조달하여 안향이 비록 혼자 살면서도 궁한 것이 없었으나 친정에서 물자가 올 때마다 안색이 밝지 못하더니 언제부턴가 집 앞에 땅을 마련해 손수 마 농사를 짓기 시작했다. 안향이 마를 심어 팔아 생계를 꾸려간다는 소식이 전해지자 하루는 진각수가 딸을 찾아와서 사유를 물었다. 안향이 대답하기를,

"제 비록 아버님의 보살핌으로 분수에 넘치는 넉넉한 살림을 하고 있으나 사람의 여식으로 어찌 미안한 마음이 없겠습니까. 하물며 농사를 지으면서부터 늘 몸에 더부룩이 체기 돌던 것도 사라지고 무엇보다 밤에 잠이 잘 오니 몸과 마음에 두루 좋은 일이 아닌가 합니다."

하므로 만류하러 왔던 진각수가 혼자 사는 딸이 무료한 것을 생각하고,

"아무렇게나 해라."

더욱 불쌍히 여기며 되돌아갔다.

안향이 마 농사를 지어 일부는 스스로 먹기도 하고 일부는 저자에 내다팔기도 하였는데, 그러구러 마 파는 여인이 보기 드문 미색이라는 소문이 돌아 남지에 사는 사람치고 안향을 모르는 사람이 없게 되었다. 마를 사러 나온 사람들은 말할 것도 없고 하릴없는 이들까지 공연히 안향이 차고 앉은 좌판 앞을 기웃거리며 곁눈질을 하거나 더러 시시한 수작들을 걸고는 하였다. 그럼에도 여인이 항시 시선을 아래로 내리깔고 누구에게도 좀체 눈길을 주는 법이 없으니 사내들로선 더욱 애간장이 녹을 수밖에 없었다.

당시 왕의 조카였던 부여선이 안향을 처음 본 것도 바로 이 남지의 저자에서였다. 사냥을 갔다가 돌아오던 길에 유독 남정네들이 무리를 지어 모여선 것을 보고 발걸음을 멈추었다. 잔뜩 호기심을 느낀 선이 사내들 뒷전에 붙어서 보니 아리따운 여인이 좌판에 마를 모닥모닥 올려놓고 다소곳이 시선을 아래로 향하며 앉았는데, 그 모습이 영락없이 하늘에서 내려온 선녀 같았다. 마 파는 여인에게 첫눈에 반한 선은 여인이 마를 다 팔기를 기다렸다가 살금살금 뒤를 밟아 집을 알아내고 부러 그 집 앞에서 고함을 지르며 복통을 앓는 체하여 여인의 보살핌을 받기에 이르렀다. 선이 거짓으로 혼절한 척 눈을 감고서 여인이 하는 양을 가만히 구경하니 별로 당황하지 않고 대바늘로 선의 손가락을 찔러 피를 낸 다음 입으로 쪽쪽 소리가 나도록 빨아내는데, 그 모습이 눈에 넣어도 아프지 않을 지경이었다. 여인이 밖으로 나갔다가 뜨거운 물을 가져와 입속에 흘려넣자 선이 눈을 떴다. 여인이 선을 지그시 내려다보고 처음으로 시선을 맞추며,

"어떻습니까? 정신이 좀 드세요?"

하고 물었다. 여인의 맑고 깊은 눈빛을 대한 선은 그만 정신이 아찔

하여 한동안 대답을 못하다가,

"초면에 실로 대은을 입었습니다. 하마터면 객사할 뻔한 몸을 구해주셨으니 이 보답을 어찌해야 좋을지 모르겠습니다."

하며 수작을 걸었다. 이때 안향은 벌써 서른이 가까운 나이였고 선은 스물을 갓 넘긴 청년이었다. 선의 계교로 두 남녀가 밤을 지새며 이런저런 이야기를 주고받는 중에 선은 여인의 이름이 안향인 것과 못가에 홀로 살게 된 내력을 듣게 되었다. 이에 선이 자신의 신분은 감춘 채 가까스로 이름만을 밝히고서,

"지어미가 되어주시오."

손을 덥석 거머쥐며 청혼하자 선을 아직 어린아이로만 여기던 안향이 돌연 피식 웃음을 터뜨리며,

"어린 청년이 못하는 소리가 없구나. 우리 집 막내보다 어리겠다."

대뜸 반말로 이르고 상대하지 않았다. 선이 울컥 욱기가 동하여,

"남녀가 서로 마음만 합하면 됐지 나이가 무슨 상관이오? 우리 어머니도 아버지보다 나이가 다섯 살이나 위요."

하자 안향이 더욱 얕잡아보는 얼굴로,

"다섯 살만 어리면 무슨 걱정이야. 너는 나보다 열 살도 더 어려 보이는걸."

하고 응수하였다. 이 뒤로 둘이서,

"그래 나이가 어리다고 청혼을 기어코 받아주지 않겠소?"

"이르다 뿐이야. 공연히 쓸데없는 마음 먹지 말고 얌전히 몸이나 추스렸다가 날이 밝거든 집으로 가라."

"허참, 대관절 어린 것이 무슨 상관이 있다고 그러시오? 어리다고 서방 구실을 못할까 봐 걱정이오?"

"구실을 제대로 할 것 같지도 않은걸?"

"좋소."

"좋다니?"

"그럼 제대로 하는지 마는지 직접 보여드리리다."

"그걸 어떻게 보여준단 말이니?"

주거니받거니 한참을 토닥거린 끝에 선이 벌떡 일어나 다짜고짜 안향을 붙잡고 쓰러져서 야합하게 되었는데, 오랫동안 혼자 살던 안향 또한 내심으론 선의 수작이 싫지 아니하여 나중에는 순순히 몸을 허락하고 통정한 후에는 한이불을 덮고 잠을 잤다. 이튿날 선이 안향을 향하여,

"어떻소? 그래도 서방 구실을 제대로 못합디까?"

하며 잰 척 물으니 안향이 수줍게 얼굴을 붉히며,

"그런대로 구실은 하는 것 같습디다."

하고 전날과 달리 공대로 대답한 뒤에 조반상까지 지어 바쳤다. 선이 안향과 겸상으로 조반상을 물린 뒤에 비로소 자신의 신분을 밝히고 재차 청혼을 했다. 선의 말에 안향이 난감한 표정을 지으며 잦바듬히 앉았다가,

"그렇게 귀하신 분이면 도리어 일이 어렵게 되었습니다."

하고서 자신이 과부 몸인 것을 들어 허락하지 않았다.

이미 몸과 마음을 두루 빼앗긴 선이 그 후로도 안향의 집 문턱이 닳도록 수시로 통섭하며 정분을 쌓았고, 또한 그럴 때마다 간곡한 말로 청혼을 거듭하였으나 번번이 안향의 대답이 신통치 아니하고,

"부디 그 마음이나 변하지 마십시오. 마음만 변치 않는다면 훗날 반드시 좋은 때가 있을 것입니다."

하며 막연히 후일을 기약하였다.

두 철 정도 이런 세월이 흘렀을 때 선에게 담로국으로 가라는 왕명이 떨어졌다. 선이 왕명을 받은 즉시 백사를 제하고 안향의 집으로 달려가서 같이 배를 타고 서역으로 갈 것을 권하자 안향이 한동안 눈물을 흘리며 대답이 없다가,

"소첩은 본시 박복한 여자이올시다. 그저 소첩 같은 것은 한때 잠깐 쉬어가는 길섶 정자쯤으로 여기시고 부디 명문대가의 반듯한 규수와 격에 맞는 혼인을 하십시오. 그렇게 하시는 것이 여러 사람을 편안하게 하는 일입니다."

하고서,

"다행히 제 몸에 태기가 돈 지 이미 서너 달이 지났으니 이 아이를 낳아 둘이서 의지하며 살겠습니다. 다만 한 가지 청할 것은 훗날 공무를 무사히 마치시고 나라에 공을 세워 돌아오시거든 지나치는 걸음에라도 집에 들러 지금까지 나눈 우리의 정분이 헛되지 않음을 보여주십시오. 소첩이 바라는 것은 그게 전부이올시다."

하였다. 선이 이때서야 안향이 홀몸이 아님을 알고 더욱 동행을 간청하였으나 뜻을 이루지 못하고 날짜가 되어 혼자 떠났는데, 서역에 가서도 늘 안향을 생각하고 둘이서 지냈던 시절을 그리워하였다. 선은 서역에서 본국 명가의 규수와 매작으로 혼인하고 아들 셋과 딸 둘을 낳았지만 마음은 항상 본국에 두고 온 안향과 얼굴도 모르는 아이에게 있었다.

한편 안향은 선이 떠나고 나서 사내아이를 낳았다. 혼자 살던 과수가 아이를 낳자 남 말 하기 좋아하는 가납사니들의 입이 가만히 있을 턱이 없었다. 곧 천 가지 추측과 만 가지 가설이 횡행하니

소문을 들은 진각수가 허겁지겁 달려와서 아이 낳은 딸에게 사정을 물었다. 안향이 그 아버지에게 일의 전말을 밝혀 고변하자 진각수가 깜짝 놀라며,

"하면 이 아이 아버지가 정말 부여선이란 말이냐?"

하고는 그 후로 더 이상 나무라지 아니할뿐더러 은근히 좋아하는 기색마저 엿보였다. 진각수가 당석에서 아이 이름을 임금 왕(王)자에 아이 동(童)자와 비슷한 장(章)자를 더하여 부여장(扶餘璋)이라 짓고서 주위에 궁금해하는 자들을 만나면,

"내 딸이 낳은 아이는 왕실 자손일세."

하고 자랑 삼아 떠벌리곤 하였다. 그러나 듣는 이들이 다들 콧방귀만 뀌며 믿지 아니하고,

"왕실 누구 자식이란 말이오?"

"그것은 지금 말할 수 없지만 아무튼 왕실의 씨가 분명하다네."

"나한테야 그래도 저래도 그뿐이지만 다른 데 가설랑은 그런 소리 마시오. 나라에서 알면 공연히 죄 받을까 겁나오."

이런 사람만 있는 것이 아니라 더러는,

"그럼 그대로 있지 말고 애를 들쳐 업고 왕실로 들어가시오. 설마하니 왕손을 낳았는데 대궐에서 아주 모른 척이야 하겠소?"

하고 권하는 이도 있고 또,

"허허, 알았소. 왕실 자식이면 어떻고 용의 자식이면 어떻소. 기왕 낳았으니 잘 키우라고 하시오."

하는 얘기도 나왔는데, 이런 말들은 하나같이 모두 의심하여 빈정거리는 소리였다. 진각수는 자신의 말이 세간에 통하지 않아서 한동안 가슴을 치며 답답해하였으나 차차 부질없다는 생각이 들고 그러구러

말하는 재미도 없어져서 나중에는 누가 아이의 일을 물으면,

"응. 그 아이는 말이지, 내 딸이 남지 못에 사는 용과 교통하여 낳은 아일세."

스스로 흰소리를 늘어놓곤 하였다.

이렇게 태어난 부여장이 무럭무럭 자라 나이 10여 세가 되도록 어머니와 둘이서 마 농사를 짓고 살았다. 안향은 마를 팔아 번 돈으로 훌륭한 스승을 구해 아들을 가르쳤는데, 그 열의가 얼마나 대단한지 손끝에 맺힌 피고름이 하루도 마를 날이 없었다. 한번은 안향이 사람들에게서 병술과 도학을 가르친다는 파계승에 관한 소문을 듣고 그 길로 걸어 50리허인 칠악(七嶽 : 칠갑산)까지 단숨에 달려갔다. 조불(祖佛)이라는 그 파계승은 일찍이 중국 청량산(淸凉山 : 종남산)에서 유학하고 귀국한 사람인데 유불선(儒佛仙) 3교에 달통했을 뿐 아니라 풍우를 자유자재로 부린다는 소문까지 돌아 경사에 사는 광문거족의 자제들로 문하가 장터처럼 북적거렸다. 멋모르고 달려갔던 안향이 칠악 인근에 사는 사람들에게 알아보니 조불의 문하생이 되자면 미리 물어야 하는 공부값이 한두 푼이 아니었다. 안향은 눈앞이 다 캄캄했지만 기왕 내친걸음이었다. 크게 용기를 내어 조불을 만나서 자식을 맡아 가르쳐달라고 정중히 청하였다.

"글쎄 가르치는 거야 어렵지 않으나 부인의 행색을 보아하니 그만한 값을 물 수 있을지 의문이오."

머리가 크고 우락부락하게 생긴 조불이 안향을 찬찬히 뜯어보며 말했다.

"가진 거라곤 마밭밖에 없습니다. 그러나 부지런히 마 농사를 지어 팔면 철마다 나리께서 필요한 베필 정도는 마련해 바칠 수가 있겠

습니다. 저는 일찍 과부가 되었으나 다행히 아들 하나를 두었고, 그 아이가 제겐 전부입니다. 엎드려 간청하거니와 부디 이년의 처지를 가련히 여겨 제 자식놈을 가르쳐주세요. 부탁입니다."

안향의 말에 조불이 문득 야릇한 웃음을 지었다.

"베필 정도로는 집의 아이를 맡아 가르칠 수가 없으나 이제 보니 글값으로 받을 만한 게 아주 없는 건 아니오."

"그게 무엇입니까?"

안향이 깊고 아름다운 눈빛을 빛내며 조불 앞으로 무릎을 당겨 앉자 조불이 여전히 웃으며,

"부인의 미색이외다."

하였다. 난데없는 조불의 수작에 안향은 소스라치게 놀랐다. 여인의 본능으로 다급히 몸을 사렸던 안향은 잠깐 생각에 잠겼다가 이내 천천히 자리에서 일어났다. 그리고 조불을 내려다보며 말없이 옷을 벗었다. 당황한 쪽은 오히려 조불이었다.

"수절하는 여자에게는 정절을 지키는 일이 비록 태산같이 중한 것이지만 자식놈을 나라에 보탬이 되는 큰 인물로 가르칠 수만 있다면 무엇을 아끼고 주저하오리까. 듣자건대 나리는 천하 기재를 기를 만큼 훌륭한 분이라 하였고, 저는 죽고 나면 썩어갈 허무한 몸뚱이밖에 가진 게 없습니다. 나리께서 저를 곱게 보시니 오히려 다행입니다."

말을 마치자 안향은 실오라기 하나 걸치지 않은 알몸으로 조불 앞에 다소곳이 앉았는데 사람을 뚫어지게 쳐다보는 그 깊고 투명한 눈망울에 의미를 알기 힘든 물기가 스몄다. 비록 안향의 미색에 반해 잠시 흑심을 품기는 했지만 조불도 양식이 있는 사람이었다. 곧 얼굴을 붉히고 정색하며 이르되,

"내가 그만 부인의 아름다움에 잠시 넋을 잃었습니다. 무례함을 용서해주시오."

하고서,

　"글값은 필요 없으니 아드님을 내게루 보내오. 정성껏 가르쳐보리다."

하였다. 이리하여 부여장이 조불의 문하에서 서너 해 특별한 가르침을 받게 되었는데, 나중에 조불이 주위에다 대고 입버릇처럼 말하기를,

　"내가 가르친 아이 중에 부여장만 한 이가 없다. 과연 그 어머니에 그 아들이다."

하고 찬탄을 금치 못하였다. 그 뒤에 장이 여러 스승에게 다양한 가르침을 받을 수 있었던 것도 조불이 힘써 주선한 덕택이었다.

　부여장은 자랄수록 기골이 장대하고 기상이 비범하여 누가 보기에도 왕실 자손의 외양을 갖추어갔다. 그리하여 주변에서는 전날 진각수가 떠벌리고 다니던 말을 상기하고 농 반 진 반으로 마동왕자라 칭하게 되었다. 장이 남들과는 달리 아버지가 없는 것을 매양 궁금히 여기다가 하루는 어머니 안향에게,

　"어떤 이들은 저를 일컬어 왕자라 칭하고 또 어떤 이는 제 아버지가 남지에 사는 용이라고 하니 어느 것이 사실인지 모르겠습니다. 누가 과연 제 아버지입니까?"

정색을 하며 물었다. 장이 다 자랄 때까지 아버지에 대해서는 일언반구도 하지 않았던 안향이 그제야 입을 열어 말하기를,

　"네 아버지는 금왕의 조카이신 부여선 어른이시다."

하고서 장의 출생에 얽힌 사연을 낱낱이 일러주었다. 장은 지난 얘기를 듣는 동안 자주 눈물을 글썽였다. 그리고 한참을 말이 없다가,

"어머니 말씀을 듣고 보니 마음에 깨닫는 바가 큽니다. 앞으로는 몸가짐을 더욱 조심하겠습니다."

하며 혼자 살아온 어미를 위로하였는데, 이 뒤로는 누가 마동왕자라고 놀려도 일일이 대꾸하지 않을 뿐 아니라 때로는 마를 팔러 나다니는 길에 희롱하는 무리를 만나면,

"마동왕자 나가신다, 냉큼 길을 비켜라!"

스스로 마동왕자라 칭하며 의연히 대처하여 주위에서 빈정거리는 자들을 되레 무색하게 만들곤 하였다.

장의 나이 스물둘이 되던 해에 안향이 병을 얻어 죽게 되었다. 안향이 임종에 이르러 장의 손을 붙잡고 당부하기를,

"내가 죽더라도 이 남지의 집은 팔지 말아라. 이 집이라도 있어야 훗날 네 아버지가 너를 찾아왔을 때 부자 상봉을 할 수 있을 것이다."

하여 장이 통곡하며 그 유언을 따르겠다고 다짐했다.

안향이 죽은 이듬해에는 장을 극진히 아끼던 외조부 진각수마저 세상을 떠나서 남은 일가붙이라곤 외숙 두 사람이 전부였다. 장의 외숙 가운데 안향의 오라비인 대가(大加)는 인심이 야박하고 욕심이 많은 인물로 그 벼슬이 시덕에 이르렀는데, 젊어서부터 안향의 일을 늘 못마땅히 여겨 가끔 누이와 조카가 찾아가도 상면조차 아니하던 사람이었다. 이에 반해 아우인 정가(汀加)는 수시로 안향의 집을 찾아와 다정한 말로 살림살이와 안부를 묻곤 하였다. 장이 어머니와 외조부를 잇달아 여의고 마음에 뜻한 바가 있어 두 외숙을 찾아가 말하기를,

"저는 근본이 왕실 자손으로 자나깨나 나랏일을 걱정해왔는데, 고구려도 고구려지만 앞으로는 신라가 우리나라에 큰 우환이 될 것 같습니다. 그런데 근자에 와서 여러 해를 지낼 동안 두 나라 간에 큰 다

틈이 없으므로 지경을 넘나들기가 비교적 수월한 데다 어머니와 외
조부를 잃고 마음도 허퉁하니 겸사겸사 신라에 가서 제 눈으로 직접
그 나라 문물을 둘러보고 오겠습니다."

하고서,

"지피지기면 백전필승이라는 병법도 있지만 반드시 싸움을 하지
않더라도 남을 알아 해될 것이 있겠습니까?"

하며 의견을 물었다. 대가는 이내 헛웃음을 치며,

"주제넘은 소릴랑 작작 좀 해라. 왕실 자손은 누가 왕실 자손이며,
너 따위가 나랏일을 걱정하는 것은 지나가는 소도 웃을 일이다. 쓸데
없는 생각일랑 그만두고 부지런히 마 농사나 지어라, 이놈!"

하고 장을 비웃고 무시하였으나 정가는 정색을 하며,

"좋은 생각이다. 자고로 사람의 앞일이란 알 수가 없는 법이고, 그
렇게 남의 나라를 알아두면 훗날 벼슬길에 나가더라도 큰 도움이 될
것이다. 설혹 누가 자문을 구한다 해도 가치 있는 말 한마디는 해줄
수 있을 게 아니냐?"

하며 크게 고개를 끄덕인 뒤에,

"그런데 혼잣몸으로 위험하지 않겠느냐? 네가 원체 재주가 있고
꾀가 많아 크게 걱정은 안 된다마는 그래도 아는 사람 하나 없는 남
의 땅이 아니냐?"

걱정하는 말과 함께 노자까지 넉넉히 찔러주었다. 장이 정가의 따뜻
한 보살핌에 크게 감사해하며 그 후로는 오직 정가하고만 마음속의
얘기를 털어놓았다.

장은 양국 지경을 넘어 여러 차례 신라를 잠행하고 경향 각지를 속

속들이 살피고 다니면서 선화공주에 관한 애기를 귀가 따갑도록 듣게 되었다. 선화공주의 미색 절륜한 것이야 사비에서도 더러 말하는 사람이 없지 않았지만 신라에서는 경향을 불문하고 남자 셋만 모이면 선화 애기라, 한창 혈기방장하던 장으로서는 선화에 대한 관심과 호기심이 불처럼 일었다.

그럴 무렵 장의 큰외숙인 대가가 극진히 섬기던 사람 가운데 달솔 해미갈(解彌曷)이란 이가 있었다. 본래 해씨(解氏)는 백제의 8대 성씨*가운데 하나로 전날 비류와 온조를 따라와 마한 땅에 정착한 자들의 후손들이었고, 더 거슬러 올라가면 시조대왕 온조(溫祚)의 아버지인 주몽(朱蒙)의 고향 북부여에서 비롯된 무리였다. 이들은 그 후 백제와 십제 영토에 나뉘어 살며 꾸준히 세력을 키워왔는데, 특히 자손이 번성하고 땅부자가 많이 나서 대를 이어가며 큰 세도를 누리게 되었다. 해미갈 역시 그런 세도가의 자손으로, 동성대왕 때 무공을 세워 무위 장군 불중후(弗中侯)로 봉해진 해례곤은 그의 고조부였고, 무령대왕이 붕어하여 능을 지을 때 능지대금으로 전(錢) 1만 문(文)을 받고도 무려 3년 동안이나 왕실을 상대로 송사를 벌여 기어코 곡식 2천 석을 추가로 받아냈던 해이만은 그의 증조부였다. 그 바람에 무령대왕의 능은 송사가 해결될 때까지 가묘와 토감의 신세를 면치 못하였다.

해미갈이 그와 같은 일문의 권세를 등에 업고 달솔 벼슬을 지내며 내경부의 일을 맡아보고 있었는데, 대가가 벼슬을 높이려고 틈만 나면 찾아가 시종 허리를 굽실대며 면전에서 알랑거렸다. 이때 해미갈

---

* 백제의 8대 성씨는 진(眞), 사(沙), 연(燕), 해(解), 목(木), 묘(苗), 국(國), 부여(扶餘)씨를 일컫는다.

에게는 첩의 몸에서 낳은 서녀가 있었으나 인물이 추하여 늦도록 혼처를 구하지 못하자 첩이 모든 것을 해미갈 탓으로 돌리고 걸핏하면 영감 수염을 흔들며 강짜를 부렸다. 해미갈이 첩의 소행을 귀찮게 여기면서도 마음이 온통 첩에게 가 있어서 하루는 대가를 보고,

"어디 쓸 만한 총각이 없는가? 신도 짝이 있고 소도 짝이 있고 하물며 흉측하게 생겨먹은 구렁이 같은 것들도 모다 짝이 있는데 사람의 추물이라고 어찌 짝이 없겠는가?"

하며 그 즈음의 고민을 털어놓았다. 대가는 해미갈의 집에 들락거리며 이미 서녀의 인물을 본 적이 있는 터라 내심 어렵겠다는 짐작은 하면서도,

"짝이야 없을 수가 있겠습니까? 다만 아직 연분 닿는 사람을 만나지 못한 탓이지요. 어떤 총각을 원하십니까?"

하고 해미갈의 의향을 물었다.

"글쎄……."

해미갈이 여운을 길게 늘어뜨리다가 한참 만에 대답하기를,

"내 집 딸년이 추물이니 역질 학질 걸린 놈과 사람 때려 죽인 놈과 게걸음 걷는 놈만 아니면 나야 아무라도 상관이 없네마는 그것도 자식이라고 저희 어미 마음은 또 다른 모양이야. 기왕이면 집안도 번듯하고 인물도 헌칠해서 한쪽 못난 것을 덮을 수 있는 총각이면 하더라구."

하고는,

"그 소리도 과히 틀린 것은 아니지. 집안이야 아무래도 좋지만 허우대와 인물은 중치라도 되었으면 싶네. 그래야 뒤에 자손을 보더라도 한결 덜하지 않겠는가?"

하며 은근히 제 뜻도 거기에 있음을 말하였다. 대가는 해미갈의 말을 들으며 문득 외조카 장을 머리에 떠올리고,

"저에게 누이가 남긴 아들이 하나 있긴 합니다."

하며 말문을 열었다.

"아이가 다소 황당무계하여 언행이 별쭝맞고 동네에서는 구경가마리로 조명이 자자할 뿐 아니라 어떤 때 보면 본정신이 있는 놈 같지를 않아 감히 말씀드리기가 송구하지만 인물과 허우대만큼은 어디에 내놔도 빠지지 않습니다."

"자네 누이의 아들이라고?"

대가의 말에 해미갈이 즉각 관심을 보이며 되물었다.

"그렇습니다. 누이가 일찍 과부가 되어 그 아이 하나만을 낳아 길렀더니 아비가 없이 자라서 그런가 좌우간에 좀 별종입니다."

"어떻게 별종인가?"

"일일이 다 말씀드리기는 어려우나 제놈이 남지 못가에서 마 농사나 짓고 연명하는 처지로 매양 나랏일을 걱정하기도 하고, 얼마 전에는 지피지기면 백전필승이라면서 지경을 넘어 신라 땅 구경도 하고 돌아왔습니다."

"허허, 거 되우 별쭝맞은 자일세!"

해미갈이 시쁜 표정으로 너털웃음을 터뜨렸다.

"그밖에 또 수상한 점은 없는가?"

"아이는 착실하고 그 어미가 살았을 때는 효심도 지극했던가 봅디다."

"잘생겼다고?"

"키가 7척에 외양만 놓고 봐서는 자못 제왕의 기품마저 갖추었습

지요."

"그럼 되었네. 세상에 한 가지 흠허물 없는 이가 몇이나 있을라고. 일간 그 아이를 한번 만나볼 수 있겠는가?"

"보는 것은 어렵잖으나 그 녀석이 나리 안전에서 또 무슨 해괴하고 종작없는 소리를 지껄일지 소인은 벌써부터 그게 걱정이올시다."

"그런 줄 알고 한풀 접고 보지 뭐."

해미갈이 잠깐 생각에 잠겼다가 덧붙이기를,

"내 딸년에게 마 농사를 짓게 할 수는 없고, 혼사가 성사되면 어디 적당한 향리에 미관말직이나 맡겨서 녹봉으로 살도록 하면 되지 않겠나."

혼사가 이루어진 뒷걱정까지 앞질러 말한 뒤에 대가를 돌아보며,

"그렇게 되면 자네와 나도 사돈지연을 맺는 거로구만?"

하고 빙긋 웃었다. 대가는 마지막 이 말에 크게 감격했다. 당장 해미갈 앞을 절하고 물러나서 생전 현형하지 아니했던 남지 누이네 집을 어림짐작으로 찾아갔다. 문을 밀치고 들어서서 큰 소리로 장이 이름을 부르니 안에서 아무 기척이 없는 터라 그 길로 발걸음을 돌려 아우 정가네 집으로 달려갔다. 정가는 연통도 없이 들이닥친 형을 버선발로 맞이하여 안방으로 청해 앉혔다.

"형님께서 기별도 없이 어인 일이십니까?"

"장이놈 지금 어디에 있느냐?"

"일전에 신라 구경을 하고 왔다며 하룻밤 유하고 간 뒤로는 다시 종무소식이올습니다. 제 짐작으로는 또 그쪽으로 건너간 듯싶습니다."

정가는 평소에는 찾아가도 잘 만나주지 않던 형이 일부러 다리품

을 팔아가면서 장이 소식을 물으러 온 것이 바이 궁금하였다.

"장이한테 무슨 볼일이라도 있는지요?"

"내가 그놈 혼처를 정하여 가지고 왔다."

대가가 해미갈의 서녀에 대하여 이야기를 쭉 늘어놓고 나서,

"비록 아비도 모르는 자식이지만 반쪽은 내 핏줄이니 마음을 안 쓰려야 안 쓸 도리가 있느냐. 제놈 깜냥엔 만 번을 죽었다가 다시 태어나도 그만한 혼처는 못 구할 것이니 연락이 닿거든 촌각도 지체 말고 내 집으로 보내거라. 일이 성사되면 벼슬자리까지 얻을 수 있을 것이다."

하고는,

"그놈 앞길 열어주느라고 그간에 밤잠을 다 설쳤다."

하며 마치 모든 일이 자신의 노력으로 된 것인 양 공치사까지 곁들였다. 대가가 여자 인물 빠지는 것을 숨기고 말하기는 했지만 정가는 그 형을 4, 50해 겪은 사람이라 해미갈 얘기를 들을 때부터 이미 백사를 두루 짐작하였다.

"형님께서 그렇게 전하라시니 전하기는 하겠습니다만 아마 일이 성사되기는 어려울 겝니다."

정가가 고개를 설레설레 흔들자 대가가 두 눈을 부릅뜨고 언성을 높여 물었다.

"어째서?"

"장이 마음이 딴 곳에 가 있는 모양입디다."

"딴 곳이라니? 어디 따로 보아둔 처자라도 있다더냐?"

"네."

"그게 누구냐?"

"선화공주라고 하더이다."

"누구?"

대가가 황소 눈알을 하며 재차 물었다.

"신라왕의 딸 선화를 마음에 두고 있는 모양입디다."

정가의 대답에 대가가 한동안 입을 다물지 못하고 앉았다가,

"그놈이 아무래도 미친놈이다!"

하며 고함을 버럭 질렀다.

"대관절 그놈 대갈통엔 무엇이 들었기에 허구한 날 주제넘은 소리만 씨부렁거리고 다니느냐?"

"남녀 일이란 알 수 없는 것이므로 나무랄 일만도 아니지요."

"뭐라구?"

"그렇지 않습니까요. 선화공주의 미색이 절륜한 거야 우리나라에까지 소문이 파다한 터에 누군들 그런 미인을 아내로 얻고 싶은 마음이 없겠습니까. 저도 나이만 젊었으면 한 번쯤 품어볼 만한 생각입지요."

"이놈아, 그걸 지금 말이라고 하고 앉았느냐?"

"과히 말이 안 될 것도 없습니다."

"차라리 토끼 뿔과 거북이 털을 구하라는 게 낫지 신라왕의 딸을 제깟놈이 무슨 수로 차지한단 말이냐? 그것이 당최 이치에 닿는 소리더냐?"

"한창 그럴 나이가 아닙니까. 지금 장이 나이에는 천하가 도리어 좁아 보일 것입니다. 신라국이 아니라 하늘의 선녀인들 어찌 과함이 있겠습니까."

"너도 똑같은 놈이다!"

대가는 아우를 향해서도 역정을 내며 버럭 소리를 지른 뒤 자리를 박차고 일어났다. 그러고는 횡하니 밖으로 나갔다가 다시 돌아서서,

"어쨌거나 장이를 보거든 내 집으로 보내라!"
하였다.

그로부터 두세 달이 넘도록 장이 나타나지 아니하자 대가는 미리
말을 꺼낸 죄로 해미갈에게 심하게 부대꼈다. 해미갈이 대가만 보면
장이 소식을 묻고 왜 데려오지 않느냐고 책망하듯 따지니 대가가 언
제부턴가 해미갈을 피해 다니면서 수시로 장의 집과 정가네 집으로
사람을 보내곤 하였다.

이럴 즈음 장은 신라에서 선화를 만나 드디어 백년가약을 맺고 백
제로 데리고 돌아오니 이를 누구보다 기뻐한 이가 작은외숙 정가였
다. 정가가 얼굴에 희색이 만면하여 두 사람을 보고 또 보고 신통해
하면서,

"네 재주가 범상치 아니한 것은 진작에 알고 있었다만 일이 여기
에 이르고 보니 실로 말문이 막히는구나. 네가 마음만 먹는다면 토각
귀모(兎角龜毛)인들 어찌 구하지 못하겠느냐. 장하구나. 돌아가신 네
모친이 지하에서 기뻐할 일을 생각하니 나 또한 눈물이 앞을 가리는
구나."
하였고 외질부가 된 선화를 보고는,

"비록 나라와 태생이 다르다고는 하나 지엄한 왕실에서 귀하게 자
라신 몸으로 내 조카를 따라 예까지 오셨으니 무슨 말로 그 용단을
치하해야 옳을지 모르겠습니다."
하며 예우하여 말하니 선화가 나부시 고개를 숙였다가,

"아마도 일월성신과 조상의 보살핌이 있지 않았나 싶습니다."
웃으며 응수하였다. 정가는 두 내외와 더불어 오랫동안 담소하다가
문득 대가와 해미갈의 일을 떠올리고,

"형님께서 이 일을 아시면 어떻게 나오실지 궁금하구나."

하며 그간에 있었던 일을 죄 털어놓았다. 장이 껄껄거리고 한참을 웃은 뒤에,

"내일 날이 밝으면 큰외숙 댁으로 인사나 가지요."

하였다. 정가가 사뭇 걱정스럽게,

"글쎄, 인사를 아니 가랄 수도 없다마는 행여 그랬다가 너와 공주께서 무슨 봉변이나 당하지 않을까 모르겠구나. 네가 선화공주를 배필로 맞았다는 소문이 나라에 퍼지면 귀찮고 번거로운 일이 어디 한두 가지겠느냐. 지금 당장은 이로운 일보다도 해되는 일이 한결 많지 싶다."

하며 한참을 생각에 잠겼다가,

"내가 아는 사람 중에 불심이 돈독하여 매양 절을 찾아다니는 이가 있으니 이 사람에게 부탁하여 남의 이목이 뜸하고 한적한 곳에 거처를 정하는 것이 어떠하느냐?"

하고 물었다. 장이 잠자코 선화를 보니 선화가 가만히 고개를 끄덕이므로,

"그렇게 하지요."

대답을 대신하고서,

"그렇더라도 큰외숙한테야 인사를 아니 갈 수 있습니까."

하며 다시금 너털웃음을 터뜨렸다.

내외가 정가네 집 안채에서 금침을 깔고 하룻밤을 잤다. 이튿날 정가는 식전부터 부탁할 사람을 만나러 갔고, 부여장 내외는 조반을 들고 느지막이 대가네 집을 찾았다. 벼슬에 다니던 대가가 관복을 입고 막 대문을 나서다가 장을 만나,

"인석아, 너는 대관절 어디를 갔다가 이제야 나타나느냐!"

버럭 호통을 치고 보니 장의 곁에 웬 낯선 여인이 섰는데, 그 자태가 실로 혼이 아찔하고 눈이 부실 지경이었다. 대가가 망연자실 넋을 잃고 여인을 보고 섰으려니 길에서 여인의 미색에 반하여 쫓아온 듯한 남정네들이 10여 보쯤 거리를 격하고 선 채 시종 눈을 힐끔거리는데, 그 숫자가 족히 여남은 명은 되었다. 여인이 달처럼 희고 화사한 얼굴로 다소곳이 고개를 숙여 인사하고 곧 환히 웃으며,

"저는 마동왕자를 쫓아 신라 왕실에서 온 선화라고 합니다. 큰외숙 말씀은 하도 많이 들어서 마치 예전부터 알던 사이 같습니다."

하자 대가가 그제야 난혼을 수습하고,

"뭐라고? 선화공주라고?"

하며 장을 바라보았다. 장이 빙긋 웃으며,

"길에서 이럴 게 아니라 어서 안으로 들어가 절부터 받으십시오."

하니 대가가 엉겁결에,

"그러지."

하고 앞장을 서서 되돌아 들어갔다. 삼자가 방에 들어가서 인사를 마치고 앉았는데 대가가 선화의 외모에 그만 넋을 잃어 한동안 얼굴이 닳도록 훑어본 후에,

"과연 신라에서 온 선화공주요?"

하고 물어 그렇다는 대답을 듣고 나서도,

"이거야말로 믿기도 어렵지만 그렇다고 저런 인물을 보고 안 믿을 수도 없으니 낭패 중에 상 낭패일세."

연신 고개를 좌우로 흔들며 혼잣말로 중얼거렸다. 대가가 그러구러 생각하니 선화공주가 맞든 아니든 천하의 해미갈과 사돈지연을 맺지

못하게 된 것은 분명하고, 그러자니 해미갈에게 무슨 말로 변명을 해야 할지 자못 눈앞이 캄캄하였다. 장과 선화가 밥 한 솥 지어낼 시간만큼 앉았다가 일어나며,

"외숙께서 저희들 때문에 등청 시간을 넘겼으니 저희는 이만 물러갔다가 훗날 한가로울 적에 다시 오겠습니다."

하고 하직 인사를 올려서 대가가,

"같이 나가자."

하며 밖으로 나와 헤어졌는데, 두 사람을 보내고 등청을 하면서도 머리에는 온통 앞서 말한 걱정뿐이었다. 그런데 하필이면 그날따라 대궐 앞에서 해미갈을 맞닥뜨리게 되었다. 해미갈이 대가를 보자,

"진시덕, 나 좀 보게나!"

팔을 휘두르며 큰 소리로 불렀다. 고개를 외로 꼬고 못 본 척 지나치려던 대가가 하는 수 없이,

"어이쿠, 어르신 나오십니까요."

하며 부러 반가운 양 달려가서 허리를 굽실거리니 해미갈이 다짜고짜,

"자네가 참으로 싱겁고 우스운 사람이야. 그래, 조카 일은 어찌 되었나?"

퉁명스레 묻고는,

"얼마 전에는 생전 안 들어오던 매작까지 들어온 것을 내가 자네하고 나눈 얘기가 있어 물리쳤는데 어찌 자네는 그토록 무심한가."

참인지 거짓인지 모를 소리로 오금을 걸었다. 대가가 죄송하다며 연신 대가리질을 하고 나서,

"그런데 나리, 제가 아직도 천탈기백(天奪其魄)하여 본정신이 아니올습니다. 나리께서 제 앞에 서 계시는 이것이 꿈입니까, 생십니

까?"

하며 얼빠진 사람마냥 양 눈을 끔뻑였다. 해미갈이 무슨 시망스런 수작을 하느냐는 듯이 실눈을 뜨고 대가를 바라보았다. 이에 대가가 해미갈의 귀에다 입을 가져가서 좀전에 자칭 선화공주라는 여자를 보았다고 말하고 그 인물 절륜한 것을 입에 침이 마르도록 찬탄한 뒤에,

"질자놈이 과연 그런 여인을 데려와 절을 시키고 갔는데 제가 본 그것이 헛것인지 아닌지 아직도 정신이 몽롱합니다."

딴에는 꽤나 진지한 얼굴로 말하였더니 해미갈이 돌연 성을 벌컥 내며,

"웬놈의 망발이 그리도 구구하느냐? 추물이라 싫다고 하면 그만인 것을 뉘 앞에서 사람을 기망하려 드는고?"

하고 대가 말을 조금도 믿지 않았다. 대가가 안색이 흙빛이 되어 극구 그런 것이 아니라며 부인하였음에도 해미갈이 이를 들으려 아니하고,

"감히 너 따위가 나를 희롱하고 능멸하니 내 기어이 본때를 보여 주리라!"

하고는 붙잡을 겨를도 없이 자리를 떴다.

대가는 해미갈의 노여움을 산 것이 생각하면 할수록 걱정이었다. 따지고 보면 누가 그리 시킨 일도 아니요, 순전히 제 입으로 제가 생각하여 멋대로 저지른 일이므로 누구를 탓하거나 원망할 것도 없는 바이지만 대가 생각에는 이 모든 사단이 죽은 누이 안향과 장의 탓인 것만 같아서,

"모자가 일생을 남의 입초시에 오르내리더니 드디어는 진씨 가문을 송두리째 박살내는구나!"

하고 새삼 이를 갈았다. 남편이 고민하는 것을 보다 못한 대가의 처가,

"그렇게 밤낮없이 고민할 일이 무어요?"

하며 참섭하여 말하기를,

"장이를 따라온 일전의 그 처자가 과연 선화공주라면 이는 우리 진씨 문중뿐 아니라 나라로 봐서도 보통 일이 아닐 것이오. 대체 남의 나라 왕녀가 무슨 까닭으로 마 뿌리나 캐다 파는 더벅머리 총각한테 시집을 온답디까? 필경은 그 속에 남이 알지 못하는 깊은 사연이 있을 터요."

하니 대가가,

"깊은 사연이라니?"

하고 반문하였다.

"또 혹시 압니까? 장이란 놈이 워낙 알 길 없는 놈이니 신라 왕실에서 이를 이용하여 무슨 계략을 꾸며 보냈는지. 그렇지 않고서야 공주가 장이를 따라서 예까지 올 까닭이 있소?"

"……거 듣고 보니 그렇네."

"만일에 이것이 사실이라면 진씨 가문의 영화와 몰락이 순전히 당신 하기 나름이오."

"그건 또 무슨 소린가?"

"생각해보시오. 만일에 장이 놈이 첩자 노릇을 하다가 걸려든다면 우린들 무사하겠소?"

"무사하기가 다 뭔가, 목이 달아나겠지."

"그렇지만 당신이 이를 나라에 고변하면 우리는 무사할뿐더러 십상팔구 공까지 세우는 게 되니 극락과 지옥이 한순간이오."

대가가 고개를 끄덕이다가,

"하지만 만일에 공주가 아니면 어찌하나?"

하자 그 처가,

"공주가 아니더라도 그놈의 두 가시버시가 먼저 공주라 외고 다녔으니 허위로 고변한 죄는 면할 수 있고, 달솔 어른의 의심과 노여움도 풀릴 것이 아니오? 당신이 지금 밤낮으로 고민하는 게 모두 달솔 어른의 노여움 때문이니 어느 쪽이 됐건 나라에 알려서 손해 볼 일은 없지 싶소."

하고서,

"장이 놈만 해도 그렇지요. 달솔 어른이 만일 장이의 생긴 것을 보고 사위로 삼을 뜻만 있다면 그 정도야 얼마든지 구해낼 수 있지 않겠소?"

하였다. 이에 대가가 무릎을 치며,

"임자 식견이 나보덤 윗길이네."

하고는 이튿날 관청에 나가는 즉시 신라국 선화공주가 경사에 나타났음을 고하였다.

조정이 발칵 뒤집힌 것은 두말할 나위도 없었다. 대가가 고변한 그날로 어전에 불려갔더니 왕이 친히 대가를 보고 묻기를,

"신라 왕녀가 경사에 나타났다는 말이 사실이냐?"

하여 대가가 머리를 땅에 박고서,

"신의 질자 놈이 데려온 처자가 그리 말하는 것을 들었사온대 그 미색이 출중하여 보는 이의 넋을 빼앗을 정도요, 이를 구경하러 모여든 자들로 신의 집 대문 앞이 한때 장사진을 이루었습니다."

하고는,

"여러 가지로 미루어 신라왕의 딸 선화가 분명한 듯하였나이다."

하고 진언하였다. 왕이 대가를 상대로,

"네 조카가 무엇을 하는 자이냐?"

"신라 왕녀가 무슨 일로 네 조카를 찾아왔더란 말인고?"

꼬치꼬치 여러 말을 하문하여 대가의 대답을 듣고 나자 곧 좌우에 명하여 두 남녀를 잡아들이라 하였다. 그러나 왕명을 받은 군사들이 삼삼오오 짝을 지어 도성을 이 잡듯이 뒤졌음에도 끝내 대가가 말한 두 사람을 찾지 못하자 고변한 사람 꼴만 우습게 되었는데, 그러잖아도 서녀의 일로 이미 심기가 잔뜩 뒤틀렸던 해미갈이 허위로 고변한 대가의 죄를 어전에서 거론하고 드디어는 왕의 윤허를 얻으니 대가가 하루아침에 그만 벼슬을 잃고 관직에서 쫓겨나고 말았다.

한편 장과 선화는 정가의 주선으로 경사 사비에서 몸을 빼내어 용화산(龍華山 : 익산 미륵산)의 사자사(師子寺)란 절로 들어갔다. 이곳을 소개한 연매우(燕梅雨)라는 이는 정가와 오랜 친분이 있던 중의 아들로 경사에서 학동들을 가르쳤는데, 절개가 곧고 의리가 있었다. 본래는 매우의 아비인 선암이란 중이 진각수와 같은 녹사 벼슬을 지내며 서로 허교하던 사이였으나 한 해 국담(國畓)에서 수확한 곡식의 양을 문서로 잘못 처리하는 바람에 죄를 짓고 쫓겨다니는 신세가 되었다. 이때 진각수가 뒤를 봐주고 함께 다니면서 몸을 숨길 거처까지 알선해주었는데, 그곳이 절이었다. 선암이 절에서 한동안 은둔하며 지내다가 차차 불법의 오묘함에 심취하여 머리를 깎고 중이 되었다.

선암에게는 아들 3형제가 있었으며 매우가 둘째였다. 장자인 연남화는 손재주가 뛰어나 어려서부터 손에 연장만 쥐여주면 돌과 나무를 떡 주무르듯 하였다. 선암이 거처하던 절 문을 흉하게 생긴 바위 하나가 가로막고 있는 것을 늘 못마땅해하다가 하루는 남화가 문안을 여쭈러 산에 왔을 때,

"저놈의 바위가 생긴 것이 꼭 구렁이 대가리와 같고 사람과 짐승이 지나다니는데도 거추장스럽기 한량없으니 네가 다음에 올 적에는 날품을 파는 장정들을 데려오너라. 굴리든지 옮기든지 좌우간에 좀 치워야겠다."

하자 남화가 그 바위를 서너 번 치바라보고 나서,

 "흉한 것은 깎아내어 보기 좋게 만들면 되지요."

하고는 하룻밤 새 달빛을 빌려 바위를 깎고 불상을 만들었는데, 이튿날 보니 바위에 새긴 석불의 생김새가 본당 부처보다 낫고 자태에서 사뭇 비기마저 감돌았다. 남화의 이런 재주가 사문의 중들 사이에 널리 알려져서 불사가 있는 절에서는 반드시 그를 청하여 데려가기를 소원하므로 남화가 여러 곳을 바쁘게 불려다니고 심지어는 배를 타고 왜국에까지 다녀왔다.

　매우의 아랫동생은 이름이 문진(燕文進)으로 담력이 뛰어나고 기운이 장사였다. 일찍이 백병을 거느리는 장수가 되기를 희망하여 힘써 무예를 갈고 닦았는데, 한 해 나라에서 무장을 뽑는 행사가 있어 나갔다가 백기(曾奇)라는 이와 더불어 마지막까지 남게 되었다. 두 청년이 말잔등에 올라 검술로 1백여 합을 겨루도록 승부가 나지 않자 판관으로 나온 자가 봉술과 궁술을 제안하여 차례로 자웅을 겨루었다. 그러나 봉술에서는 문진이 우세하고 궁술에서는 백기가 과녁을 정통으로 맞추어서 양자가 공히 왕을 봉견하는 기회를 얻고 장수로 삼을 것을 약속 받았는데, 뒷날 백기가 전날 동성대왕을 시해하고 가림성에서 모반한 백가(曾加)의 후손임이 밝혀져 조정이 발칵 뒤집혔다. 이에 덩달아 문진의 가계도 조사를 벌여 그 아비 선암의 전죄가 거론되기에 이르렀고, 결국은 문진도 백기와 더불어 관직에 나가지 못하니 그 길로 머리를 깎고 들어간 곳이 전날 선암이 입적했던 용화산의 사자사였다.

매우가 장과 선화의 은둔처를 구해달라는 정가의 부탁을 받자 사자사가 인적이 드물고 절이 깊어서 안성맞춤이라 하며,

"그러나 일전에 제 아우가 말하기를 지난날 기근이 심했을 적에 창궐했던 도적패가 사냥꾼을 가장하여 용화산에서 자주 출몰한다 하니 두 내외만 보냈다가 행여 무슨 봉변이라도 당할까 봐 걱정이올시다."
하고는 직접 이들을 인도하여 용화산으로 갔다. 세 사람이 사비에서 한나절을 남향하여 가는데 길에서 마주치는 사람들이 한결같이 선화의 절륜한 미색에 반하여 여자들은 쑥덕거리고 남자들은 따라오므로 매우가 웃으며,

"공주님은 아무래도 무엇으로 얼굴을 가리시는 게 좋겠습니다."
하여 선화가 급한 대로 장의 겉옷을 뒤집어쓰고 구멍을 뚫어 눈만 내놓았다. 그러고 나자 사람들이 해괴한 복장 때문에 쳐다보긴 해도 따라오는 자는 생기지 않았다. 해거름에 일행이 용화산 남면의 한적한 산길로 접어들어 막 2, 30보를 걸어갔을 때다. 맞은편 산길에서 웬 비쩍 마른 사내 하나가 배를 싸쥐고 고함을 질러대며 일행을 향해 애타게 손을 흔들었다. 매우가 그 모습을 보고,

"그냥 갑시다."
하고 내처 걸어가자 장과 선화가 동시에 말하기를,

"저렇게 아픈 사람을 보고 어찌하여 그냥 간단 말씀이오?"
하고는 장이 산길을 미끄러지듯이 내려가서 그 사람 가까이 다가갔다. 매우가 걸음을 멈추고 잔뜩 걱정스러운 낯으로 선화를 돌아보며,

"화적패들이 더러 저러는 수가 있는데 혹시 흉악한 자가 아닐는지

모르겠습니다."

하였는데, 미처 그 말이 끝나기도 전에 사방의 돌 틈과 나무숲에서 험상궂게 생긴 사내들이 고함을 지르며 와르르 몰려나와 장의 주변을 에워쌌다. 선화가 발을 동동 구르며,

"어유, 저걸 어째! 저걸 어째!"

하고 어쩔 줄을 몰라 하는 사이에 여럿서 한꺼번에 달려들어 장을 간단히 묶어버리고는,

"저기도 사람이 있다!"

하는 누군가의 고함 소리에 몇 놈이 부리나케 비탈길을 기어올랐다. 매우가 선화의 손을 잡아채며,

"공주님께서는 어서 몸을 피하십시오! 이 길로만 곧장 올라가시면 절이 나타날 것이니 그곳에 가서 문진이란 중에게 이 사실을 알리십시오!"

말을 마치자 황급히 나뭇가지를 꺾어 올라오는 무리를 향해 휘둘러 대니 선화가 이러지도 저러지도 못하고 발만 동동 구르다가,

"어서 가세요!"

하는 매우의 고함 소리를 듣고야 바삐 걸음을 옮겨놓았다. 그러나 매우가 화적패들이 던진 돌에 이마를 맞고 쓰러지고, 선화 또한 채 산모롱이도 돌아가기 전에 뒤쫓아온 무리들에게 붙들려서 세 사람이 모두 어딘지도 알 길 없는 화적패의 소굴로 잡혀가게 되었다.

화적패가 어림잡아 30여 명은 되지 싶은데 용화산 계곡에 움막을 여러 채 지어놓고 그곳에서 밥도 지어 먹고 아이도 낳아 기르며 화적질을 일삼고 있었다. 움막에 이르니 아랫도리를 벗고 기어다니는 어린것들도 보이고 젖먹이를 안고 앉았거나 밥을 짓는 여자들도 더러

눈에 띄는데, 하나같이 먹지 못하여 눈이 움푹 꺼지고 볼이 홀쭉하여 성한 사람의 몰골이 아니었다. 일행을 잡아간 화적들이 두령을 찾자 범 가죽으로 옷을 지어 입은 사내 하나가 움막에서 나와 세 사람을 번갈아 바라보더니,

"히야, 어디서 저런 미인을 다 잡아왔느냐?"

특히 선화를 보고는 벌린 입을 다물 줄 모르고 좋아하였다. 이에 장이 큰 소리로 수괴를 나무라며,

"나는 백제국 왕실의 후손인 부여장이고, 여기 이 사람은 내 지어미이자 신라국 왕녀인 선화공주시다. 너희가 아무리 사람의 귀천과 고하를 알아보지 못하는 무지렁이들이라고는 하나 만일에 허튼수작을 부렸다가는 구족*이 살아남지 못할 것이니 그리 알라!"

준절히 꾸짖고서,

"그러나 만일 지금이라도 우리를 풀어주고 잘못을 빈다면 이 일은 기꺼이 용서해주겠다."

하였더니 여기저기서 낄낄거리는 웃음소리가 들리고 개중에 어떤 놈은,

"차라리 왕이고 왕비라고 하지, 미친놈!"

하며 욕까지 하였다. 수괴가 장을 물끄러미 바라보더니,

"거참 고얀 놈이로세."

하고서 이내 말하기를,

"네가 무엇이든 우리는 상관도 없지만 왕실 후손이라니 더 잘되었다. 이놈아, 우리가 먹을 것이 없어 이토록 고생하고 지내는 것이 다

---

* 구족(九族): 부계(父系)·모계(母系)·처계(妻系).

누구 때문인지 아느냐? 바로 너희놈들같이 대궐에 저지르고 앉아서 매일 호의호식이나 일삼고 주지육림에나 파묻혀 지내는 것들 때문이요, 백성들이 헐벗고 굶주리는데도 아랑곳하지 않는 왕 같잖은 왕과 백성들 피나 빨아먹는 중신이란 것들 때문이다."

하며 거꾸로 호통을 쳤다. 왕실의 위엄이 통하지 않는 데다 몸마저 묶여 있으니 장으로서는 다시 어째 볼 도리가 없었다. 수괴가 좌우에 대고 노기 띤 어조로 명하기를,

"저것들의 몸을 샅샅이 뒤져서 재물이 될 만한 것들은 모다 빼앗아라!"

하니 화적패들이 득달같이 달려들어 세 사람의 품과 봇짐을 뒤졌는데, 장이 지고 있던 봇짐 안에서 금이 한 말이나 쏟아져나왔다. 이것은 선화 어머니인 마야왕비가 노자로 주었던 순금이었다. 금을 본 화적패가 길길이 날뛰고 기뻐하며 탄성을 질렀다. 수괴로 보이는 자가,

"왕실을 팔더니 제법 재화깨나 있는 집안 자손임은 분명한 성싶구나."

하고서,

"사내 두 놈은 죽여 후환을 없이 하고 여자는 엉덩이를 씻겨 내게로 데려오라."

하였다. 화적패가 큰 소리로 대답하고 달려들자 매우가 황급히 입을 열고,

"나는 사자사에 중질을 하는 아우를 찾아가는 길인데 전에 아우가 내게 말하기를 용화산에서 화적패를 만나면 길지라는 이를 찾아보라 합디다. 혹시 이 가운데 길지라는 이가 있소?"

하고 물었다. 그러자 달려들던 자들이 별안간 무춤하여 수괴를 돌아

보고, 수괴 역시 서서히 안색이 변하였다.

"아우의 이름이 무어요?"

수괴가 돌연 말투를 고치어 반문하였다.

"연문진이오."

매우가 대답하자 수괴가,

"정말이오?"

하고는 입맛을 쩝쩝 다셨다. 매우가 수괴에게,

"그대가 길지요?"

하였더니 수괴가 고개를 가로 흔들며,

"길지는 우리 두령인데 엊그제 경사에 볼일을 보러 가서 아직 안 왔소."

하고 한참 생각에 잠겼다가,

"이는 내가 처결할 일이 아니니 두령이 올 때까지 모두 광에 가두라!"

명을 고쳐 내렸다. 이때부터 세 사람이 낡고 허름한 움막의 광에 갇혀 팔자에도 없는 옥살이를 하면서 얼굴도 모르는 길지가 오기만을 학수고대하였다.

그러나 일념으로 기다리던 길지는 아니 오고 애꿎은 날짜만 흘러갔다. 그곳에 있으면서 사람들이 하는 소리를 들어보니, 길지가 없는 소굴에서 수괴 노릇을 하는 자는 이름이 단고로 길지의 처남인데, 길지가 군역에 복무할 동안 나라에 기근과 역질이 돌아 한동네 사람 절반은 죽고 나머지는 모두 고향을 버리고 뿔뿔이 흩어졌다고 했다. 이때 단고가 죽어가는 누이와 식솔들을 보기 딱하여 관마 한 필을 훔쳐내어 잡아먹으려 하자 관아의 장리가 이를 알고 단고를 붙잡아 죽도록 매질을 하였다. 길지가 군역을 마치고 돌아왔을 때는 식솔들은 굶어 죽고 단고 또한 시신이나 다를 바가 없었다. 단고의 입을 통해 사정 얘기를 전해 들은 길지가 그 길로 관아로 달려가서 장리를 칼로 찔러 죽이고 관마를 풀어 남아 있던 마을 사람들의 배를 불린 뒤 화적패가 될 것을 주동하니 따르는 자들이 20여 명이나 되었다. 그로부터 길지 일당이 백제의 산곡간에 물 깊고 산 험한 곳을 찾아다니며 화적질을 일삼고, 때로는 부잣집 담을 넘어 도적 노릇도 하며 살았다. 이들이 용화산에 든 것은 이태 전으로, 전날에는 거지산(居知山)에도 있었고, 완산(完山)에서도 해 반을 지냈으나 번번이 관군에게 쫓겨 거처를 옮겨다녔다. 이들의 꿈은 재화를 모아 배를 사서 월주나 서역의 담로국으로 달아나는 것이었다.

화적촌 남자들은 당초의 화적패와 뒤에 새로 가담한 자가 반반쯤 되었으나 여자들은 화적패에게 붙잡혔다가 몸을 망치고 눌러앉은 경우가 제일 많았고, 먹고 살기가 힘들어 남편과 함께 스스로 동조한 축도 아주 없지는 아니하였다. 화적촌에서는 내외가 따로 없고 아무나 눈이 맞으면 내외요, 어제의 내외가 오늘은 아닌 수도 다반사였다. 선화가 이 말을 듣고 몸서리를 치며 짐승 같은 자들이라 흉을 보자 장이 무슨 생각을 했는지 고개를 심히 가로저으며,

"나는 이해가 가오. 인륜을 따지는 것도 굶어 죽는 자들 앞에서는 허무한 노릇이지."

화적패를 두호하듯 말하였는데, 이 바람에 광에 갇혀서도 둘이서 한동안 옥신각신 입씨름을 하였다.

광에 갇혀 지낸 지도 어느덧 대엿새가 흘러갔다. 장이 기다리다 못해 단고를 불러 말하기를,

"우리가 지니고 있던 금은 당신들이 가져가고 사람은 그만 풀어주오. 하루이틀도 아니고 언제까지 이러고만 있어야 하오? 금을 가져 갔다 해서 관아에 고변하지도 않을 것이고, 우리도 따로 볼일이 있는 사람들이니 서로 좋은 방도를 찾읍시다."

하고 제안하였다. 그러자 단고가 제법 깊이 생각하고 말하기를,

"두령이 경사에 볼일을 보러 갔다는 말은 거짓말이고 사실은 해남 통에서 남령(중국 난닝)으로 떠나는 역선이 있어 그동안 모은 재화를 가지고 살 만한 데를 알아보러 갔소."

하고서,

"남령이 예서 뱃길로 달포 길이오. 두령 떠난 지가 석 달이 넘었으니 도중에 풍랑만 만나지 않았다면 곧 당도하리다. 사나흘만 더 기다려보오."

말을 마치자 스스로도 미안했던지 광에서 나와 움막에서 거처하도록 배려해주었다. 그런데 바로 그 뒷날 화적질을 나갔던 무리들이 법복을 입은 중 한 사람을 붙잡아왔다. 화적패에게 끌려온 중이 나이는 제법 들어 보이나 얼굴은 동안이요, 체격은 크지도 작지도 아니한데 눈에서는 광채가 어찌나 매서운지 사뭇 푸른 기운마저 감돌았다. 화적촌에서는 아무도 그 중이 누군지를 알지 못하였으나 오직 선화만이 한눈에 알아보고,

"이게 누구세요? 무량(無亮) 법사가 아니신가요? 소녀가 아주 어렸을 때 진나라로 불법을 구하러 가셨던 무량 대사가 분명하지요?"

뛸 듯이 기뻐하며 알은체를 하였다. 오히려 무량이라 불린 중이 공주를 알아보지 못하고,

"뉘시오?"

하며 물어 공주가 자신이 선화인 것을 밝히고 저간의 사정을 대략 설명하자 무량이 그제야 땅에 엎드려 절을 하였다.

"진나라로 떠나셨던 대사께서 백제 산곡간에는 어인 일이십니까?"

"소승이 원광과 함께 진나라가 망하는 것을 보고 금성에 소식을 전할 것이 있어 돌아오는 길이올습니다. 남령에서 배를 찾으니 때마침 백제로 오는 배편이 있어 동선하였는데, 금성으로 가는 길에 전날 안면이 있던 이곳 사자사의 도승 지명과 학승 혜현(惠顯)이나 만나보자고 들렀습니다."

무량의 대답에 단고가 더 놀라 하며,

"지금 남령에서 오는 길이라 하였소?"

하고는 이내 이러이러하게 생긴 사람을 보지 못하였느냐고 손짓까지 해가며 물었다. 무량이 설명을 듣고서,

"길지라는 자를 말하는가?"

하고 반문하니 단고가 돌연 안색이 밝아지며,

"그렇소! 길지가 우리 두령이오!"

고함을 질렀다.

"알지. 알다 뿐이냐? 그놈이 너희한테는 두령일지 몰라도 뱃전에서는 내 시자 노릇을 톡톡히 하였느니라."

"하면 같이 배를 타고 왔다는 소린데 어찌하여 용화산에는 스님 혼자 오셨소?"

"이놈아, 배가 방금 전에 해남통에 닿았는데 제깟놈이 무슨 수로 지금 용화산엘 와? 아무리 빨리 와도 2, 3일은 족히 걸릴 것이다."

"그럼 스님은 무슨 수로 여기에 있소? 축지법이라도 쓰셨단 말이오?"

"축지법이라면 축지법이고 장보법이라면 장보법이니 그거야 말 붙이기 나름이다."

대사의 말에 단고가 아연한 얼굴을 해 보였다. 대사가 문득 그런 단고를 향하여 준절히 꾸짖기를,

"당장 여기 계신 분들을 방면하지 못하겠느냐? 만일 그러지 않으면 길지가 돌아오는 대로 너희놈들을 모두 포박하여 관아로 넘길 것이니라!"

하자 단고가 좌우의 부하들과 의논하고 나서,

"우리가 대사 말씀을 안 믿기도 어렵지만 다 믿기도 어려우니 두령이 올 때까지만 예서 좀 기다리시오."

하였다. 무량이 혀를 끌끌 차며 한심한 듯이 화적패를 둘러보고서,

"실로 어리석고 아둔한 것들이로다. 그러니까 화적질이나 일삼는 게야."

탄식하고는 곧 공주에게로 와서,

"아무래도 소승이 왔던 길을 다시 가서 길지라는 자를 데려와야겠습니다. 공주님께서는 잠시만 더 기다립시오."

말을 마치자 미처 붙잡을 겨를도 없이 어디론가 사라졌는데 그 종적을 아무도 알지 못하였다.

그로부터 불과 한 식경이 아니 되어 무량이 장정 하나를 대동하고 다시 화적촌에 나타났다. 무량이 달고 온 장정은 키가 8척에 허우대가 곰과 같았으며 얼굴은 우락부락하여 보기만 해도 소름이 끼칠 정도였다. 그가 곧 길지였다. 길지가 나타나자 단고를 비롯한 화적촌 사람들이 모두 땅에 엎드려 절을 하였다.

"단고 어딨느냐?"

길지가 성난 목소리로 단고를 찾았다. 단고가 일어나서,

"네, 두령님."

하고 대답하니 길지가 눈알을 부라리며,

"너는 어떻게 된 놈이 일을 이따위로 하느냐? 내 떠나기 전에 절에 가는 사람을 상대로는 화적질을 하지 말라고 그토록 누누이 당부하였거늘 이젠 법복 입은 스님의 바랑까지도 노렸더란 말이냐?"

하고서,

"다른 것은 다 그만두고 너는 내가 사자사의 문진과 호형호제하며 지내는 것을 그새 잊었느냐?"

하고 다그쳤다. 단고가 처음에는 절에 가는 신도인 줄을 모르고 잡아왔으나 그냥 되돌려보내면 후환이 있을까 께름칙하여 이러지도 저러지도 못하였다며 무참한 낯으로 발명하고서,

"두령님이 떠나고 시일이 워낙 오래되어 저희가 잘 먹어야 하루에 한 끼요, 그마저도 근자에는 어린것들과 여자들만 먹이고 우리 남자들은 초근목피로 명줄을 이어가던 판이오. 하니 눈이 어두워서라도 무엇인들 가리겠소? 그래도 인명을 해치지 않고 한 말이나 되는 금붙이도 팔아먹지 아니한 것은 모다 내가 부하들을 다독거리고 설득한 때문입니다."

은근히 자신에게도 공이 없지 않음을 주장하였다. 길지가 앞으로 문진을 무슨 낯으로 보느냐며 길게 탄식한 뒤에 대사를 향해 무릎을 꿇고 용서를 빌었다. 그리고 먼저 잡혀와 있던 세 사람에게도 차례로 용서를 구하고 특히 문진의 형인 매우를 보고는,

"아우님께 잘 말씀을 드려주십시오. 만일에 문진 스님이 이번 일로 화를 내면 저희가 더 이상 용화산 신세를 질 수가 없습니다."

간곡히 부탁하여 매우가 그렇게 하겠노라며 고개를 끄덕였다. 길지
가 단고한테 명하여 빼앗아놓은 금 한 말을 도로 가져오라 하여 일행
에게 건네주니 선화는 어서 가자며 길을 재촉하는데 장이 한참을 묵
묵히 앉았다가,

"이보시게, 길지 두령."

하며 말문을 열고는,

"남령으로는 아니 가시는가?"

하고 물었다. 길지가 남령의 백제촌이란 곳을 다녀왔으나 기후가 맞
지 않아 살기가 어려울 뿐만 아니라 가진 재화도 부족해서 당장 움직
이기는 어렵겠더라 말하고,

"해남통의 아는 사람에게 훗날 부남(인도차이나 남동부에 있던 나라)
으로 가는 배편이 있으면 알아봐달라고 부탁하고 왔소."

하였다. 이에 장이 길지에게 말하기를,

"나는 근본이 백제 왕실 자손인데 그대들이 이처럼 고초를 겪는
것을 보니 말할 수 없이 마음이 아프네. 오죽하면 살던 고향을 버리
고 낯설고 물 선 남의 땅으로 가려고 하겠는가. 없는 사람 사정이야
없는 사람밖에 모르지. 나 또한 말은 왕손이라고 하지만 운명이 기험
하여 얼마 전까지만 해도 경사의 남지에서 마 농사를 짓고 살았다네.
그러다가 지금은 세간 이목을 피해 용화산에까지 왔으니 그대들의
처지와 내 처지가 게서 겔세."

하고서,

"어떤가? 이처럼 만나 서로가 면을 익힌 것도 전생 인연이 없이는
어려운 일이요, 이곳은 지세가 묘해 굳이 찾자고 들지 않으면 알기
어려우니 만약 우리 내외가 머물 곳을 허락한다면 내 군이 사자사까

지 올라갈 까닭이 없네. 그 금을 팔아 양식과 옷을 사서 여기 사람들을 골고루 먹이고 몸을 데운다면 한동안은 어떤 부자도 부럽지 않을 만큼 풍족히 지낼뿐더러 원하는 사람은 밭뙈기를 마련하여 농사도 지을 수 있을 것임세. 이는 또한 작금의 왕실이 하지 못한 일을 내가 하는 것이므로 가히 일석삼조가 아니겠는가?"

돌연한 제안을 하고 나왔다. 길지가 깜짝 놀라며,

"저희로서야 마다할 까닭이 없으나 귀하신 분들께서 어찌 이처럼 누추하고 험악한 데서 지낼 수 있겠습니까? 하룻밤도 안 지나서 공연히 후회하실 테니 그냥 가십시오."

하자 장이 껄껄 웃으며,

"이 사람아, 예서 지낸 지가 벌써 열흘이 가까웠네."

하였다. 매우는 걱정스러운 얼굴로,

"화적 떼 속에서 어찌 지내시겠소?"

하며 묻고 선화 또한 장의 뜻이 마음에 들지 않아서,

"기껏 화적 떼 속에서 지내자고 나를 백제로 데려왔소?"

하고 눈빛을 살천스럽게 흘겼으나 오직 대사 무량만이 빙그레 뜻 모를 웃음을 머금은 채 말이 없었다. 장이 선화와 매우를 번갈아 보고,

"화적 떼가 본시부터 화적 떼가 아니니 걱정할 것이 없소. 자고로 백성들이란 어린애와 같아서 먹고 입을 것이 풍족해지면 그 마음도 절로 유순해진다 하였으니 차차 두고 보시오."

하며 뜻을 굽히지 않았다. 그러자 이때까지 잠자코 있던 무량이,

"낭군님이 하자는 대로 따르십시오."

하고 장의 뜻을 두호하여 선화에게 권하였다. 장이 길지를 향하여,

"장리가 허락하겠는가?"

웃으며 물으니 길지가 장리라는 소리에 겸연쩍어 그 험상궂은 얼굴을 붉게 물들이며,

"뜻대로 합시오."

하고 공손히 대답하였다.

　두 내외가 화적촌에서 머물기로 하자 무량은 바랑을 짊어지고 사자사로 향하고 매우도 용화산까지 온 김에 아우나 만나보고 가겠다며 대사를 따라갔다.

　장과 선화가 이때부터 용화산 남동면의 화적촌에 살면서 지니고 있던 재화로 사람들을 구제하고 화적질을 못하도록 계도하니 사람들이 모두 그 뜻을 받들어 화적 떼가 이내 양민이 되었다. 화적촌 주민은 장정이 스물일곱에 여자가 열넷이요, 아이가 아홉이었다. 이들은 입살이가 한결 나아진 뒤에도 내외를 딱히 정하지 않고 지내는 난혼의 풍속만은 버리지 아니하자 하루는 선화가 이를 탓하며,

　"사람 사는 세상에 이처럼 몰풍정한 풍습이 있다는 말은 듣지 못하였습니다. 짐승이라면 모를까 사람이 어찌 내외를 매양 바꿔가며 살 수가 있습니까? 이런 것을 고치지 않고는 아직 화적 떼이지 온전한 양민이라고는 보기 어렵습니다."

하고 장에게 말하였다. 장이 길지를 불러 선화의 뜻을 전하자 길지가 대답하기를,

　"공주님 말씀이 백번 지당합니다. 그러나 여자 수가 극히 부족하여 짝을 다 정하지 못하니 무턱대고 그리 말하기도 어렵습니다."

하였다. 장이 잠시 생각에 잠겼다가,

　"오늘부로 배필을 정해 난속을 없이 하고 나머지 짝 없는 자들은 다시 대책을 세우도록 하는 것이 어떻소?"

하니 길지가 군소리 없이 촌민들을 그러모으고 해로할 짝을 구하라 하였다. 여자들 수가 적으니 자연히 여자들이 마음에 부합하는 남자를 골랐는데, 열넷이 짝을 구하여 남진겨집이 되고 짝 없는 남자가 열셋이었다. 짝을 얻은 자들이야 아무것도 불평할 것이 없었으나 문제는 짝을 구하지 못한 자들이었다.

"어찌하면 여자들을 구할 수가 있겠소?"

장이 길지에게 묻자 길지가 대답하였다.

"열셋이나 되는 여자들을 구하자면 구할 방법도 막연하지만 설혹 구한다 하더라도 반드시 마음에 든다는 보장이 없으니, 제일 좋은 방법은 당자에게 노자를 넉넉히 주어 직접 구해오라고 하는 것입니다. 이러면 아무런 불만 불평이 없을 듯합니다."

"그것 좋은 생각이오. 그래, 노자는 얼마나 쥐여주면 되겠소?"

"은 닷 푼씩이면 족하지 싶습니다."

"일생의 배필을 구하는 막중지대사에 은 닷 푼을 가지고야 되겠소? 장리가 이걸 가져가서 열셋에게 공평히 나눠주시오."

장이 금 닷 냥을 풀어놓자 길지가 눈이 휘둥그레서,

"이것으로라면 옥황상제의 딸도 능히 데려올 수가 있겠습니다요." 하며 흰소리를 하였다.

그렇게 산을 내려간 열셋 가운데 아홉이 짝을 구하여 돌아오고 나머지 넷은 오래도록 소식이 없었는데, 후에 들리는 말로 가져간 재화를 밑천 삼아 저자에서 짝도 구했을뿐더러 남부럽지 않은 부자가 되었노라 하였다.

선화가 신라 왕실에서 가져온 금 한 말이 거의 동이 나자 하루는 장을 보고 말하기를,

"재화가 더 필요하면 사람을 신라 왕실로 보내어 어머니께 도움을 청해보겠습니다."

하니 장이 절레절레 고개를 흔들며,

"일전에 말하지 아니하였소? 마를 캐던 남지연 근처에 이같이 번쩍거리는 흙덩이가 산처럼 쌓여 있소이다."

하고서,

"그동안 기회가 없어 그 흙덩이를 가져오지 못하였거니와 이제는 경사도 많이 잠잠해졌을 테니 하루 날을 받아 다녀오리다."

하였다. 선화가 장의 안부를 염려하여,

"다른 사람을 보내시고 서방님께서는 그냥 여기 계십시오."

하자 장이 웃으며,

"그 장소는 나밖에 아는 사람이 없소."

하였는데, 그로부터 사나흘 뒤 길지와 촌민 몇 사람을 데리고 사비로 향했다. 장이 용화산을 떠난 지 닷새째 되는 날 수레 넉 대에 흙을 산더미처럼 싣고 그 위를 물에 적신 거적으로 덮어 돌아왔다. 거적을 벗겨내자 과연 번쩍거리는 누런 사금 더미가 나타났는데, 촌민들이 신기하여 흙 속에 손을 집어넣자 만져지는 황금 조각이 있을 정도였다. 이것을 일일이 체에 걸러 불에 녹여내었더니 수레 넉 대의 흙에서 나온 황금이 물경 서말 반이나 되었다. 그날 밤에 장이 선화를 보고,

"그동안 임자가 지니고 있던 재물을 쓰면서 마음이 늘 편치를 못하였소. 임자는 이제 백제 사람이지 신라 사람이 아닌데 그 재물은 비록 빙모께서 딸의 안부를 걱정하여 사사로이 준 것이라고는 해도 임자를 쫓아낸 신라 왕실에서 가져온 신라 재물이 아니오? 게다가 나로 봐서도 그렇소. 신라 법도는 어떤지 모르겠으나 금지옥엽 고이

키운 딸을 데려올 적에는 마땅히 처가에 재물을 바쳐 고마움의 뜻을 전하는 것이 우리 백제의 양속이거늘, 하물며 당대 최고 미인을 배필로 얻었으니 더 말할 것이 있겠소."

하고서,

"이참에 내 존재도 알리고 임자가 무사히 있다는 소식도 전할 겸, 금성에 금을 좀 보냅시다. 한 말은 임자가 전에 가져온 것을 갚는 셈이고, 또 한 말은 내가 처가에 전하는 고마움의 뜻으로 모두 두 말을 보내는 것이 어떻겠소?"

하며 선화 의향을 물었다. 선화가 곰곰 생각하니 부모한테 안부도 전하고 싶었지만 그보다 자신을 쫓아낸 신라 조정에 보란 듯이 금을 보내어 말 많은 중신들의 코를 납작하게 해주고 싶은 마음이 더 앞섰다.

"뜻은 고마우나 두 말씩이나 되는 금을 무슨 수로 예서 금성에까지 보내겠습니까?"

"일전에 보니 무량이란 스님이 여간 신통하지 않습디다. 내일 우리 둘이 사자사에 올라가서 그 스님이 아직 그곳에 있거든 사정을 얘기하고 도움을 청해봅시다."

"대사가 아직 가지 안했을까 모르겠소."

두 내외가 공론을 마치고 이튿날 사자사에 올라가니 무량이 다행히 그대로 절에 유숙하고 있었다. 선화가 반가움을 금치 못하며,

"스님께서는 언제 금성으로 가실 작정이십니까?"

하고는 연하여 사정 얘기를 털어놓은 뒤에,

"금 두 말을 과연 금성까지 가져갈 수 있을지 모르겠습니다."

하였더니 무량이 껄껄 웃으며,

"그런 일은 나보덤두 여기 있는 지명 대사가 능히 할 수 있을 것입

니다."

하고 옆에 앉은 늙은 도승을 가리켰다. 지명(知命)이라 불린 도승이 고개를 끄덕이며,

"금 두 말을 금성까지 옮기는 것이야 소승에게는 식은 죽 떠먹기보다 쉬운 일이니 아무 염려 말고 예까지만 져다 놓으시오."

하고 거들었다. 무량이 말하기를,

"그러잖아도 지명이 취산의 낭지 법사를 만나보겠다 하여 같이 떠나려고 날을 받는 중이었습니다."

하고서,

"이제 금성에 가서 대왕 폐하를 봉견하면 공주께서 아무 탈 없이 평강하신 일은 물론이요, 마동왕자의 뜻이며 총준한 됨됨이를 소승이 본 그대로 전하고 아울러 곧 이승에 나오실 뱃속 아기씨 소식도 덤으로 전해 올리겠습니다."

하였다. 이때 선화가 산달이 임박하여 배가 용화산 봉우리만하였다. 두 내외가 무량, 지명과 하직 인사를 나누고 화적촌에 내려와 사람들로 하여금 금 두 말을 사자사로 져나르게 하였더니 두 중이 그날로 금과 함께 사라져 오랫동안 소식이 없었다.

그 후 선화가 달이 차서 사내아이를 낳으니 장이 아이 이름을 놓고 선화에게 말하기를,

"이 아이는 임자와 내 자식이니 이름도 같이 뜻을 합쳐 짓도록 합시다. 나는 무엇보다도 이 아이가 자라서 의로운 사람이 되었으면 좋겠소."

하며 먼저 의(義)자를 내므로 선화가 그 뒤를 이어,

"의로운 것도 좋지만 부모 형제에게 자상하고 주윗사람한테 자애

로운 아름다운 성품을 지녔으면 합니다."

하고 자(慈)를 더하였다. 이로써 아이의 이름을 의자(義慈)라 부르게
되었다.

그 뒤로도 두 내외의 금실지락이 워낙 유별나서 하룻밤도 그저 넘
기는 법이 없으니 선화가 의자를 낳고 곧 또 몸에 태기가 돌았다. 그
런데 두 번째 밴 아이를 낳을 무렵에서야 무량이 용화산에 들러 백정
왕이 친히 쓴 서신 한 통을 내놓았다. 무량은 전날 진나라 영토였던
금릉(金陵 : 남경)에서 보내온 법사 원광의 서신을 받고 다시 중국으로
가는 길이었다. 전란으로 어수선했던 금릉도 이때는 수나라에 복속
되어 과거의 평온함을 되찾은 뒤였다. 선화가 반가운 마음으로 서신
을 황급히 개봉하려 하자 무량이 웃으며,

"공주님께서 열어보아도 그만이나 겉봉에 씌어 있기로는 임자가
따로 있는 듯합니다."

하므로 그제야 겉봉을 읽어보니 '국서 부여장 서동 친전(國壻 扶餘璋
薯童 親展)'이라는 글귀가 선명하였다. 선화가 부러 앵도라진 낯으로,

"주인이 직접 보구려."

하며 서신을 팽개치듯 내미니 국서라는 글에 이미 입이 큼지막하게
벙그러진 장이,

"빙부의 서신인데 누가 본들 어떠려구."

하고는 봉함을 열어 적힌 글을 눈으로 읽어내려갔다. 선화가 그새를
참지 못하고 장의 어깨 너머로 고개를 들이밀었다.

백정왕이 보낸 서신은 먼저 장과 선화의 안부를 묻고, 예를 갖춰
두 사람의 혼례를 올려주지 못함을 애운해하면서 비록 직접 면대하
지는 못했으나 무량 대사를 통해 장의 인물과 됨됨이를 들어본즉 가

히 천하에 보기 드문 장부요, 국서로 삼으매 조금도 손색이 없음을 알고 크게 기뻤다는 내용으로 돼 있었다. 아울러 일전에 보낸 금 두 말을 잘 받았다는 것과, 순산하기를 바란다는 말을 덧붙이고, 말미에 가서는 부녀의 정은 변함이 없되 세간의 구설이 아직도 분분하여 가까이 부르지 못함을 슬퍼하였다.

서신을 읽고 나자 장은 우쭐한 기분에 취하여 시종 웃음을 감추지 못했으나 선화는 무슨 생각이 들었는지 수시로 눈시울을 붉혀대더니 무량이 떠난 뒤 밤에 자리를 깔고 눕자 돌연 허공을 향하여 부들부들 치를 떨며,

"이제 금성 생각은 두 번 다시 하지 않을 테요!"

하고서,

"금성에 사는 것들은 오늘 이후로 중신이고 백성들이고 하나같이 내 원수요. 어찌하여 아직까지도 나에 대한 구설이 분분하단 말씀이오? 그것들이 들어 나를 망치고 부녀지연과 형제지정을 끊으니 이제는 금성의 금자만 들어도 이가 갈립니다. 내가 그동안에는 야속한 마음이 더러 일어도 자주 금성 쪽 하늘을 올려다보곤 하였는데 차후로는 그쪽으로 날아가는 새도 쳐다보지 않으리다. 이제 나는 명실공히 백제 사람이요, 신라는 내게 원수국이오!"

하도 분통을 터뜨리고 오랫동안 잠을 이루지 못하는 바람에 나중에는 장이 도리어 마음을 풀라며 달래기까지 하였다.

그로부터 얼마 아니 있어 화적촌에 반가운 손이 찾아왔다. 마삼(馬杉)이라는 그 손은 전날 거짓으로 복통을 앓는 체하여 장과 선화가 화적촌과 인연을 맺는 데 첫째 공을 세운 자인데, 그 후 난혼의 악습을 바로잡을 때 짝을 구하라고 준 금푼을 씨알돈으로 장사를 벌여서

제법 재미도 보고 저자에서 부자 소리까지 듣게 되었다. 전날 비쩍 말랐던 마삼이 몰라볼 정도로 신수도 좋았지만 곱상한 각시와 갓난쟁이를 달고 선화에게 줄 노리개며 화적촌 사람들이 모두 먹고도 남을 떡까지 마련하여 찾아오니 장이 마삼의 성공을 크게 기뻐하여 개와 돼지를 잡고 동네 잔치를 열었다. 이 자리에서 장이 술에 취하여 장인인 신라 국왕한테서 서신 받은 것을 여러 차례 자랑하였는데, 마삼이 다시 저자로 내려간 뒤에 그만 이 소문이 나돌아 장의 큰외숙 대가의 귀에까지 들어갔다. 장의 일로 관직에서 쫓겨나 집에서 분통만 터뜨리고 살던 대가가 소문의 진원지를 따라 마삼을 찾아왔다. 마삼이 대가를 만나니 대가가 말하기를,

"나는 장의 외숙으로 조카의 안부가 늘 궁금하였는데 자네가 내 조카 사는 곳을 안다고 하여 특별히 찾아왔네."

하고서,

"조카네가 아무 탈 없이 잘 지내고 있는가?"

"선화공주는 아직 신라로 돌아가지 아니했는가?"

"두 사람 사이에 자식도 있던가?"

진심으로 조카의 안부를 걱정하는 사람처럼 꼬치꼬치 캐묻고 나서,

"명색이 아재비로 조카네 사는 모습을 직접 보고 싶으니 어디에 사는지만 일러주게나. 누이가 남긴 핏줄이 그 아이 하날세. 숙질간에 사는 곳을 모른대서야 말이나 되는가?"

자못 다감한 표정으로 청하여 마삼이 별다른 의심 없이,

"용화산으로 가봅시오."

하고 화적촌으로 들어가는 찾기 힘든 길까지 소상히 그림을 그려가며 일러주었다. 대가가 장의 거처를 알아내자 그 길로 관아에 고하여

군신이 모두 알게 되었는데, 이때는 신라왕이 은밀히 서신까지 보내왔다는 혐의가 덧붙어서 장의 죄가 첩자에 버금갈 만큼 막중하였다. 창왕이 병관좌평 태기(苔奇)에게 명하여 당장 장과 선화를 붙잡아 들이라 하니 태기가 무려 1천여 명이나 되는 군사를 이끌고 용화산을 덮쳐 장과 선화뿐 아니라 화적촌 주민 전부를 생포하였다. 이때가 무오년(598년) 10월 하순으로, 수나라에 향도를 자청하여 갔던 사신 왕변나(王辯那)가 양견(수문제)의 서신을 지니고 귀국한 직후였다.

도성으로 붙잡혀온 장이 화적촌 주민들과 왕성 옆 궐옥에 갇혀 문초당할 때를 기다리던 중에 고구려가 수군을 내어 백제 서안을 공격하므로 나라의 관심이 모두 그쪽으로 쏠렸고, 그 전쟁이 채 끝나지 아니하여 창왕이 돌연 붕어하니 장의 일 따위는 그만 관심 밖으로 밀려나게 되었다.

국상을 치르고 즉위한 창왕의 아우 계왕은 보위에 오르자마자 제일 먼저 서역에 나가 있던 장자 선을 불러들여 태자로 삼았다.* 오랫동안 곤륜 지방에 나가 살던 부여선이 스물여섯 해 만에 가족들을 데리고 본국으로 돌아왔는데, 떠날 적에 약관의 아름답던 청년이 그사이 피부는 볕에 그을려 소나무 껍질과 같고, 흰 이는 죄 검은빛을 띠었으며, 머리털은 어느덧 희끗희끗 백발이 뒤덮어 전날 그를 기억하

---

* 흔히 창왕(위덕왕)의 아들로 알려진 아좌태자는 《일본서기》에 나오는 인물로, 우리나라 사서에는 기록이 전무하다. 창왕의 재위 기간이 무려 45년(554~598년)인데, 아좌태자가 일본에 건너간 시기가 창왕 재위 44년째인 597년이라는 점도 이해하기 어렵다. 이후 즉위한 백제의 두 임금이 잇달아 1년도 못 넘기고 죽은 정황으로 미뤄 권력을 둘러싼 치열한 암투와 정변을 의심할 수 있고, 아좌태자가 실존 인물이라면 그 정변이 왜국과 무관하지 않을 것으로 짐작된다. 그러나 이는 왜로 건너가서 천황이 되었다는 수백향의 존재와 더불어 양국 고대사 연구가 더 진척되어야 밝혀질 일이다. 《일본서기》에 따르면 아좌가 태자 신분으로 조공을 갔기 때문에 그를 인정하면 백제가 왜에 조공한 사실을 인정해야 한다. 따라서 고심 끝에 이 작품에서는 정체가 불투명한 아좌의 존재를 아예 다루지 않기로 한다.

던 사람치고 제대로 알아보는 사람이 없었다. 늙은 계왕이 부여선을 붙잡고 눈물을 흘리며 고생을 위로한 뒤에,

"소원이 무엇이냐? 네가 원하는 것이 있으면 무엇이든 들어줄 테니 주저하지 말고 말을 해보라."

하였더니 선이 기다렸다는 듯이 꺼낸 얘기가 전날 애틋한 정분을 주고받았던 안향의 일이었다. 부여선이 곤륜에서 부인을 얻고 슬하에 이미 다섯 남매를 두었으나 마음은 늘상 본국에 두고 온 안향과 얼굴도 보지 못한 자식에게 있었다. 부여선의 얘기를 들은 계왕이 크게 탄식하며,

"내가 미리 그런 애달픈 사연이 있는 줄을 알았더라면 어떻게 해서든 그들을 거두었을 것이다."

하고서,

"이제라도 늦지 않았다. 너는 어서 가서 그들을 찾아 대궐로 데려오라."

하였다. 이에 선이 옛 기억을 더듬어 경사 남쪽 못가를 조심스레 찾아갔는데, 마을과 집은 예전 그대로이나 문을 밀치고 들어서니 유독 사람의 종적만 보이지 아니하였다. 선이 퇴락한 집에서 먼지 앉은 마루에 엉덩이를 걸치고 눈으로 전날 안향의 자취를 더듬으며 한참을 앉았다가 마침 길가를 지나가는 동네 사람을 불러 소식을 물어보았다. 선과 얼추 나이가 비슷해 뵈는 그 사람이 평복을 하고 나온 선을 아래위로 훑어보고서,

"안향이란 여자는 세상 뜬 지 벌써 여러 해요."

하고 그대로 지나치려는 것을 선이 황급히 붙잡아 세우고,

"세상을 떴다니? 무슨 까닭으로 세상을 그처럼 일찍 떴는가?"

마치 따지듯이 물으니 그 사람이 약간 기막힌 표정으로,

"내가 안향이 세상 뜰 적에 까닭을 물어보지 못해 미안하외다."

조롱하듯이 대꾸하고는 바삐 사라졌다. 선이 안향을 만나 참고 참았 던 회포를 풀자고 잔뜩 벼르고 왔다가 이미 이 세상 사람이 아니라는 말을 들으니 억장이 무너져 한동안 넋을 잃고 맨땅에 퍼질러 있었다. 조금 뒤 이번에는 한 노파가 우는 아이를 등에 업고 나타나서 오락가 락 선의 앞을 얼쩡거리다가,

"빈집에 앉아서 무얼 하시오?"

하고 말을 걸어 선이 그제야 문득 정신을 차렸다.

"여기 이 집에 살던 안향이란 여자가 죽었다는 게 사실이오?"

"그렇소. 하마 몇 해 되었지요. 아들과 둘이 마 농사를 짓고 꽤나 오순도순 살았는데 그만 병을 얻어 어미가 일찍 갑디다."

"아들이 있었다구요?"

"암만. 아들이라도 보통 아들이 아니었소."

"보통 아들이 아니라니요?"

"혼자 사는 과부가 잘난 아들을 보았으니 남의 말 하기 좋아하는 사람들이 모다 그 아들을 가리켜 마동왕자니 못에 사는 용의 자식이 니 종작없이들 빈정거렸지만 모자가 그런 소리엘랑 내내 안색 한번 변치 안하고 살았소. 아들이야 사람마다 낳아도 그만한 아들 보기가 쉽잖애. 나는 용의 자식은 보지 못해 모르겠지만 왕자 구경은 더러 하였는데, 70 평생에 그처럼 우뚝하고 헌칠한 왕자는 본 일이 없소. 하니 일설에는 신라왕이 딸 중에서 젤루 인물이 곱다는 선화공주를 주어 사위로 삼았다는 소리까지 나돌지. 신라왕이 만일 마동을 보았 다면 능히 그러고도 남았을 것이오."

귀국한 지 얼마 되지 않은 부여선으로선 노파가 하는 말을 금방 다 알아들을 수 없었다. 한참 동안 노파에게 자초지종을 캐어물어 그 아이의 이름이 장이라는 것만 가까스로 알아내고는 대궐로 들어와 전에 녹사 벼슬을 하던 진각수와 그 일가를 찾으니 죽은 진각수 대신 입궐한 자가 진대가였다. 태자 선이 진대가를 보고,

"네가 옛날 남지 못가에 살던 안향의 오라비인가?"

하고 묻자 대가가 또 무슨 좋지 않은 일이 있을 줄로 지레 짐작하고,

"그러하오나 안향과 소인은 말이 남매였지 실상은 남보다도 더 못한 사이였습니다."

하였다. 선이 고개를 갸우뚱거리며,

"어째서 그러한가?"

하고 반문하니 대가가 안향의 행실이 좋지 못했던 것과 그로 말미암아 아비 모르는 자식을 낳아 세간에 조롱거리가 된 것들을 푸념하듯이 털어놓고서,

"정체도 모를 남의 군계집으로 일생을 마친 어미가 죽자 이번에는 또 그 자식이란 놈이 나라와 집안에 평지풍파를 일으켜 소인이 차마 고개를 들고 다니기 어렵습니다."

하였다. 선이 대가의 말을 통해 장과 안향이 그간 얼마나 어렵게 살아왔는가를 통연히 알아차리고 눈물을 흘렸다.

"그래, 장이는 지금 어디에 있는가?"

"선왕 폐하께서 붕어하시기 전에 무리와 더불어 용화산에 웅거하고 있던 것을 잡아들였사온데 궐옥에 갇혀 그대로 지내는 줄로 아옵니다."

"뭐야? 옥에 갇혀 있다고?"

선이 크게 놀라며 언성을 높이자 대가가 부복하여 고하던 고개를 들어 선을 바라보았다.

"도대체 그 아이가 무슨 죄를 지어 옥에 갇혔던가?"

"죄상이야 문초를 하여 밝혀보아야 알 터이나 우선 드러난 것으로는 신라 국왕이 딸을 주어 사위로 삼았을 뿐 아니라 얼마 전에는 친히 서신까지 보내어 안부를 물었다 합디다."

"그것이 무슨 죄가 된단 말인가?"

대가는 태자가 묻는 것이 자꾸 자신의 생각과 어긋나게 나가자 비로소 수상한 기분이 들었다.

"신라와는 그간에 서로 화친하여 지낸 시절도 없지는 않았으나 성대왕께서 전사하신 후로 아직 그 원한을 풀지 못해 적대하고 지낸 지가 오랩니다. 어찌 신라의 국서가 된 자가 죄가 없을 것이며, 항차 신라왕의 서신까지 받은 자를 용납할 수 있으오리까?"

하고서,

"그러나 이는 단지 소인의 생각일 뿐이올시다."

하며 재빠르게 발을 물렸다. 선이 대가의 됨됨이를 한눈에 알아보고,

"만일에 그가 신라로 가서 국서가 되었다면 시비가 일 수도 있을 것이고, 그가 신라 국왕에게 서신으로 안부를 물었다면 이 또한 말이 날 소지도 있을 터이다. 하나 설령 그렇다 하더라도 남녀가 만나 혼인하는 것은 나랏일이 아닌 개인사요, 그중에도 인륜지대사가 아닌가. 하물며 그가 평인의 신분으로 일국의 왕녀를 데리고 백제로 와서 살고 신라 국왕이 서신을 보내어 안부까지 물었다면 이는 우리나라의 자랑이며 백제인의 기상을 떨쳐 보인 일이라 아니할 수 없다."

근엄히 이르고서,

"항차 너는 그런 이의 외숙이 된 자로 남들이 조카를 멸시하고 비방한다 하여도 마땅히 앞에 나서서 이를 변호하고 수습해야 할 터인데 도리어 네가 죄를 논하고 벌줄 것을 주장하니 암만 생각해도 그 사유를 모르겠구나."

하며 고개를 흔들고 책망하였다. 대가가 태자의 눈치만 살피며 대꾸를 못하고 앉았으려니 태자가 비로소 말하기를,

"네 누이 안향은 옛날에 내 지어미요, 그 아이는 내 자식이다."

하였다. 태자의 돌연한 말에 대가가 귀를 의심하였다. 태자를 멀거니 바라보며 벌린 입을 다물지 못하고 앉았다가,

"그만 나가보라!"

하는 말을 듣고서야 비틀거리며 물러났는데, 집으로 돌아오는 내내 허공을 향하여,

"태자의 아들이라고? 태자의 아들이라고?"

하며 중얼거리고 집에 와서도,

"장이 태자의 아들이라네, 허허, 태자 아들이야."

하고 시나브로 한숨질만 해대는 것이 식구들이 보기에는 영락없이 넋 빠진 사람이었다.

한편 장의 소문을 들은 부여선은 부왕에게 가서 대가한테 들은 일들을 낱낱이 아뢰고 선처해줄 것을 말하니 왕이 즉시 조정좌평에게 명하여 궐옥에 갇힌 장을 어전으로 데려오라 하였다. 장이 왕과 태자 앞으로 불려와 읍하고 고개를 들자 조부인 왕은 장의 용모와 기상에 탄복하여 입이 있는 대로 벌어졌고, 태자 선은 죽은 안향의 현신을 보는 듯해 수시로 눈물이 글썽하였다.

"이리 가까이 오라."

왕이 온화한 낯으로 불러 장이 무릎걸음으로 다가오자,

"어디 보자꾸나."

하고서 손자의 손이며 볼을 어루만지다가,

"영락없는 내 핏줄이요, 좀처럼 보기 드문 봉모인각(鳳毛麟角)일세. 허허, 아니 그런가 태자?"

하며 선을 돌아보았다. 선이 감정에 북받쳐 시초에는 말을 잇지 못하다가,

"네가 나를 알아보겠느냐?"

한참 만에 부드럽고 다정한 어조로 물었다. 장이 공손히 대답하기를,

"돌아가신 어머니한테서 말씀을 들어 알고 있습니다. 할아버지와 아버지를 이처럼 한꺼번에 뵙게 되니 저는 지금 당장 죽어도 아무 여한이 없겠습니다."

하였다.

"그래 그간에 얼마나 고초가 심하였느냐?"

선이 안쓰러운 낯으로 묻고,

"네 어미한테서 얘기를 들어 알고 있었다면 어찌하여 할아버지를 찾아뵙고 도움을 청하지 않았더란 말이냐? 할아버지께서는 엎어지면 코 닿는 거리에 계시지 않았느냐?"

하자 장이 대답하기를,

"아버지께서 이미 계시지 않은 마당에 할아버지를 찾아뵈오면 소손이 할아버지의 손자임을 증명할 길이 막연할뿐더러 나라와 왕실에도 평지풍파를 일으킬 게 뻔하여 오직 아버지께서 임기를 마치시고 귀국하시기만을 학수고대하였나이다. 이는 또한 돌아가신 어머니의 뜻이기도 하였습니다. 하오나 다만 마음이 스산하고 몸이 고달플 적

에는 할아버지를 먼발치에서 바라보며 혼자 위안을 삼은 일은 여러 차례 있었습니다."

하니 선은 마음이 아파서 더 말을 못하는데 할아버지인 왕은 다시금 장의 볼을 어루만지며,

"기특하도다! 말하고 생각하는 데 과연 한 치의 빈틈도 없구나!"

하며 흡족해하였다. 이미 노쇠한 왕이 아들과 손자를 거느리고 한참을 담소하고 앉았다가 피곤하여 하품을 하였다.

"저 아이를 데리고 물러가겠습니다."

선의 말에 왕이 고개를 끄덕이며,

"부자가 모처럼 만났으니 밤새 할 얘기도 많을 것이다."

하고서,

"가서 그동안 나누지 못한 부자의 정을 한껏 나누도록 하라."

하여 장이 어전을 물러나서 태자가 거처하는 곳으로 왔다. 이때부터 두 부자가 불을 밝히고 소롯이 긴밤을 새며 얘기를 나누었는데, 이튿날 해가 뜰 때까지 말이 그치지 아니하였다.

날이 밝자 선은 아들을 앞세우고 안향의 무덤을 찾아갔다. 그곳에서 선이 망자의 혼백을 향하여 말하기를,

"임자한테 하지 못했던 지아비 노릇을 이제 임자가 남긴 아들에게 아비 노릇으로 대신하겠네. 그래야 이 다음에 죽어서라도 임자를 볼 낯이 있지 않겠나?"

하였는데, 대궐로 돌아온 즉시 왕명을 얻어 궐옥에 갇힌 화적촌 주민들을 모두 방면한 것은 말할 것도 없고, 장과 선화에게는 경사에 큰 집을 얻어 살도록 하고 의식을 돌보아주었을 뿐 아니라 수시로 장을 궐로 불러들이거나 스스로 장의 집을 찾아가 부자의 정을 살뜰히 나

누었다. 그러는 사이에 계왕이 급격히 기력을 잃고 시름시름 지내다가 곧 천수를 다하여 붕어하니 태자 선이 장사를 치르고 보위에 올라 왕위를 계승하였다.

선왕은 즉위하자마자 장과 선화를 궐내로 불러들이고 중신들에게 장을 태자로 삼을 뜻을 밝혔다. 이에 태자 시절부터 왕의 마음을 알고 있던 중신들이 반대는커녕 모두 현명한 처사라고 입을 모으고, 전날 첩자 운운하던 때의 빌미가 되었던 선화의 일과 또한 신라왕에게 서신을 받은 일까지도 갑자기 장의 자질과 인품을 높이는 덕목으로 바뀌어서,

"이는 장 왕자께서 그만큼 인품이 후덕하고 기개가 출중하신 증거이오니 마땅히 태자로 삼으셔야 옳습니다. 세상 인심이 나라와 국경을 초월하여 오직 장 왕자께 있나이다."

"신라왕이 서신을 보내어 안부를 물었던 예는 전고에 없던 일로, 항차 왕자께서 왕실에 계시지 아니하고 속인으로 지내시며 신라왕의 서신을 받았으니 자랑거리면 자랑거리였지 허물이 될 턱이 없습니다. 대왕께서는 이를 두고 왕자의 허물이라 말하는 일부 생각 없는 무리의 말을 듣지 마소서."

하며 다투어 간하게 되었다. 심지어 용화산으로 장을 잡으러 갔던 병관좌평 태기와 달솔 해미갈까지도 이 무리에 동참하니 시류와 권세를 따라 움직이는 세간 인심이 대개 이와 같았다.

선왕은 왕비의 반대와 원망을 무릅쓰고 중신들의 뜻을 모아 장을 옹립하게 한 뒤 이를 가납하여 태자로 책봉하였다. 그리고 절을 짓고 불사를 일으켜 왕업의 번성과 죽은 안향의 명복을 빌었다.

그런데 겨울에 접어들며부터 왕은 정사를 돌보지 못하고 자리에

눕는 날이 많았다. 두꺼운 이불을 몇 채나 덮어쓰고도 이를 덜덜 맞부닥뜨리고 밤낮으로 상토하사(上吐下瀉)를 그치지 아니하였다. 경사의 이름난 명의들이 줄줄이 내전으로 들어와 맥을 짚고 처방을 내렸는데, 왕이 서역에서 괴질을 가져왔다는 게 중론이었다. 약을 쓰자 조금 차도가 있었고, 그러자 봄에 오랫동안 한재가 드니 왕이 농사를 걱정하고 신하들의 걱정과 만류를 뿌리친 채 친히 칠악사로 행차해 기우제를 지냈다. 단을 쌓고 천신을 향해 기우제를 지내자 별안간 맑은 하늘에 감응이 일어 먹구름이 몰려들었고, 이내 폭우가 쏟아지기 시작하여 백성들이 모두 기뻐하였다. 하지만 이것이 왕에게는 치명적인 일이 되고 말았다.

비에 홀딱 젖어 환궁한 왕은 그날부터 그만 괴질이 덧나서 식음을 폐하고 심하게 앓았는데, 5월이 되자 끝내 회도하지 못하고 눈을 감았다. 태자 부여장은 하늘을 우러러 통곡하며 부왕의 때 이른 죽음을 슬퍼하였다. 그는 국상을 치르는 내내 부왕의 시신 곁을 떠나지 아니하고 밤낮으로 울다가 실신까지 하였고, 장지에 이르러서는 관을 붙잡고 놓아주지 않아 매장을 하러 따라왔던 역부들이 한동안 애를 먹기도 하였다.

장왕의 신하들

나이 들고 용기 없는 신하는

자진하여 물러나라.

스스로 생각하여 허물이 많은 자도

그간의 노고를 참작하여

특별히 벌하고 망신시키지

아니할 터이니 자발하여 물러나라.

짐과 함께 왕실의 해묵은 원한을 갚고,

요하에서 장강에 이르는

중원의 광활한 영토를 회복하여

백제 부흥을 이룰 매섭운

각오를 한 자들만 남으라.

경사의 조롱거리로 어려서부터 마동왕자라 놀림을 당하던 부여장
이 드디어 보위에 올라 백제 임금이 되었다. 그러나 이는 불과 2, 3년
전 위덕왕(威德王 : 창왕의 시호)이 보위에 있을 때만 하더라도 다른 사
람은 고사하고 그 자신조차 짐작도 하지 못했던 일이다. 장왕은 앞선
몇몇 왕들과는 달리 기개와 지략이 출중하고 호걸다운 기백을 갖춘
야심만만한 젊은 군주였다. 국상을 치르고 왕위에 오르자마자 조정
중신들을 편전에 불러모으고,

"짐은 오랫동안 저자에서 속인으로 지내면서 국력이 날로 쇠퇴하
여 전날 동성대왕과 무령대왕 시절에 이르지 못함을 크게 개탄해왔
다. 매사에는 모다 연유와 사단이 있는 법이다. 국력이 쇠하는 것도
마땅히 그 까닭이 있을 것인즉 나랏일을 돌보는 경들이 어찌 그것을
모르겠는가."

하며 일일이 중신들을 면대하여 물으니 수럭수럭 대답하는 이가 아무도 없었다. 이때 홀연히 말석에서 한 선비가 나서서 진언하기를,

"감히 아룁니다. 백제 국력이 전날에 미치지 못하는 까닭은 그간 국사가 백성들의 뜻에 부합하지 아니한 것과 중신들의 권세가 지나친 것과 또한 나라에서 새로운 신하를 뽑는 데 등한히 한 점이 원인이었나이다."

하고 낭랑한 소리로 말하였다. 장왕이 말하는 선비를 굽어보니 키는 작고 몸집은 뚱뚱하여 외양은 별반 볼품이 없으나 눈빛만은 더할 나위 없이 맑고 초롱초롱 빛났다. 장왕이 흡족한 낯으로,

"그대 말이 옳다."

하고 이름을 물은즉, 내솔 벼슬에 서랑(書郎)으로 있는 개보(愷普)라 하였다. 왕이 개보에게 다시 묻기를,

"하면 이제 어떤 일부터 할 수가 있겠는가?"

하자 개보가 조금도 망설이지 않고 대답하기를,

"지금 나라에는 좌평이 대여섯 사람이요, 달솔이 서른이며, 그 아래로 도합 열여섯 관직에 복무하는 벼슬아치들이 허다히 있을 뿐만 아니라 내외관을 통틀어 스무 개 부처에 관리 수백 명과 장수 수천 명이 있사옵니다. 이들이 비록 정해진 임기가 있다고는 하지만 대개는 삼 년이 지나도 옮겨가는 이가 드물고 다시 그 자리에 그대로 복무하게 되니 한번 벼슬을 얻어 외관 장리로 나간 자는 그곳에서 일생을 보낼 방편과 부를 축적하려고만 꾀할 뿐 백성들의 억울한 점을 살피고 가리지 않습니다. 이는 외관과 내관이 한가지로, 외관 장리는 내관 좌평이나 방진에게 잘 보이면 그것으로 벼슬이 유지되고, 내관 좌평이나 방진은 10년이 지나도 움직이지 않으니 임금이 제아무리

정사를 올바로 펴려고 해도 아래로 내려올수록 그 뜻이 제대로 흐르지 아니하고, 자연히 백성들의 불만과 원성이 높아지는 것입니다. 지난 일을 상고하여 보건대 나라의 힘이 강성했을 적에는 내관과 외관을 막론하고 3년 임기가 철저히 지켜져서 관리가 한 곳에 오래 머무는 법이 없었고, 또한 자리를 옮길 적에는 전직에서 세운 공덕을 논하여 벼슬과 관작을 높이고 내렸사온데, 지난 5, 60해 동안에는 이 법도가 무너져 드디어 오늘과 같은 지경에 이르렀습니다."

장황한 어조로 국법의 어지러움을 꼬집고 나서,

"폐하께서 보위에 오르시어 이것만 제대로 잡아주시면 나머지는 저절로 고쳐질 수가 있겠나이다."

하고 진언하였다.

"짐에게는 그대와 같이 영특하고 총명한 젊은 신하가 필요하다."

왕이 개보를 칭찬하여 말하자 좌중이 술렁거리며 나머지 중신들의 안색이 대부분 험악해졌다. 늙은 중신들을 대표하여 병관좌평 태기가 마뜩찮은 어조로 입을 열었다.

"폐하께서 작금의 국력이 전대 동성대왕과 무령대왕 시절에 미치지 못한다 하심은 신 등도 그리 알고 있는 터라 더 이상 드릴 말씀이 없습니다. 하오나 국력이 쇠하는 것과 성하는 것은 일국 역사에 매양 있는 일이옵고, 특히 그 사유를 찾자면 나라 밖의 어지러움과 혼란에서 구하여야지 나라 안의 일 때문은 아닌 줄로 아옵니다. 또한 걸핏하면 한재와 기근이 들어 농사를 망친 것도 민심이 고르지 아니한 까닭이온데 어리석은 백성들은 이런 것들까지도 모다 왕실과 중신들의 탓으로 돌리니 어찌 이를 온당하다 하오리까. 방금 개보의 말은 국사의 근본을 제대로 알지 못하는 더벅머리 선비의 소견으로서 모든 책임을 중신들에게만 떠넘기려는 비열한 수작이올시다. 한낱 서랑에 불과한 자와 어찌 국사의 오묘함을 논할 수 있겠나이까. 폐하께서는 얄팍한 개보의 언동에 속지 마시고 부디 혜안으로 국사의 근본을 살펴주소서."

태기의 말이 끝나기 무섭게 이번에는 달솔 해미갈이 말했다.

"산이나 바다도 그 바라보는 거리며 각도에 따라 풍광이 다른 것이 세상의 이치올습니다. 임기를 마치고 관직을 옮겨다니는 일도 너무 시기가 짧고 빈번하면 맡은 바 소임을 제대로 수행하기 어려운 법이올시다. 재작년에 붕어하신 위덕대왕께서는 내관과 외관의 이동이 너무 번잡하여 도리어 나라에 해가 된다시며 특별히 문책할 관리가 아니면 유임을 시켰거니와, 신이 보기에도 이를 반드시 나쁘다고만 할 수는 없습니다. 대왕께서는 성급히 국사의 관행을 바꾸지 마옵소서."

중신들의 반발이 만만찮은 것을 안 장왕은 문득 좌우를 돌아보며 노기 띤 음성으로 말하였다.

"한심하도다! 경들은 대체 일이 어디까지 가야 정신들을 차린단 말이냐. 다른 것은 다 그만두고 과인이 왕실에 들어온 후로 밤마다 누구를 만나는지 경들은 짐작이나 하느냐? 해가 지고 밤이 깊으면 궐내를 맨발로 저벅저벅 걸어다니는 목 없는 시신의 주인을 본 적이 있느냐? 수십 년 세월 동안 맺힌 원한을 풀지 못하여 구만 리 중천을 중음신으로 떠도는 내 증조부 성왕 폐하의 구슬픈 울음소리를 경들은 진정코 듣지 못한단 말인가?"

왕이 별안간 신라군의 칼에 처참하게 전사한 성왕의 일을 거론하자 중신들은 일순 말문이 막혔다.

"아, 이 사비성에 누구의 혼백이 깃들었던가!"

왕이 깊이 탄식하며 싸늘하고 차가운 눈빛으로 좌중을 둘러보았다.

"나는 왕실 자손임을 안 이후로 무령대왕의 아드님이시자 내 증조부이신 성왕 폐하의 일을 단 하루도 잊은 적이 없다. 그리하여 한낱 마동왕자로 지낼 적에도 위험을 무릅써가며 신라국을 잠행하여 그 지세와 성곽을 샅샅이 둘러보았고, 그 나라의 문물과 민심을 알기 위하여 걸식과 한뎃잠을 마다하지 아니하며 험난한 산곡간을 헤매고 다녔다. 경사의 조롱거리였던 마동왕자도 그러하였거늘, 하물며 경들은 나라의 녹봉을 받는 자들이 아닌가. 나라의 녹봉으로 밥을 먹고 식구들의 배를 불리며 마소와 종을 부리고 세도와 권세를 누리는 중신들이 아니던가."

왕의 옥음은 점점 높아지고 중신들은 모두 숨소리를 죽였다. 좌중에서는 그 흔하던 잔기침 소리 하나 들리지 않았다.

"돌이켜보매 성왕 폐하께서 원통하게 붕어하신 지가 올해로 마흔여섯 해가 되었다. 그런데 성왕께서 닦으신 왕도에 살며 성왕께서 지으신 대궐에 모여 국사를 돌보는 자들이 그토록 장구한 세월이 흐르도록 아직도 그 원한을 풀어드리지 못하니 백제에 인물이 이다지도 없단 말이냐. 원한을 풀기는 고사하고 이제는 누구 하나 나서서 그 일을 거론하는 신하마저 없구나. 아, 이처럼 통탄할 노릇이 어느 나라, 어느 조정에 다시 있으랴! 그러고도 경들이 백제의 신하들인가!"

왕은 눈물을 글썽이며 주먹 쥔 손을 부르르 떨었다. 용안은 이미 노여움으로 가득 찼고 눈에서는 불빛이 이글거렸다.

"황공하여이다."

좌중이 찬물을 끼얹은 듯 잠잠한 가운데 부끄러움을 견디지 못한 몇몇 신하들이 기어드는 소리로 말하였다. 왕이 한참 만에 옥음을 가

다듬고 다시 입을 열었다.

"증조부의 맺힌 한은 풀지도 못한 채 그 뒤로 전날의 영명하신 대왕들이 닦아놓은 왕업은 나날이 괴손되고 나라 밖의 광활한 영토는 물살에 쓸려가는 갯가의 모래처럼 허물어졌으며 그 땅에 살던 백성들은 어디로 갔는지 생사조차 모르게 되었다. 좀전에 병관좌평의 말처럼 국력이 성하고 쇠하는 것은 일국의 역사에 매양 있는 일임을 낸들 어찌 모르겠는가. 영토를 얻고 잃는 것 또한 매한가지다. 그러나 성대왕께서는 신라의 이름 모를 장수에게 죽임을 당하셨고, 그보다 앞서 개로대왕께서는 고구려 거련의 군사가 휘두른 미친 칼에 살해되셨다. 대관절 어떤 나라의 제왕이 이처럼 매번 이웃 나라의 노략질에 번갈아가며 목숨을 잃었더란 말인가? 이것이 어디 국력의 성쇠와 영토의 득실 따위에 견줄 일이던가? 나는 우리 백제와 같은 처절하고 비통한 역사를 전고에 들은 바가 없다. 이는 오호(五胡)가 날뛰던 중국에서조차 없었던 일로, 그렇게 제왕들을 잃고도 후사와 보복조차 거론하지 않는 한심한 백관과 장수들을 짐은 더더욱 알지 못하겠노라."

이제 갓 즉위한 젊은 군주를 일변 가소롭고 시쁘게 여겼던 늙은 중신들로선 한결같이 오금이 저리고 등줄기에 식은땀이 채였다. 비록 보위에는 올랐으나 근본이 마나 캐어 팔던 자라고 하찮게 여기던 마음이 순식간에 달아나고 통렬한 질책과 무서운 위엄에 눌려 저마다 몸을 떨고 가슴을 졸였다.

"짐은 보위에 오르며 하늘을 우러러 맹세한 바가 있다. 그것은 다름이 아니라 나라에서 썩은 것과 그릇된 것을 없애고 제도와 풍습을 바로잡아 국력을 새롭게 할 것이요, 이를 바탕으로 북으로 고구려와 동으로 신라를 쳐서 비명에 가신 두 분 선대왕의 해묵은 원한을 기어코 풀 것이며, 적당한 때를 기다려 지금은 수나라에 복속된 나라 밖의 옛 땅을 반드시 되찾을 것이다. 짐은 이를 위하여 무엇이든 마다하지 않을 것이며, 제왕의 도리를 다할 것이다. 군신을 막론하고 어찌 작금의 나랏일이 한가로이 일신의 영달이나 좇을 때이더냐? 부귀영화를 꾀하고 재물 모을 궁리나 할 정도로 시절이 태평하더냐?"

왕의 표정은 단호하고 음성에는 만승의 위엄이 서려 있었다.

"나이 들고 용기 없는 신하는 자진하여 물러나라. 스스로 생각하여 허물이 많은 자도 그간의 노고를 참작하여 특별히 벌하고 망신시키지 아니할 터이니 자발하여 물러나라. 짐과 함께 왕실의 해묵은 원한을 갚고, 요하에서 장강에 이르는 중원의 광활한 영토를 회복하여 백제 부흥을 이룰 매서운 각오를 한 자들만 남으라. 그리하면 내 그들과 더불어 강국 백제의 옛 면모를 기필코 되찾을 것이며, 훗날 그들에게는 제후의 권세와 시속에 얽매이지 않을 영화를 보장할 것이다!"

왕은 우선 내관 중신들에게 사흘 말미를 주고 공 없는 자와 허물 있는 자에게 스스로 물러날 것을 종용하였는데 중신들이 저마다 눈치를 보며 아무도 앞에 나서려는 이가 없었다. 이때 위사좌평 해속이라는 자가 사군부에 장수로 나가 있던 자신의 아우 해수(解讐)를 방좌로 삼아 도성으로 불러들인 일이 있었다. 해수가 아직 외근직의 임기가 절반이나 남아 있었으나 해속이 이를 무시하고 임의로 일을 처리하여 해수 대신 사군부로 나간 자가 불만이 높았다. 이에 새 왕이 즉위하자 곧바로 진소하여 억울함을 호소하니 왕이 당장 내신좌평 우노(優奴)에게 명하여 해속과 해수 형제를 잡아들이라 하였다. 그런데 우노 역시 해속과는 동갑으로 집마저 담 하나를 격하고 살던 절친

한 사이요, 위덕왕 재위 내내 번갈아 좌평 벼슬을 지내며 서로 이런 저런 편리를 봐주던 처지라,

"신의 생각에 해속이 해수를 도성으로 불러들인 까닭은 모다 폐하를 위해서 행한 충절이지 딴 뜻이 있는 일은 아니옵니다."

하며 해속을 두호하여 아뢰었다. 장왕이 그 사유를 물은즉 우노가 답하기를,

"비록 해수가 해속의 동생이라고는 하나 지금 백제 장수 가운데 해수의 무예를 당할 만한 이가 없습니다. 그런 고로 해속이 해수를 도성으로 불러 왕성 주변의 경계를 튼튼히 한 것이니 만일 이를 책하면 장차 충성으로 임금을 섬기려는 자가 다시 있을지 모르겠나이다."

하고 둘러댔다. 대신들의 저항은 녹록지 아니했으나 왕은 능히 이를 예견하고 도리어 때가 오기를 벼르고 있었다. 우노에게 명하여 즉시 6품 이상의 백관들에게 편전으로 입궐하라 이르고 용좌에서 큰 소리로 말하기를,

"위사좌평 해속은 숙위병사의 일을 맡김에 국법의 공평함을 좇지 아니하고 사사로이 처리한 죄가 드러났다. 그런데 그가 오랫동안 좌평으로 복무하며 나랏일에 수고로움을 아끼지 아니한 공덕이 있으므로 만일 자진하여 물러났더라면 그 죄를 불문에 부치려 하였으나, 해속이 끝까지 짐의 뜻을 헤아리지 못하고 아직도 물러나겠다는 말이 없으니 해속의 일로 일벌백계를 삼아 왕명의 지엄함과 짐의 뜻이 견고함을 만천하에 보이려 하노라. 해속은 다소 벌이 무겁더라도 과인을 원망하지 말라."

하고는 조정좌평 순차(洵且)를 불러 해속과 해수 형제를 참수형에 처하라 명하였다. 왕명이 떨어지는 순간 순차는 물론이고 조정 백관들

이 모두 경악하였다.

"폐하, 해속 형제가 비록 지은 죄가 크다 하오나 참수형은 지나친 처사입니다. 부디 거두어주소서."

해속을 두남두어 말하던 내신좌평 우노가 읍하여 아뢰자 왕은 이내 우노를 뚫어지게 노려보며 입을 열었다.

"또한 내신좌평 우노는 선납사의 일을 맡아보면서 짐을 제대로 보필하지 아니하고 사감에 치우쳐 해속을 두둔하므로 이 역시 용납할 수 없다. 조정좌평은 들으라. 내신좌평 우노 또한 관직을 삭탈하고 그 죄를 물어 효수형에 처하라!"

"마마, 지나치십니다!"

왕명이 떨어지기 무섭게 이번에는 조정좌평 순차가 읍하여 아뢰었다.

"늙은 중신들을 이런 일로 둘씩이나 주살한 일은 전고에 예가 없습니다. 부디 통촉합시오!"

순차의 말이 끝남과 동시에 다시 추상과 같은 왕명이 떨어졌다.

"병관좌평 태기는 들으라. 그대는 금일부로 조정좌평을 겸직하고 조정좌평 순차는 삭탈관직한 뒤 왕명에 불복한 죄로 효수하라."

그리고 태기를 향하여,

"너도 짐의 뜻을 거역하겠는가?"

하자 이미 안색이 백변한 노신 태기가,

"아, 아니옵니다. 시급히 왕명을 받들어 행하겠나이다."

하며 부복하였다. 좌평 세 사람과 덕솔 해수가 대기하고 있던 도부의 병사들에게 이끌려 밖으로 나가고 나자 숨소리 하나 들리지 않던 어전의 정적을 깨고 문득 말석에서 한 신하가 반보 앞으로 나와 진언했다.

"대왕께 아뢰오. 덕솔 해수는 절륜한 무예가 당대에서는 아무도 견줄 이가 없고 나이 또한 고작 스물일곱에 불과한지라 이렇게 죽이기엔 실로 아까운 인물입니다. 비록 해수의 죄가 크다고는 하지만 장차 대왕의 왕업을 일으키고 백제의 옛 영화를 되찾는 일에 해수만큼 중히 쓸 만한 인물이 신이 알기로는 아직 나라 안에 없습니다. 그에게 성은을 내리고 공으로써 죄를 갚는 장공속죄(將功贖罪)의 길을 열어주신다면 이는 작은 것으로 큰 것을 얻는 일입니다. 만일 이렇게 해수를 죽인다면 이득을 볼 곳은 고구려와 신라밖에 없을 것이옵니다."

왕이 보니 그는 다른 사람이 아니라 서랑 개보였다.

"감히 왕명에 토를 달다니 너도 목숨이 아깝지 않은 게로구나."

왕이 짐짓 근엄한 얼굴로 묻자 개보가 부복한 채 답하기를,

"신인들 어찌 하나뿐인 목숨이 아깝지 않겠나이까마는 대왕께서 지금 하시는 일은 인명을 해치려는 목적이 아니라 궁극에는 병든 소의 가죽을 팔아 송아지를 사려는 거피입본(去皮立本)의 계가 아니옵니까."

하고서,

"신은 죽어도 좋으나 해수는 나라에 꼭 필요한 인재요, 뒤에 반드시 크게 쓸 일이 있을 것입니다. 부디 살펴 행하옵소서."

간곡한 어조로 말하였다. 왕이 개보를 가만히 응시하다가,

"개보는 들으라. 그대를 금일부로 내신좌평에 봉하니 앞으로 짐의 왕업을 도와 견마지로를 다하라."

일개 내솔에 서랑을 나라의 제일 상신으로 발탁하고서 연하여 노신 태기에게 명하기를,

"형벌을 잠시 멈추라. 내 개보의 뜻을 받아들여 해수의 무예를 친

히 볼 것이다. 만일 해수가 과인이 말하는 자들과 무예를 겨루어 이긴다면 당자는 물론이려니와 그 형을 비롯한 나머지 세 사람도 모두 방면하여 집에서 늙은 몸을 편히 쉬게 하리라."

말을 마치자 중신들을 쭉 둘러보고서,

"경들에게는 다시 사흘간 말미를 줄 것이다. 스스로 생각하여 진퇴(進退)와 치신(置身)을 명백히 하라."

하고 엄히 잡도리를 하였다.

왕이 해수의 무예를 시험하기 위해 불러들인 자는 용화산 사자사의 승려 연문진과 화적촌의 두령 길지였다.

승려 문진은 전날 장왕이 화적촌에 기거할 때 오며 가며 만나 속내를 털어놓고 이야기한 적이 여러 번 있었다. 문진이 비록 장왕의 인품이며 기개는 높이 평가하여 연상으로 깍듯이 대하였으나 오직 왕가의 후손이라는 말은 아무리 생각해도 신뢰할 수가 없어 겉으로만 이를 믿는 체하였는데, 하루아침에 태자가 되고 또 임금이 되자 더할 나위 없이 기쁘고 반가우면서도 일변으론 전에 혹 무례하게 대접하고 함부로 처신한 일이 없는지를 걱정하였다. 이것을 사자사에 같이 머물던 지명의 상좌 혜현에게 말하자 속세의 일에 무심하던 학승 혜현은,

"자네가 바로 미친 중놈일세."

하며 대뜸 욕부터 하여 하는 수 없이 호형호제하며 지내던 화적촌의 길지를 찾아가 흉금을 터놓곤 하였다. 길지가 문진과는 용화산에 터를 잡은 직후 노상 시비를 벌이다 알게 된 사이로, 문진이 화적질 나갔던 장정 대여섯을 한꺼번에 메다꽂고 나머지는 양손에 두어 놈씩 덜미를 붙잡아 바닥에 질질 끌듯이 하여 화적촌을 찾아오니 길지가

문진의 비범함을 단숨에 알아보고 안으로 청하여 좋은 말로 구슬렀다. 문진이 시초에는 길지를 개 꾸짖듯이 꾸짖으며 화적패의 수괴라고 상대하지 않다가 길지로부터 화적질에 나선 내력을 듣고야 차차 마음이 움직여 저 또한 장수가 되기를 포기하고 중질로 나서게 된 사연을 이야기하였다. 양자가 밤새 말술을 마시며 서로 분개하고 동정하다가 길지가 먼저 의형제를 맺자고 제안하니 문진이 껄껄 웃으며,

"부처 제자가 화적패의 아우라니 세상에 그런 말법이 어디 있습디까?"

대꾸는 비틀하게 하고서도 간간이 형이라 칭하였다.

길지가 무오년 초겨울에 태기의 군사들에게 붙잡혀 장과 함께 궐옥에 갇혔다가 이듬해 초봄, 장이 과연 왕가의 자손임이 밝혀져서 왕명으로 방면되자 주민들을 이끌고 용화산으로 와서 살았는데, 수년간 한솥밥을 지어 먹고 살던 사람이 태자가 되었다가 곧 보위에 오르니 마치 제가 왕이나 된 듯 좋아하였다. 그리하여 장왕의 즉위식이 있던 날에는 촌민들을 이끌고 나라 잔치가 벌어진 도성의 대궐 주변으로 몰려가서 덩실덩실 춤까지 추며 기뻐 날뛰었다. 이때 단고를 비롯한 화적촌 식구들이,

"오늘같이 경사스러운 날 우리가 예까지 와서 대왕 폐하를 배알하지 않고 간다는 것은 말이 되지 않소. 얼마 전까지만 해도 생사고락을 같이하던 분이 아니오? 대왕께서도 우리가 왔다는 말을 들으면 필경 크게 기뻐하실 게요."

하고 주장을 굽히지 않으니 은근히 왕을 만나보고 싶던 길지도,

"그래 볼까."

하며 궐문을 지키던 군졸에게로 가서 신분을 밝히고 임금을 봉견하

게 해달라고 요청하였다. 군졸이 보니 난데없는 자들이 나타나서 왕의 친견을 요구할 뿐 아니라 길지의 생긴 모습이 워낙이 험상궂고 우락부락한지라,

"예끼, 여보쇼! 임금이 무슨 촌구석 장리쯤이나 되는 줄 아오? 나는 궐문 지킨 지가 10년이 넘었어도 아직 제대로 본 임금님이 없소. 공연히 실없는 소릴랑 마시오."

하며 손사래를 쳤다. 이래도 일행이 물러나지 아니하고,

"낸들 그런 사정을 모를 리가 있겠소?"

"아는 사람이 어째서 그러오? 오늘같이 좋은 날 하릴없이 전내의 호위병들에게 걸려 변고나 당하지 말고 싸게들 물러가오."

"허락이 나든 안 나든 안으로 연통이나 좀 해주시오. 용화산서 길지가 왔다면 틀림없이 왕명이 내릴 것이외다."

한사코 고집을 피워대고 심지어 어떤 이들은,

"우리가 모다 지금 임금이 되신 서동대왕과 얼마 전까지만 해도 한식구처럼 지내던 사람들이오. 우리야 물러갔다가 어차피 훗날 임금의 부르심을 받으면 다시 올 사람들이니 그때 배알하면 그만이지만 만일 임자가 연통도 아니하고 나랏님의 반가운 손을 그대로 물리쳤다가 나중에 꾸지람을 듣고 벌을 받기라도 한다면 그 얼마나 딱한 노릇이겠소. 우리는 다른 것보다도 그게 걱정이오."

하도 자신만만하게 지껄이니 군졸이 내심 께름칙한 마음도 없지 아니하여,

"용화산에 길지라 하였소?"

하고는 이를 궐내에 연통하였다. 전내부 내관이 이 소식을 듣고,

"무엇하는 자들이라 하더냐?"

"전날 대왕과 한식구처럼 지내던 자들이라 합디다."

"벼슬이 있는 자들이더냐?"

"웬걸입쇼. 다들 평민 복장을 하였는데 행색이며 생긴 모습들이 그리 개자하지는 아니합디다."

"용무는 무엇이고?"

"그런 것도 말하지 않고 무턱대고 임금을 배알하게 해달라 하더이다."

몇 마디를 꼬치꼬치 물어 답을 들은 뒤에,

"오늘은 나라에 경사스러운 날로 행사가 번다하고 바쁘지 않은 사람이 없다. 그냥 물러갔다가 훗날 조용한 때를 택하여 다시 오라고 해라."

임의로 처결하니 군졸이 다시 궐문으로 나와서 내관의 말을 전하고 쓸데없이 다리품만 팔았다고 투덜거렸다.

그로부터 얼마 지나지 않아 길지와 문진이 왕명을 받고 사신을 따라 입궐하니 왕이 만조의 백관들을 거느린 채 해 밝은 남쪽 정자에 자리를 높이고 만승의 위엄을 갖추어 앉았는데, 위에는 넓은 도포에 자줏빛 소매의 자대수포(紫大袖袍)를 걸치고, 밑으로는 푸른 비단으로 만든 청금(靑錦) 바지에 검은 가죽신을 신고, 머리에는 금꽃을 구부려서 꽂은 오라관(烏羅冠)을 쓰고, 허리에는 흰 가죽으로 만든 소피대(素皮帶)를 찬 모습이 전에 알던 사람이라고는 도무지 믿어지지 아니하였다. 양자가 두 손을 앞에 나란히 모으고 중신들이 늘어선 사이로 조심스레 걸어가서 왕에게 절한 뒤에 그대로 부복하니 문득 머리 위에서 우렁찬 옥음이 들리기를,

"길지와 문진은 고개를 들라."

하였다. 양자가 간신히 고개를 들고 용좌를 바라보자 왕이 용안 가득히 웃음을 짓고서,

"화적촌 장리께서는 그간에 무양하셨는가?"

먼저 길지를 향하여 안부를 물었다. 길지가 그제야 긴장을 풀고,

"조석으로 보던 식구가 줄어 허수한 마음 한량이 없었나이다."

하고서,

"전날 대왕께서는 소인을 향해 매양 대적(大賊)이라 하시더니 오늘 새살림 차린 곳에 와서 보니 대적은 소인이 아니라 바로 대왕이올습니다요."

하고 전날 하던 대로 농지거리를 하였다. 시립하고 섰던 중신들이 목자를 부라리며 방자하다는 둥 여기가 시정잡배들이 우글거리는 저자인 줄 아느냐는 둥 꾸중과 호통이 꽤나 심하였으나 왕은 여전히 웃음을 머금은 채로 팔을 흔들며,

"그만들 두라. 길지는 짐에게 능히 그럴 수 있는 사람이다."

하고 중신들의 소란을 막고 나더니,

"대적놈 입에서 대적 소리를 들으니 가히 영예로다."

하며 목청을 높여 껄껄거렸다. 그러고는 승복을 입은 문진을 향해서도 근황을 묻고 사자사의 도승 지명과 혜현의 안부까지 두루 확인하고 나서 문득 자세를 고쳐 이르기를,

"너희 두 사람은 모두 재주와 기량은 출중하나 그간 나랏일이 고르지 못하여 길을 잘못 든 사람들이다. 세상에 이처럼 딱한 자들이 어디 너희 둘뿐이겠느냐? 과인이 옛날부터 이 점을 알고 내심 퍽이나 안타깝게 여겼으나 그간에는 도울 방법이 없어 속수무책으로 지냈거니와, 이제 세상이 바뀌어 과인이 마음만 먹는다면 얼마든지 어

굿난 것을 바로잡고 나라의 그릇된 관습과 국법까지도 고칠 수가 있게 되었으니 너희도 원치 않았던 삶을 버리고 시초에 가졌던 포부를 마음껏 펼쳐보라. 내 너희 둘에게 기회를 줄 것이로되 만일 결과가 흡족하면 전국에 방을 내려 너희와 같이 초야에 묻힌 인재들을 샅샅이 가려내고 무겁게 쓸 것이다."

하고는 좌우에 명하여 말과 창을 준비하라 일렀다. 잠시 뒤 궐 옥에 갇혔던 해수가 병사들에게 이끌려 장왕 앞으로 걸어나왔다. 왕은 해수의 몸에 묶인 오라를 풀어주도록 하고 친히 술 한 잔을 하사한 뒤에,

"가진 재주를 아낌없이 보여다오."

하며 먼저 말과 창을 고르라 하니 해수가 단숨에 술잔을 비우고 흰말 한 마리를 골라 잔등에 훌쩍 뛰어올랐다. 왕이 길지와 문진에게도 술을 권하고서,

"해수는 비록 죄인이나 만 사람이 인정하는 백제의 최고 장수다. 또한 자신의 목숨뿐만 아니라 늙은 형과 중신 두 사람의 목숨이 해수의 손에 달려 있으므로 죽음을 각오하고 싸울 것은 필지의 일이다. 너희 둘이서 힘을 합쳐 대적해보겠느냐?"

하고 물었다. 길지가 먼저 대답하기를,

"둘이서 하나와 싸우는 것은 지면 망신이요, 이겨도 빛날 게 없는 밑지는 장삽니다. 또한 저 장수에게 인명이 달렸다면 소인에게는 일생이 걸린 일이니 죽음을 각오하기는 매한가지올시다. 제가 먼저 나가서 우열을 가린 연후에 만일 미치지 못하면 문진을 내십시오."

하니 문진이 지지 않고,

"둘이서 하나와 겨루면 재미가 없기는 소승도 마찬가지이나 젊은 사람이 먼저 나가 싸우는 것은 전장의 상규요, 군문의 불문율입니다."

하고서 길지를 돌아보며,

"마땅히 소승이 선(先)을 맡아야 순서가 제대로 되는 것이오."

말을 마치자 허락도 받지 않고 그대로 말이 묶인 곳으로 달려갔다.
선수를 뺏긴 길지는 양팔을 허우적대며,

"저 사람이, 저 사람이……."

연신 발을 굴러대고, 시립한 중신들은 왕과 문진을 번갈아 바라보고,
왕은 잠자코 웃기만 하였다. 문진이 말 한 필을 잡아타고 창을 꼬나
든 채 해수가 기다리는 곳으로 달려나가 마상에서 허리를 굽혀 예를
표하며,

"일찍이 장군의 이름은 귀가 따갑도록 들었습니다. 한 수 배우는
마음으로 가르침을 청합니다."

하니 해수 또한 문진을 모르지 아니하여,

"그대가 전날 백기와 자웅을 겨루었던 연문진이던가?"

알은체를 하고서,

"어디 마음껏 공략을 해보라."

한 손으로 장창을 비껴 잡고 의연한 태도로 일렀다. 본래 봉술에 능
한 문진이 현란한 솜씨로 창을 휘두르며 말을 짓쳐 달려들자 해수 또
한 말에 박차를 가하여 성성한 기세로 문진과 어울렸다. 문진이 말
머리를 오른편으로 몰아붙이며 몇 차례 창 끝으로 해수를 공략하니
해수가 덩달아 말 꼬리를 잡고 같은 방향으로 원을 그리며 가볍게 이
를 막았다. 3, 4합 거듭되는 문진의 공격을 막아내던 해수가 돌연 말
머리를 잡아채고 왼편으로 방향을 바꾸어 공세로 돌아서자 이번에는
문진이 같은 방향으로 돌며 해수의 창 끝을 막아내는데, 양손을 자유
자재로 쓰는 해수에 비해 오른손잡이인 문진이 약간 수가 밀렸다. 이

에 문진이 다시 말 머리를 잡아채며 오른편으로 돌려고 하였는데 이를 간파한 해수가 좀처럼 틈을 열어주지 아니하자 마침내는 문진의 말이 원을 벗어나 잠깐 싸움이 그치게 되었다. 해수가 껄껄 웃으며,

"소문난 잔치에 먹을 것이 없다더니 자네 창술이 고작 그것뿐이던가?"

하고 빈정거리자 잔뜩 약이 오른 문진이 대꾸도 안 하고 다시 말을 짓쳐 들어갔다. 양자가 말 머리를 어우르고 10여 합을 겨뤘으나 이번에도 문진이 먼저 등을 보이고 몸을 피하자 그때까지 구경하던 길지가 맹렬한 기세로 말을 몰고 나오며,

"아우는 그만 물러서게나!"

하고는 그대로 해수에게 달려들었다. 몸이 풀린 해수가 길지를 상대하여 화려한 창술을 자랑하며 공격해 들어오자 길지가 체구에 어울리지 않게 제법 날렵한 솜씨로 이를 막아내었다. 양자가 교전한 지 10여 합이 지나도록 우열을 논하기 힘든 상태가 계속되었다.

그러나 해수는 과연 백제 최고 장수로 불리기에 손색이 없었다. 합이 거듭될수록 예리한 기운을 잃어가는 길지의 공세와는 달리 해수의 창 끝은 오히려 점점 매섭고 날카롭게 변해갔다. 해수가 숨 돌릴 겨를도 없이 길지를 공략하자 마침내 길지가 견디지 못하고 말 머리를 돌려 물러났다. 잠시 쉬고 있던 문진이 이 모습을 보자 돌연 고함을 지르며 해수를 향해 질풍처럼 달려들었고, 길지 또한 문진과 합세하여 해수를 공격하니 해수가 두 사람을 양쪽으로 상대하여 춤을 추듯이 창을 휘둘렀다. 이때부터 삼자가 각기 그림 같은 무예를 자랑하며 한 덩어리로 어우러져 싸웠는데, 장장 1백여 합이 넘도록 승부가 나지 않았다. 해수가 탄 백마가 문득 말 꼬리를 보이며 달아나는 듯

하다가 갑자기 돌아서며 역공을 취하면 길지와 문진이 흩어지며 몸을 피하였고, 해수의 창 끝이 길지의 옆구리를 파고들면 문진의 창은 해수의 등을 노렸다. 구경하던 사람들은 세 사람의 귀신 같은 창술에 모두 넋을 잃었다. 세 마리 말이 한데 어우러질 때는 손에 땀을 쥐며 가슴을 졸였고, 그러다가 말이 떨어지면 저마다 안도의 한숨을 쉬며 탄성을 연발하였다. 싸움을 시작했을 때는 해가 아직 중천에 있었는데 어느덧 날이 저물어 사방에는 땅거미가 내려앉았다. 그럼에도 세 사람은 지칠 줄 모르고 창을 휘두르니 애꿎은 말들만 맥이 빠져 움직임이 부쩍 둔해졌다. 이들의 현란하고 화려한 무예를 시종 흐뭇한 표정으로 지켜보던 장왕이 마침내 싸움을 중지하는 징을 치도록 명하였다. 징이 울리자 삼자가 지친 말을 이끌고 용좌 가까이 이르렀다. 왕이 흡족한 낯으로 입을 열었다.

"명불허전(名不虛傳)이로다. 과연 해수의 무예가 볼수록 놀랍다. 개보가 아니었다면 이 나라 제일의 장수를 잃을 뻔하였구나. 해수는 이리 가까이 와서 명장을 알아보지 못한 짐의 허물을 용서하고 사과주를 받으라."

왕이 친히 금잔에 술을 넘치도록 따라 내리자 해수가 양손으로 잔을 공손히 받고서,

"황공하여이다."

하며 단숨에 벌컥벌컥 잔을 들이켰다. 왕이 잠자코 술잔 비기를 기다렸다가 사뭇 안색을 고쳐 준절히 타이르기를,

"그러나 재주는 재주고 죄는 죄다. 재주는 하늘이 준 것이며 죄는 사람이 짓는 것이다. 재주가 뛰어나다고 그것으로 죄를 덮을 수는 없는 법이며, 오히려 재주가 뛰어난 자일수록 자신과 주변을 돌보는 일

에 더욱 유념하여 허물이 재주를 가리는 불상사가 일어나지 않도록 세심한 노력을 기울여야 할 것이다. 만일 이 법도가 무너지면 재주 있는 자가 망하기란 질그릇이 깨어지기보다 쉽고, 군주가 이 법도를 망각하면 나라가 반드시 망하고 마는 것이다."

하고서,

"해수는 들으라. 너는 방금 타고 싸운 말 목을 쳐서 너와 네 형의 지난 허물을 대신 속죄하라. 그런 연후에 네 재주를 다시 논하리라."

하였다. 해수가 두려운 마음으로 왕에게 국궁하고 돌아서니 자신을 잔등에 태우고 반나절이나 왕정의 공지를 누볐던 백마가 그새 주인 과 정이 들었는지 입과 코로 더운 김을 씩씩거리며 대가리를 들이밀 고 교태를 부렸다. 해수가 애잔한 마음으로 목덜미에 난 갈기를 쓰다 듬자 백마가 더욱 꼬리를 흔들며 아양을 떨었다. 해수가 눈을 질끈 감았다가,

"나는 영명하신 주군을 만나 죽은 목숨을 새로 얻었으나 너는 어 리석은 주인을 만나 산 목숨을 졸연히 잃으니 이 딱한 노릇을 어찌할 꼬. 부디 내세에는 나 같은 주인을 만나지 말라."

말을 마치자 칼을 집어들고 번개같이 말 목을 후려치니 창졸간 목을 잃은 말이 피를 한 장이나 솟구치며 네댓 걸음을 뚜걱뚜걱 걸어갔다가 마침내 힘을 잃고 슬며시 몸을 뉘었다. 왕이 해수를 향해 이르기를,

"그대는 오늘 이 일을 죽는 날까지 가슴에 담아두라."

하자 해수가 돈수재배(頓首再拜)하며,

"어찌 잊으오리까."

하고 눈물을 글썽였다. 왕이 고개를 끄덕이며 앉았다가 짐짓 목소리 를 밝게 하여,

"이제 죄 지은 해수는 죽고 재주 많은 해수만 남았구나."
하고서,

"오늘로 해수를 병관좌평에 임명하고 그 동복형 해속과 나머지 우노, 순차 등도 방면하여 보내라. 또한 공성신퇴(功成身退)하는 노신들에게는 각기 그 재직 연차에 따라 식읍을 나눠주어 여생을 걱정 없이 보내도록 조치하라."

하니 죽기를 각오하고 싸우던 해수는 너무도 감읍한 나머지 눈물을 뚝뚝 흘리며,

"신이 비록 견양지질(犬羊之質)이나 국법을 바로잡고 왕업을 돈독히 하는 일에 신명을 바쳐 일하겠나이다."

하고 장공속죄를 맹세하였다. 해수에 대한 처리를 마치자 왕은 길지와 문진에게도 각각 장덕과 시덕 벼슬을 내리고 도성에 살도록 집 한 채를 하사하면서 특히 승려 문진에게 묻기를,

"어떤가? 부처 제자를 그만두고 짐의 신하가 되겠는가?"

하니 문진은 입이 함박만하게 벙그러져서,

"신의 뜻이 본래 나라 장수가 되는 것이었지 부처 제자가 아니었습니다. 부처의 제자는 혜현과 같은 법기(法器)가 하는 것이옵고, 신도 법기는 법기이오나 나라 장수가 되는 법기이올시다."

하며 흰소리를 하였다. 그런데 먼저 내솔에 불과하던 서랑 개보에게 내신좌평을 제수한 것과 이때 덕솔 해수에게 병관좌평을 제수한 것은 말할 것도 없고, 길지와 문진을 하루아침에 장덕과 시덕에 중용한 장왕의 처사는 그 자신 마동왕자에서 별안간 국왕이 된 것과 마찬가지로 전조에는 유사한 선례를 찾아볼 수 없는 파격이었다.

이와 같은 공전절후(空前絶後)의 조치는 장왕으로서는 다분히 계

산된 것이었으며, 그 여파는 곧 노회한 중신들의 퇴진으로 연결되었다. 백제 조정의 늙은 대신들은 젊은 군주의 관행을 무시한 잇단 행동에 형언할 수 없는 두려움과 불안감을 느끼기 시작했다. 벼슬에 연연해하다가는 어떤 봉변을 당하게 될는지 알 수 없었다. 더욱이 눈 하나 깜짝하지 않고 좌평 세 사람의 목을 칠 수도 있는 왕이었다. 그렇게 개죽음을 당하느니, 또는 치욕을 무릅쓰고 새파란 좌평 밑에서 벼슬살이를 하느니 차라리 스스로 물러나서 노후를 편안히 지내는 편이 한결 낫다고들 생각했다. 병관좌평을 해수에게 물려준 채 조정좌평에 있던 태기가 제일 먼저 왕에게 물러날 것을 자청하여 말하니 이를 기화로 대부분의 늙은 대신들이 줄줄이 태기의 뒤를 따랐는데, 그 숫자가 6품인 내솔 이상에서만도 물경 1백여 명에 이르고, 달솔 30명 중에서도 물러난 이가 해미갈을 위시해 반수를 넘었다. 왕은 스스로 물러나겠다는 노신들에게 일일이 녹봉과 식읍을 하사하고 그간의 노고를 치하하는 한편 젊고 새로운 신진들을 뽑아 빈자리를 채웠다. 그 대표적인 경우가 전날 장수를 선발하는 시험에서 연문진과 마지막까지 겨루었다가 그 조상이 동성대왕을 시해하고 가림성에서 모반한 백가였음이 밝혀져 도리어 곤장을 맞고 물러났던 백기의 일이었다. 왕은 각지에 방을 써붙여 낙향해 지내던 백기를 도성으로 불러들이고 그에게 문진과 같은 시덕에 제수하여 사군부의 장수로 삼으면서,

"백기는 더 이상 전조의 일을 염두에 두지 말라. 짐은 오로지 너 하나를 볼 따름이니라."

하고 위로하니 한동안 낙담하여 술로 세월을 탕진하던 백기가 너무도 황감하여 닭똥 같은 눈물을 뚝뚝 떨구며,

"이 몸이 부서져 가루가 될 때까지 오직 대왕께만 충절을 다하겠습니다."
하였고, 집에 돌아와서는 스스로 손가락을 깨물어 피로써 충성을 맹세하였다.

젊고 유능한 인재들로 빈자리가 충원되자 왕은 외관의 9부와 장리들을 모조리 교체하여 저마다 연고가 없는 곳으로 보내고 5방 방진과 방좌, 10군의 장수들까지도 빠짐없이 새로운 사람으로 바꾸어 임명하였다. 또한 한때 신세를 입었던 문진의 형 매우도 잊지 않고 불러서 후히 대접하였고, 작은외숙인 정가는 수시로 궁에 청하여 살뜰한 혈육의 정을 나누었으나, 오직 대가만은 가슴에 맺힌 응어리가 많은 탓에 한 번도 부르지 않았을뿐더러 안부조차 묻는 일이 없었다.

신유년과 임술년을 거치며 백제 장왕은 군율을 새로 세우고 친히 동북방의 군영으로 행차하여 성곽을 둘러보며 열병을 하였다. 그는 혈기방장하고 패기만만한 젊은 군주였다. 세상에 무서운 것이 아무것도 없었으며, 선화공주를 아내로 맞이한 일처럼 사람이 힘과 꾀를 써서 이루지 못할 일도 없다고 믿었다. 게다가 그는 보위에 오른 날부터 선대의 원한을 갚고 백제의 옛 영화를 되찾겠노라 줄곧 공언해왔고, 항차 이를 명분으로 노신들을 일거에 몰아냈기 때문에 어떻게든 자신의 뜻을 한시 바삐 입증해 보일 필요가 있었다.

임술년 초가을에 왕은 조정 중신들을 모아놓고 말하기를,

"그간에 우리 백제가 적의 침공을 받고 고전한 것은 늘 외침(外侵)이 있고서야 군사를 내고 오로지 이를 막는 데만 급급했기 때문이오. 어차피 적이 있는 한은 우리가 원하지 않아도 싸움이 일게 마련인데

번번이 침략을 당한 뒤에야 싸움에 응할 까닭이 무엇이오? 지금 고구려 아이들과 신라의 개까지도 우리 백제를 시쁘게 여기는 까닭이 여기에 있소. 병법에도 이르기를 최선의 방비는 적을 먼저 공격하는 것이라 하였거니와, 수세를 공세로 바꾸지 않는 한 요순지절은 영구히 오지 않을 것이오."

하고서,

　"과인이 보위에 오르고 지난 이태 동안 조정에는 젊고 영특한 인재가 구름처럼 모여들었고, 국법의 어지러움은 모두 없어졌으며, 군기가 바로 서고 군율이 정비되어 장수와 병졸의 사기가 가히 하늘을 찌를 듯하니 어찌 성대왕의 묵은 원한을 갚지 않으리오."

하고 비로소 신라를 칠 뜻을 밝혔다. 병관좌평 해수를 비롯한 젊은 중신들이 한결같이 입을 모아,

　"훌륭하신 결단이십니다."

　"이는 신 등이 오래전부터 바라고 별러왔던 일이올습니다."

하므로 왕이 크게 흡족해하였는데, 홀연 한 신하가 앞으로 나서며,

　"마마, 아직은 시기가 상조하여 군사를 움직일 때가 아니올시다. 부디 통촉하시어 몇 해 후로 명을 미루소서!"

하고 큰 소리로 고하였다. 왕과 신하들이 모두 고개를 돌려보니 그는 다른 사람이 아니라 전조의 대신 왕변나였다. 위덕왕의 신임을 톡톡히 받아 무오년에는 향도(군사 길잡이)를 자청하는 왕의 서신을 가지고 수나라를 다녀오기도 했던 왕변나가 이때 쉰을 넘긴 나이로 은솔 벼슬을 지내며 외경부 일을 보고 있었다. 그는 아직 노신 소리를 듣기 이른 나이였으나 새파란 청년들이 좌평을 지내는 마당이라 얼마 남지 않은 늙은 대신들의 좌장(坐杖) 노릇을 하고 있었다.

"때가 아니라니? 어찌하여 때가 아니란 말이오?"

왕이 짐짓 불쾌한 표정으로 왕변나를 굽어보자 왕변나가 이내 부복하여 고하였다.

"지금 백제, 신라, 고구려 삼국의 정세는 마치 솥발의 형세와 같아서 그 정립(鼎立)하여 지내는 세력이 어느 한 쪽으로 기울지 아니합니다. 그런데 만일 이러한 때에 우리가 군사를 내어 신라를 친다면 신라가 거세게 항전할 것은 물론이요, 고구려 역시 그 틈을 노리고 우리와 신라 중에 약한 곳을 치려고 할 것은 불을 보듯 뻔한 노릇입니다. 자칫 일이 그릇되면 양국의 협공을 받을 공산도 없지 않습니다. 지금은 삼국의 국력이 제각각 비등하여 서로 눈치만 살피고 있는 형국이온데, 이와 같은 때에 굳이 앞장을 서서 화를 자초할 까닭이 없지 않습니까?"

"하면 우리는 언제 군사를 움직여 전조의 원한을 풀 수가 있단 말이오? 경의 말대로라면 신라와 고구려는 영원히 치지 못할 것이 아니오?"

왕이 따지듯이 묻자 왕변나는 망설이지 않고 즉시 대답했다.

"그런 뜻은 아니옵니다. 일전에 신이 위덕대왕의 명을 받잡고 수나라에 갔을 때 수나라 왕실에서 심한 논란이 있었사온즉, 그때는 워낙이 사람과 물자의 피해가 극심하여 어쩔 수 없이 고구려와 화친하기로 방침을 정하였으나 신이 보기에 그것이 영구한 일은 결코 아니요, 조만간 수나라가 고구려를 다시 칠 것은 거의 명백한 일이올습니다. 특히 그때 수나라 왕자 양광은 분을 이기지 못하여 침식을 거르면서까지 기필코 요동을 정벌하겠다는 의지를 신에게 누차 밝힌 일이 있었습니다. 또한 삼국이 비록 수나라에 나란히 조공하고 수나라와 수교를 맺었을지언정 수나라에서 가장 가깝게 여기는 나라는 누가 뭐래도 우리 백제이옵니다. 위덕대왕께서 수나라 문제(文帝)와 맺어놓은 우애와 친분은 가히 피를 나눈 형제와 같다고 할 수 있습니다. 그러므로 마마께서는 안으로 국력을 비축하시고 수나라로 사신을 보내어 이미 맺어놓은 두 왕실의 정리를 더욱 돈독하게 하시는 일이 무엇보다 시급합니다. 그러면 머잖은 날에 기회는 저절로 찾아올 것이며, 수나라의 힘을 빌려 고구려를 치고 아울러 신라를 토평할 날이 반드시 있을 것입니다. 부디 칼날을 감추고 때를 기다리소서."

노신 왕변나의 간곡한 만류에도 불구하고 장왕은 설레설레 고개를 저었다.

"경의 말은 감이 익어 저절로 떨어지기를 기다리자는 것과 무엇이 다르단 말인가? 게다가 우리가 신라를 친다고 해도 고구려가 지경을 접한 신라를 쳤으면 쳤지 수군을 내어 우리를 공격하려고는 들지 않을 것이므로 경이 걱정하는 바는 오로지 노신의 부질없는 노파심일 뿐이다."

그리고 왕은 돌연 옥음을 높여,

"동편의 한 변방에 지나지 않았던 신라가 오늘날과 같은 힘을 얻게 된 근거는 전날 고구려 땅이었던 국원을 공취하고 당성군을 손에 넣어 황해 뱃길을 열었기 때문이다. 그런데 이 부근은 본래 위례성과 미추홀이 있던 곳으로 비류와 온조 두 분 시조대왕께서 처음 도읍을 정하고 나라를 세웠던 우리의 성역이다. 어찌 이곳을 되찾지 않을 것인가!"
하고서 이내 덧붙이기를,

"길지와 문진은 각각 날쌘 군사 5백씩을 뽑아 금물노군(今勿奴郡 : 진천)으로 가서 모산성(大母山城)의 남문을 치고, 백기는 날쌘 기병천을 거느리고 옛 위례 성지를 돌아 모산성 서문을 공격하라. 만일 적들이 성문을 걸어잠그고 응전하지 않거든 성급히 공략하지 말고 숲에 은거하여 나뭇가지를 말 꼬리에 매달고 흙먼지를 일으키라. 하면 틀림없이 금성의 원군이 당도하여 성문을 열고 양쪽으로 추격할 것이다. 이때 너희는 교전을 피하여 짐짓 달아나는 척하며 탕정군 쪽으로 향하라. 해수는 보기병 3만을 거느리고 탕정군에 대기하고 있다가 적들이 우리 군사를 쫓아오거든 함께 힘을 합쳐 역공하라. 과인이 모산성의 지세를 손바닥 보듯이 알고 있거니와 그 지세가 험준하여 이렇게 하지 않고는 성을 수중에 넣기 어려울 것이다."

마치 그림을 그리듯 명령을 내린 뒤에,

"모산성을 공취하면 만노군(萬弩郡)으로 진격하여 국원에서 한산으로 통하는 길을 막으라. 길지와 문진은 1만의 군사로 만노군을 지키고, 해수와 백기는 나머지 군사를 이끌고 당성군을 공략하라."

하고 다시 잠깐 사이를 두었다가,

"만일 전세가 불리하거든 천산의 지세를 잘 활용하도록 하라. 천산 서쪽에 능히 2만의 군사를 숨길 수 있는 천연 요새가 있고, 1만의 적군을 수장시킬 수 있는 큰 못이 있을 것이다."

하고 일렀다. 군령을 받은 장수들이 즉시 군사를 선발하여 도성을 출발하자 장왕은 황망히 내전으로 가서 갑자기 눈물을 흘리며 울기 시작하였다. 장왕비 선화가 이 모습을 보고 깜짝 놀라,

"대왕께서는 어인 까닭에 생전 아니 흘리시던 용루를 다 보이십니까?"

하고 물으니 왕이 가까스로 막힌 음성을 가다듬으며,

"과인이 비에게 차마 하지 못할 짓을 하였소. 대체 이 노릇을 어찌

하면 좋단 말이오. 실로 입이 떨어지지 않는구려."

하고 다시금 소매로 눈시울을 닦았다. 선화가 꼬치꼬치 까닭을 캐고 들자 마침내 왕이 털어놓기를,

"내가 방금 군사를 내어 신라의 모산성을 치라고 명하였소."

하고서,

"일국의 왕으로 중신들이 한결같이 간하는 바를 아니 좇을 수 없는지라 막상 명은 내렸소만 왕비를 생각하니 가슴이 찢어지는 것만 같소. 어디 그뿐이오. 과인이 아직 마동왕자로 있을 적에도 쾌히 국서라 칭하며 안부를 묻던 금성의 빙부께도 미안하기 그지없는 일이외다. 그저 옛날처럼 마동왕자로 지냈으면 이런 난처한 일도 없었을 것을 공연히 왕위에 오르는 바람에 사람의 도리를 저버린 것 같아 끓어오르는 비감을 억누를 길이 없소."

말을 마치자 다시 눈물을 뚝뚝 떨구었다. 왕이 괴로워하는 것을 본 선화가 잠시 생각에 잠겼다가,

"그건 조금도 슬퍼할 일이 아닙니다."

하며 입을 열었다.

"비록 아녀자의 짧은 소견이나 어찌 나랏일과 사사로운 집안일을 구분하지 못하겠습니까. 역지사지로 생각해보아도 이는 당연한 일입니다. 항차 소비는 백제국의 왕비이지 신라 공주가 아닙니다. 금성의 종작없는 가납사니들에게 있지도 않은 모함을 받고 왕실에서 쫓겨난 그 순간부터 이미 신라와 인연을 끊은 사람입니다. 왕실 간에 격식을 갖춘 혼례를 올리고도 여자는 지아비 나라의 법도를 좇고 운명을 함께하는 것이 고금의 통례요 상규이온데, 하물며 소비는 처참히 훼가출송(毀家黜送)을 당하여 폐하를 만났고, 그 뒤에 백제 왕비가 된 것

은 신라 왕실과는 하등 무관한 일로 오직 마마의 그늘일 따름입니다. 어찌 두 마음을 품겠나이까. 소비는 오늘부터 정한수를 떠놓고 백제군의 승전보가 들려오기를 부처님과 천지신명께 두루 발원할 것이오니 대왕께서는 이와 같은 일로 두 번 다시 마음을 쓰지 마소서."

"말씀이라도 그리하시니 과인의 마음이 한결 편안하오."

"말뿐 아니라 진심이 그렇습니다. 어찌 백제 아녀자가 신라의 망하고 흥하는 것을 생각하겠습니까. 대왕께서 자꾸 그러시면 소비를 백제 왕비로 보시지 않는 것 같아 서운합니다. 남편이 백제의 제왕이요, 훗날 자식이 또 그 왕위를 이어갈 것이며, 소비 또한 죽어서도 영원히 백제 왕실의 귀신으로 남을 것입니다."

왕은 크게 고개를 끄덕이며 앉았다가 부드러운 얼굴로 왕비를 바라보았다.

"아무리 그렇더라도 과인의 마음이 쓰린 것은 어찌할 바 없는 인지상정이외다. 만일 백제와 신라가 예전처럼 다시 화친하여 지낼 수만 있다면 이보다 더 좋은 일이 어디 있겠소. 전조에 고구려가 강성하였을 때는 양국이 서로 걱정하고 협력하는 것이 마치 형제의 나라와 같았다고 들었는데 그런 시절이 그립기 한량없구려."

왕이 깊이 탄식하고 나서 말을 이었다.

"그런데 지금 우리가 군사를 낸 곳은 국원 북방의 모산성으로 이일대는 예로부터 백제 땅이었소. 그것을 저 극악한 고구려가 노략질로 빼앗아가고 이제 다시 신라가 취하였으니 화친을 하자면 마땅히 본래 주인을 찾아 되돌려주는 것이 도리가 아니겠소? 이제 백제와 신라는 남이 아닌 옹서(翁婿)의 나라요, 고구려왕 대원은 그 포악하고 탐욕스러운 것이 전날 담덕(談德:광개토왕)과 거련(巨連:장수왕)을 능가한다고 들었거니와, 빙부와 과인이 서로 힘을 합치고 정을 나누며 영구토록 화친하여 지낸다면 양국의 앞날에 이보다 더 좋은 일이 어디 있겠소.”

“대왕의 말씀은 구구절절 이치에 닿지만 소비의 일을 놓고 보듯이 금성에는 종작없는 중신들이 한둘이 아닙니다. 비록 아바마마의 뜻이 거기에 있다 하여도 중신이란 것들이 고분고분 따를 턱이 없습니다. 항차 국원 북방에서 당성군에 이르는 육로는 중화로 통하는 유일한 길이요, 신라에서는 천금 같은 요지 중의 요지이올시다. 힘으로 쳐서 빼앗지 않은 다음에야 호락호락 내놓을 까닭이 없습니다.”

“내 어찌 그것을 모르겠소. 무턱대고 내놓으라고 한다면야 예가 아니지요.”

“하면 무슨 좋은 방도라도 있습니까?”

“신라가 국원에 소경을 설치하면서까지 그 일대를 중히 여기는 까닭은 오직 당성군 때문이며, 당성군이 중한 까닭은 그곳에서야 비로소 수나라로 가는 뱃길을 얻기 때문이오. 그러므로 국원 북방의 옛 백제 땅을 다시 넘겨준다면 신라가 지금처럼 당성군을 왕래하는 데 조금도 불편함이 없도록 과인이 언제든지 길을 열어줄 뿐만 아니라 원한다면 신라군만이 왕래할 수 있는 크고 넓은 도로를 닦고 요처에 신라관을 설치하여 사람과 우마의 피곤함을 쉬도록 해줄 용의가 있소. 아울러 당성항을 양국 공동 소유로 명기하여 이곳을 통해 서로 문물을 교환한다면 왕실의 우애가 깊어지는 것은 물론이요, 양국 백성들 간에도 형제와 같은 정이 새록새록 생겨나지 않겠소?”

왕의 말을 들은 선화가 돌연 안색이 환하게 밝아졌다.

“참으로 훌륭한 생각이십니다! 군사를 내기 전에 말 잘 하는 사신을 금성으로 보내 의논을 해보시지 그러셨습니까. 도둑놈 심보가 아닌 다음에야 대왕께서 그렇게까지 말씀하시는데 응하지 않을 이유가 없을 것입니다."

"군사를 낸 것은 백관들의 뜻이요, 방금 말한 것은 나중에야 떠오른 과인의 생각이오. 양국이 서로 지금처럼 지낸다면 앞으로 군사를 내어 피를 흘리며 싸울 일이 어디 한두 번이겠소. 그리고 그때마다 번번이 괴로워해야 할 우리 두 사람의 딱하디딱한 처지를 생각하다가 자연히 화친할 방법을 도모하게 된 것이지요."

"지금이라도 사신을 보내어 대왕의 뜻을 전하십시오. 사위도 자식이라고 했습니다. 사위와 딸이 이웃 나라의 왕과 왕비가 되었사온데 이를 반가워하지 않을 부모가 어디 있겠나이까. 금성에서도 소문을 들어 모다 알고는 있겠지만 대왕께서 보위에 오른 뒤 이렇다 할 왕래가 없었으니 차제에 안부도 물으시고, 금번에 군사를 낸 것도 본심이 아니었음을 소상히 밝히시는 것이 좋겠나이다."

"그도 과히 나쁘지는 않겠지만 왕비께서 직접 사람을 보내는 것은 어떻소?"

"제가요?"

"아마 그편이 사사로운 정으로 이야기를 나누는 데는 제격일 듯하오."

선화는 오래 생각하지 않고 쾌히 장왕의 뜻을 수락하였다. 즉시 후궁부의 나이 지긋하고 언변 좋은 궁녀 한 사람을 내전으로 불러 자신이 쓴 서신을 주고 아울러 백제 토산물이며 자기(瓷器) 따위로 마차두 대 분량의 선물을 마련하여 금성으로 보내니 왕이 따로 서신과 선물을 보태고 병사들로 하여금 접경까지 호위하도록 하였다.

일방으로 군사를 내어 신라의 변방을 치고 다른 일방으로 사신을 보내어 화친을 도모한 것은 신라 조정을 혼란에 빠뜨리려는 장왕의 치밀한 계략이었다. 그는 마동왕자 시절 신라의 산곡간을 몸소 잠행하며 백정왕의 성품이 단호하지 못한 것과 왕제 백반의 세도가 지나친 것을 알았고, 이 때문에 왕실에 갈등이 빈번하고 조정의 중론 또한 분분하다는 점도 떠도는 풍문으로 알고 있었다. 세간에서는 진지왕의 외아들인 용춘의 기상과 됨됨이를 높여 말하는 사람이 많았고, 그 후 장왕이 금성에 있을 때 용춘이 공주 천명과 결혼하여 요직에 오르니 장왕으로서는 백제의 앞날을 생각하고 이를 걱정하였는데, 얼마 지나지 않아 용춘이 관직에서 쫓겨났다는 소문을 듣고는 내심 매우 다행스러워하였다. 비록 용춘을 직접 면대한 일은 없었지만 예로부터 가장 무서운 이는 민심을 얻은 자라 하지 않았던가. 장왕의 생각에는 신라에 오직 용춘이 있을 뿐이요, 백반이나 신라왕 백정 따위는 얼마든지 농락할 자신이 있었다. 그리하여 그는 우선 강온의 두 가지 책략으로 신라 조정의 대응 능력을 시험해보기로 하였다.

한편 신라 백정왕은 사위인 서동 부여장이 생각지도 않았던 백제국 왕위에 올랐다는 소식을 듣고 왕비와 더불어 크게 기뻐하였는데, 돌연 군사를 내어 모산성을 친다는 소식을 접하자 한동안 어떻게 된 영문인지를 몰라 어리둥절하였다. 즉각 만조의 백관들을 불러 대책을 숙의하니 병부령 남승이 말하기를,

"더벅머리 마동이 보위에 오른 뒤 내환을 무마하기 위해 벌이는 전쟁입니다. 소문에 듣자하니 백제에서는 관록과 경륜이 묵살되어 20세 어린아이가 상신 노릇을 하고 60세 노신이 그 밑에 시립하는 몰풍정한 예가 허다하다고 합니다. 어찌 어린아이의 군대에 병법과

군율이 있겠나이까. 신이 장수 한두 사람과 군사 약간을 데려가서 단숨에 이를 물리치고 사비성 애송이들의 못된 버르장머리를 단단히 고쳐놓겠습니다."

제법 호기롭게 장담하였다.

"그래 군사를 얼마나 데려가겠소?"

왕이 묻자 젊은 장수 이리벌(伊梨伐)과 병부령 자리를 다투던 남승은 차제에 자신의 입지를 확실히 해두고 싶은 욕심이 났다.

"기병 1천과 보병 2천이면 충분하리라 봅니다."

"모산성은 국원 소경에 인접한 곳으로 만일 전쟁에 패하여 이곳을 잃는다면 큰 낭패가 아닐 수 없소. 어찌 3천 군사에게 맡기겠소? 경은 너무 자만하지 말고 군사를 더 내어가시오."

왕의 걱정하는 말에 남승이 마지못해,

"하면 기병 2천에 보병 3천을 데려가겠습니다."

하고는 장수도 파진찬 이리벌을 뺀 건품(乾品)과 무리굴(武梨屈)만을 데려가겠노라 하였다. 백정왕이 안심하지 못하고 이리벌과 급찬 무은(武殷), 비리야(比梨耶) 등도 함께 가도록 권하니 남승이 대답하기를,

"애송이를 상대하기에는 건품과 무리굴만으로도 이미 과한 마당에 장수를 더 데려갈 이유가 없습니다. 하오나 대왕께서 정 마음이 놓이지 않으신다면 비리야 한 사람만을 더 뽑아가겠나이다."

하며 고집을 부렸다.

병부령 남승이 장수와 보기병 5천을 이끌고 금성을 출발하여 이틀 만에 모산성에 당도하니 성의 군주 기삼(箕三)이라는 자가 성문을 굳게 걸어잠근 채 두려움에 떨고 있다가 뛸 듯이 반가워하며,

"남문에도 군사가 있고 서문에도 군사가 있는데 성루에서 보자니

그 숫자가 얼마나 되는지 도무지 짐작하기 어렵습니다요."

하였다. 남승이 친히 성루에 올라가서 남면과 서면을 두루 살펴보자 과연 울창한 수풀 속에 흙먼지가 자욱한데 적병의 정체는 보이지 않았다. 남승이 돌연 껄껄 호쾌한 웃음을 터뜨리며,

"이것이 어린아이들의 장난이 아니고 무엇이랴. 정체를 드러내지 않는 것은 숫자가 적다는 뜻이요, 흙먼지를 일으키는 것은 허세를 부리는 것이니 기껏해야 4, 5백의 복병이 숨었을 뿐이다."

하고서 즉시 좌우에 명하기를,

"건품과 비리야는 보기병 2천을 거느리고 남문으로 나가고, 무리굴과 기삼도 이천의 군사로 서문을 공격하라. 그런데 만일 이들이 사력을 다하여 응전하거든 끝까지 추격하여 섬멸할 일이지만 싸우지 않고 도망하는 기색이 보이거든 적당한 곳에서 추격을 멈추라. 매복이 있을까 두렵다."

하였다. 군령을 받은 장수들이 군사를 이끌고 모산성의 남문과 서문으로 달려나가자 숲에 숨어 있던 백제군들이 함성을 지르며 응수하였다. 남문에서 길지와 맞닥뜨린 신라 명장 건품이 마상에 앉아 문득 언성을 높여 꾸짖기를,

"보아하니 너는 나잇살이나 먹은 자인데 어찌하여 사비의 철부지가 세상 무서운 줄 모르고 날뛰는 것을 나무라지 않고 도리어 앞장서서 예까지 왔더란 말이냐?"

하니 길지가 껄껄 웃으며,

"모산성에서 한산까지는 본래 우리 땅으로 특히 한산은 전날 십제의 도성이 있던 곳이다. 사비에서는 그간 너희들의 양심을 믿고 되돌려줄 것을 기다렸으나 아직도 아무 기별이 없으니 어찌 너희에게 도

둑놈의 심보가 없다고 할 것인가. 이에 영명하신 우리 군주께서 한산을 찾아오라 명하여 왔으니 목숨이 아깝거든 어서 길을 비켜라!"

하고 되받았다. 건품이 눈알을 굴리며,

"네 혓바닥이 땅에 떨어져서도 그처럼 나불거릴 수 있는지 어디 보자!"

하며 장검을 뽑아 들자 길지 또한 물러서지 않고 검으로 맞섰다. 그런데 양자가 어우러진 지 30여 합 만에 길지가 문득 말 머리를 돌려 달아나니 건품의 신라군이 기고만장하여 백제군 뒤를 추격하였다. 이삼십 리를 정신없이 쫓아가던 건품에게 급간 비리야가 말하기를,

"백제군이 제대로 싸우지도 않고 도망만 치니 수상합니다. 이쯤에서 추격을 멈추고 되돌아가는 것이 어떻겠습니까?"

하자 건품 역시 내심 께름칙하게 여기던 터라,

"그러세."

하고 군사를 되돌려 성으로 돌아왔다.

그러나 무리굴과 기삼이 쫓아갔던 서문에서는 약간 사정이 달랐다. 모산성 군주 기삼은 병부령 남승이 장수와 군사를 거느리고 친히 구원하러 온 것에 심히 흥분한 데다 적장 백기가 별로 싸우지도 않고 도망하자 물불을 안 가리고 이들을 추격하여 탕정군 입구에 이르렀다. 후미를 맡은 무리굴이 몇 번이나 고함을 질러 기삼을 부르다가 급기야 군령을 내려 추격을 멈추었을 때는 기삼을 비롯한 선봉군 5백 명의 모습은 보이지도 않았다. 무리굴이 비장 몇 사람에게,

"너희는 군사를 데리고 모두 성으로 돌아가라. 나는 기삼을 찾아서 데리고 가겠다."

하고 단기로 말을 달려 기삼을 쫓아갔다. 이때 기삼은 탕정군 들머리

에 이르러서야 비로소 남승의 말을 떠올렸다. 데려갔던 비장에게,

"여기가 대체 어디냐?"

하고 물으니 비장이 대답하기를,

"아마 백제 땅인 탕정군인 듯싶습니다."

하고서,

"복병이 있을까 두려우니 이쯤에서 그만 회군하는 것이 좋겠습니다."

하며 잔뜩 겁먹은 표정으로 좌우를 둘러보았다. 그제야 기삼 역시 가슴이 철렁하여,

"큰일났다. 어서 말 머리를 돌려라!"

하고 황급히 퇴각하라는 명을 내렸다. 그런데 바로 그때였다. 마치 기삼의 일거일동을 지켜보기라도 한 듯 별안간 주위가 소란스러워지면서 시석과 화살이 사방에서 날아들고 동시에 길 양편에서 매복해 있던 복병이 고함을 지르며 나타났다. 당황한 기삼이 결사항전을 명하며 퇴로를 열고자 하였으나 그 자신조차 방향을 분간할 수 없어 허둥대기 시작했다. 말이 놀라 날뛰고 군사들이 비명을 지르며 우왕좌왕하는 통에 저절로 다치고 상하는 자가 부지기수였다. 기삼을 비롯한 신라군이 미처 정신을 차릴 새도 없이 도망가던 백기의 군사가 말 머리를 돌려 역공을 취해왔고, 한동안 이들과 사투를 벌이며 가까스로 길을 열자 이번에는 눈앞에서 수많은 마군(馬軍)이 함성을 지르며 나타나 단숨에 퇴로를 차단하였다.

"네가 모산성 군주 기삼이란 자이더냐?"

한 젊은 장수가 말잔등에 걸터앉은 채 목소리를 높여 물었다. 기삼이 보니 그의 우뚝하고 늠름한 모습이 보기만 해도 두려움을 느낄 정

도였다.

"그대는 누구인가?"

기삼이 위엄을 잃지 않으려고 안간힘을 쓰며 되묻자 장수가 껄껄 목청을 높여 웃으며,

"목을 빼앗아가는 마당에 이름 정도는 가르쳐주는 것이 도리일 것이다."

하고서,

"죽어 저승에 가거든 너의 목을 가져간 사람이 백제의 병관좌평 해수라고 일러라."

말을 마치자 무서운 기세로 칼을 휘두르며 달려들었다. 기삼이 사력을 다하여 칼을 막아냈으나 전의를 상실한 그는 이미 해수의 상대가 아니었다. 겨우 3, 4합 만에 싸움을 포기하고 틈을 보아 달아나자 해수가 질풍처럼 말을 짓쳐 따라오며 뒤에서 번개같이 장검을 휘둘렀다. 일순간 폭포처럼 피를 뿜으며 기삼의 목은 땅에 나뒹굴었고, 목 없는 기삼만이 말을 타고 한참을 더 가다가 마상에서 곤두박질을 쳤다. 기삼을 따라왔던 선봉군 5백 가운데 목숨을 부지한 이가 단 한 사람도 없었다.

멀리서 이 광경을 지켜보던 신라 장수 무리굴로서는 그야말로 속수무책이었다. 황급히 말을 돌려 모산성으로 돌아와 남승에게 기삼의 죽음을 알리자 남승이 노발대발하여 기삼의 우둔함을 욕하며,

"군령을 어긴 기삼은 이미 죽었으니 그 처자를 끌어내어 당장 참수토록 하라!"

하였는데, 성민들이 한결같이 기삼의 성실함과 자애로움을 말하고 또한 장수들이 입을 모아 군졸의 사기를 거론하므로,

"차후 기삼과 같은 이가 다시 있으면 지위의 높고 낮음을 막론하고 3족을 멸하리라."

말로 벌을 대신하고 기삼의 처자를 용서하였다.

비록 성은 지켰지만 병부령 남승으로서는 기병 5백을 송두리째 잃은 것이 생각할수록 뼈에 사무쳤다. 그도 그럴 것이 병부령을 맡아 처음으로 치른 전쟁에서 이렇다 할 공적을 세우기는커녕 아까운 군사들만 축냈으니 금성에 돌아가면 왕과 중신들을 대할 면목이 없었다.

"군사를 잃었으니 땅이라도 넓혀야 체면치레를 할 것이 아닌가."

그는 며칠을 곰곰 생각하다가 장수들을 불러 말하였다.

"우리가 만일 이대로 철군하면 백제가 다시 군사를 내어 쳐들어올 것은 불을 보듯 뻔한 일이다. 이는 모산성 주변에 다른 성곽이 없고 방비가 느슨한 까닭이다. 이곳이 함락되면 소경이 위태로운 것은 말할 것도 없고, 자칫하면 당성항까지 잃지 않는다고 누가 장담할 것인가. 여기 지세를 보아하니 모산성 서남으로 성곽을 지을 만한 곳이 네 군데가 있다. 남쪽에 백제군이 매복했던 소타 지역으로 성을 쌓고, 서쪽 숲 너머에는 외석성(畏石城)을 쌓고, 다시 한참을 더 들어가 천산(泉山) 부근과 동편 소경 쪽으로 옹잠성(甕岑城)을 쌓는다면 이중, 삼중의 방어벽이 구축되어 여간한 침략에도 흔들리지 않을 것이다."

"하지만 그곳은 엄연히 백제 땅인데 과연 저들이 가만히 있을지 의문입니다."

장수들이 묻자 남승이 웃으며 말했다.

"내가 이미 이곳에 와 있는데 무엇이 걱정인가. 네 군데 성곽을 쌓을 동안 백제군이 쳐들어온다면 이보다 더 반가운 일도 없을 것이다."

그는 즉시 관내에 영을 내려 군사들과 성민들로 하여금 네 군데 성곽을 쌓도록 하는 한편 금성으로 사람을 보내어 이런 사실들을 글로 써 고하였다.

남승이 노역을 동원하여 성을 쌓는다는 소문은 곧 사비성 장왕의 귀에 들어갔다. 장왕은 화가 머리끝까지 치밀어 내신좌평 개보에게 이르기를,

"경은 지금 곧 탕정군의 해수에게 가서 군사를 나누어 신라가 성곽을 쌓는 네 곳을 동시에 공격하도록 하라."

하고 또,

"경도 그곳에 머물며 해수와 더불어 지략을 다하라."

하며 군사 1만을 더 내어주었다. 개보가 탕정군으로 해수를 찾아가서 왕명을 전하자 해수 역시 크게 노하여 당장 군사를 정비하고 이르기를,

"전에 대왕께서 말씀하신 천산의 지세를 활용할 때가 왔다."

하고서,

"길지와 문진은 각각 군사 1천으로 소타성과 외석성을 공략하다가 적이 쫓아오면 싸우지 말고 몸을 피해 천산으로 오라. 백기 또한 1천 군사로 옹잠성을 포위하고 있다가 적이 응전하면 싸우지 말고 천산으로 유인하라. 아무리 시일이 걸려도 좋다. 일부러 진을 어지럽게 치고 병사들은 한가로이 지내며 적으로 하여금 무시하는 마음이 일도록 하라. 천산에는 대왕께서 말씀하신 큰 못이 있으니 나는 여기에 복병을 설치하고 기다렸다가 신라군을 모조리 수장시켜 대왕 폐하의 만 가지 시름을 없애리라!"

하고 매섭게 군령을 내렸다.

한편 모산성을 떠난 전령병이 금성에 당도하여 남승의 장계를 전했을 때는 백제에서 선화가 보낸 사신이 먼저 도착하여 장왕 부처에게 선물과 친서를 바치고 난 뒤였다. 백정왕과 마야왕비는 딸과 사위가 보낸 서신을 읽고 나서 눈물을 글썽이며 반가워하였는데, 특히 장왕이 빙부라 깍듯이 칭하며 군사를 내지 않을 수 없었던 자신의 딱한 형편을 설명하고 아울러 깊이 사죄하면서,

장차 이런 불상사가 없도록 빙부님과 제가 뜻을 함께한다면 마침내는 국경 없이 지내는 아름다운 시절도 오지 않겠나이까. 백제를 빙부님이 맡아 다스린들 어떻고 제가 선화와 더불어 금성에서 해를 넘기며 숙위한들 또 어떠리까. 감히 바라건대 장차 빙부님과 제가 마음과 뜻을 모아 양국의 고금에 유례가 없었던 미풍과 양속을 반드시 새로 만들게 되기를 천지신명께 빌고 또 빌겠나이다.

구구절절이 간절한 뜻으로 화친을 거론하자 백정왕도 드디어는 마음이 크게 움직여서,

"그렇지. 왕이라고 어디 중신들이 한결같이 주장하는 입을 막을 수 있고 이를 좇지 않을 재간이 있던가! 부여장의 처지는 나 또한 뼈에 사무치게 느끼는 바일세!"

하며 장왕의 형편을 두둔하였다. 왕은 백제에서 보낸 궁녀를 후히 대접하고 즉시 백관들을 불러 장왕의 뜻을 전한 뒤에,

"백제왕 부여장이 이미 사죄의 글을 올린 마당이니 공연히 싸움을 오래 끌어 무엇하겠는가. 즉시 사람을 보내어 군사를 거두고 앞으로는 두 나라 조정에서 지략을 다하여 화친할 방도를 찾는 일이 시급하

지 않겠소?"

하며 물으니 가까스로 용춘 세력을 몰아내고 조정 실권을 장악한 백반이 말하기를,

"이웃 나라와 화친하여 평화롭게 지내는 것은 덕치의 근본이올습니다. 어찌 창칼로써 다투기를 바라겠습니까."

하고서,

"다만 백제왕이 군사를 내고 동시에 사신을 보내니 혹시 두 가지 마음을 품지 않았을까 걱정될 따름이올시다."

하였다. 백정왕이 장왕의 서신에 적힌 피치 못할 사정을 말하며,

"과인이 생각하기에는 능히 그럴 수 있는 일이다."

하고서,

"저쪽에서 화친의 방법으로 국원 소경 북방에서 당성항까지 이르는 길을 되돌려받을 것을 요구하면서 우리 신라의 군사와 우마차가 지나다니는 새 길을 닦을 것과 사이사이에 신라관을 설치할 것을 자청할 뿐 아니라, 당성항에서 양국 백성들이 만나 자유롭게 장사를 벌이고 문물을 교환할 것 따위를 제안해왔으니 이것을 어찌 두 마음을 품은 자의 생각이라 하겠는가."

하자 백반이 고개를 끄덕이며,

"땅을 되돌려달라는 것은 비록 사리에 맞지 않은 요구이오나 나머지 얘기는 간교한 마음을 가진 자로서는 하지 못할 말이올시다."

하고서,

"만일 그렇다면 장왕과 선화의 면을 봐서라도 이를 묵살할 수는 없는 일이요, 또한 전날 그들이 무량 법사의 편에 금말을 보낸 일도 있사오니 사신 편에 선물을 마련하고 남승의 군사를 거두어들이는

것이 옳을 듯합니다. 아울러 장왕이 보위에 오른 것을 축하하는 사절단을 파견하고 이곳에서 물자와 백공을 대어 백제국 내에 장왕 부처의 만수무강을 비는 큰 사찰을 건립해준다면 비록 땅을 돌려달라는 저들의 부탁은 들어주지 못할지언정 빙부국의 체면은 세울 수 있지 않겠습니까."

하고 제안하였다. 백반의 뜻을 거역할 중신들이 신라 조정에 있을 턱이 없었다. 왕이 중신들의 뜻을 묻자 한결같이 고개를 땅에 박고서,

"참으로 뛰어난 계책이올습니다."

"신 따위는 감히 생각도 못한 일입니다. 촉나라 승상 제갈량이 살아 온다 해도 이보다 더 나은 꾀는 내지 못할 것이옵니다."

이구동성으로 백반의 지략을 극찬하였다.

한창 이럴 무렵 모산성에서 보낸 전령병이 당도하여 왕에게 그간의 전황을 알리고, 네 군데 성을 신축할 것과 국원에서 역부를 징발하도록 윤허해달라는 남승의 장계를 전하였다. 이에 백정왕이 허락하지 않고,

"남승에게 성 쌓는 것을 포기하고 당장 금성으로 돌아오라 일러라."

하며 철군을 명하였다. 전령병이 겨우 물 한 모금을 마시고 다시 모산성으로 말을 달려 남승에게 왕명을 전하니 이때는 남승이 이미 주변에서 징발한 역부들로 네 군데 성의 역사를 시작한 뒤였다. 금성의 돌아가는 사정을 알 길 없는 남승이 제 예상과는 판이한 왕명을 받자 혼란에 빠져 어쩔 줄을 몰라 하였는데, 별안간 백제군이 네 군데 성으로 몰려들어 시석과 화살을 어지럽게 퍼부으니 진중이 크게 혼란스러웠다. 금성을 다녀온 전령병을 불러다 거듭 묻기를,

"너는 이곳에서 벌어지는 긴박하고 위태로운 사정을 대왕께 낱낱

이 고하였더냐?"

"물론이옵니다."

"그런데도 어찌하여 철군하라는 왕명을 얻어온단 말이냐?"

"그것은 소인이 알 도리가 없습니다. 어쨌거나 시급히 철군하라는 하명이 있었을 뿐입니다."

"암만 생각해도 알지 못할 일이로다……."

혼자 백 가지 짐작과 천 갈래 추측을 거듭하다가 드디어 장수들을 불러 말하기를,

"지금 이곳을 버려두고 철군하는 것은 모산성을 포기하는 것과 같고, 모산성을 포기하면 국원이 망하는 것은 시간 문제다. 내가 이곳에서 금성의 일을 알지 못하는 것과 마찬가지로 금성에서도 역시 이곳의 세세한 사정은 모르지 않겠는가. 비록 훗날 왕명을 어긴 죄로 참수를 당할지언정 이 꼴을 보고도 군사를 돌리는 것은 신하의 도리가 아니다."

하고서,

"건품과 비리야는 각각 1천의 군사로 소타성과 외석성을 사수하고 무리굴은 군사 2천을 거느리고 천산성으로 진격하라. 나 또한 나머지 군사로 옹잠성을 지킬 것이다. 성에 이르거든 군막을 치고 섣불리 나가서 교전하지 말라. 시일을 끌며 저쪽의 움직임을 파악한 뒤 군령을 다시 내리리라."

하였다. 그러나 남승은 왕명에 따르지 않는 것이 아무래도 께름칙하였다. 군사를 움직이기 전에 전령병을 부르고,

"너는 다시 대궐로 가서 이곳의 위급한 사정을 대왕께 소상히 아뢰고 구원병을 청하라. 그래도 철군하라는 왕명이 내리는지 어디 두고 보자꾸나."

하고 금성으로 급파하였다.

남승이 옹잠성에 이르러 백제군의 움직임을 살펴보니 그 숫자가 다 해야 1천에 불과한 듯하고 진을 쳐놓은 모양에 짜임새가 없을뿐더러 이쪽에서 고함만 질러도 우왕좌왕하는 꼴이 도무지 오합지졸을 모아놓은 것과 같아 웃음이 절로 나왔다.

"대체 저쪽 장수가 누구라더냐?"

비장에게 한심한 듯이 물어서,

"백기라는 애송이라 합니다."

하는 대답을 듣자 더욱 시쁘게 여기는 마음이 앞섰다. 그는 섣불리 교전하지 말라는 자신의 군령을 스스로 어기고 군사를 내어 적을 공략했다. 그런데 과연 적진이 쑥밭이 되고 장수와 군졸이 뿔뿔이 달아나므로 딱하다 못해 어이없는 느낌마저 일었다. 하지만 이때만 해도 뒤에 복병이 있을 것을 두려워하여 곧 징을 쳐서 추격을 멈추었는데, 이튿날 또 10리쯤 물려 세운 적진을 공략하자 역시 똑같은 일이 벌어지니 그만 경계심이 사라지고 시식잖은 마음밖에 들지 않았다.

"아무리 애송이를 장수로 세웠다지만 참으로 한심하구나. 어찌 저런 것을 두려워하여 성에만 웅크리고 있겠는가! 내일은 30리쯤 추격하여 보고 그래도 복병이 없으면 차후로는 더 이상 의심할 것이 없다."

그리고 뒷날 사흘째 군사를 내었으나 사정은 마찬가지였다.

"저것들이 저러다가 사비까지 도망가겠구나."

벌써 4, 50리 땅을 얻었다고 생각한 남승은 자신감에 도취하여 하늘 높은 줄 모르고 우쭐거리기 시작했다.

한편 금성에서는 전세의 위급함과 원군을 청하는 전령의 보고를 받자 중신들 간에 서로 뜻이 다르고 의견이 분분하였다. 어떤 이는 기왕 백제와 화친을 결정한 마당이요, 전세의 위급함은 남승이 공연히 네 성을 구축하여 비롯된 일이므로 그대로 철군할 것을 주장하였고, 우선 남승의 위급함만은 구해놓고 보자는 신하들 숫자도 만만치 않았다. 백정왕이 뚜렷한 결론을 내리지 못하고 있을 때 백반이 말하기를,

"이번 일은 백제가 먼저 시작했으므로 그 책임이 백제에 있고, 내막을 알고 보면 어차피 장왕의 뜻도 아니므로 원군을 보낸다고 해서 양국의 앞날에 크게 영향을 미치지도 않을 것입니다. 항차 우리 군사가 위급함에 빠져 구원을 요청하는데 어찌 이를 거절할 수 있겠나이까. 마땅히 원군을 보내야 할 줄로 압니다."

하여 조정의 분분하던 공론이 금세 원군을 보내자는 쪽으로 선회하였다. 용춘이 물러난 이후 이와 같은 경우는 다반사였다.

백정왕은 이사부의 아들 이리벌을 원군 장수로 삼고 급찬 무은을 대감(大監)에 명하여 보기병 1만을 거느리고 남승을 돕도록 하였는데, 이때 무은의 아들 귀산(貴山)이 추항(箒項)이란 자와 더불어 와서 간곡히 군대를 따라갈 것을 소원하였다.

귀산은 본래 사량부 사람으로 용춘의 낭도 출신이었다. 그는 어려서부터 한동네 사람 추항을 동무로 사귀었는데, 두 사람이 모두 뜻과 기개가 고상하고 성품이 용맹스러웠다. 용춘이 천명 공주와 혼인한 직후 평소 귀산의 됨됨이를 잘 알던 용춘의 천거로 잠시 벼슬살이를 하였으나 용춘이 모함을 받고 물러나자 귀산도 스스로 벼슬을 내놓았다. 그 후 경신년(600년)에 이르러 법사 원광이 수나라에 조빙사로 갔던 내마 제문과 대사 횡천을 따라 귀국하여 운문산(雲門山 : 청도) 가실사(加悉寺 : 가슬갑사)를 중창하고 그곳에 머문다는 소문을 듣자

추항을 찾아가 말하기를,

"옛날부터 선비나 군자와 교유하기를 바라면서도 먼저 마음을 바르게 하고 몸을 닦지 않는다면 장차 어떤 치욕을 당하게 될지 모를 일이네. 듣자건대 근자에 나라의 고승 원광 법사가 수나라에서 유학하고 돌아와 가실사에 머문다고 하니 우리가 법사를 찾아가서 어질고 올바른 도리를 구해보지 않겠나?"

하니 추항도 곧 좋다고 하여 두 사람이 운문산으로 원광을 찾아가게 되었다. 이들이 법사 원광을 만나 공손한 태도로 절하며,

"속세에 사는 저희가 어리석어 아는 바가 아무것도 없으니 원컨대 법사께서 한말씀을 깨우쳐주시면 죽는 날까지 이를 계명으로 삼겠습니다."

하고 청하자 원광이 웃으며 대답하기를,

"불가에는 보살계라는 열 가지 계율이 있지만 그대들은 남의 신하가 될 사람들이라 이를 다 지키기는 어려울 것이다. 그런데 금세의 세속에는 오계라는 다섯 계율이 있으니, 첫째는 사군이충(事君以忠)이라, 나랏님을 섬길 적에 충성을 다하고, 둘째가 사친이효(事親以孝)라, 어버이를 섬김에 효도를 다하는 것이다. 셋째는 교우이신(交友以信)인데, 벗을 사귐에 믿음을 다하고, 넷째는 임전무퇴(臨戰無退)라, 싸움에 임하여 물러나지 말 것이며, 마지막 다섯째는 살생유택(殺生有擇)으로, 살아 있는 것을 죽이려 할 때에는 반드시 가려서 행해야 할 것이다. 그대들이 만일 이 다섯 계율만 충실히 지킨다면 인생에 올바른 것과 원하는 바를 두루 얻을 수 있을 것이다."

하였다. 원광의 말을 들은 귀산과 추항이 고개를 갸우뚱거리며,

"다른 것은 다 알겠사오나 마지막 계율만은 잘 알아듣지 못하겠습

니다."

하였더니 법사가 소상히 풀어 설명하기를,

"육잿날*과 봄철과 여름철에는 산 것을 죽이지 말라고 하였으니 이는 때를 가림이요, 집에서 기르는 소, 말, 닭, 개를 죽이지 말라는 것과 고기가 한 점도 되지 못하는 잘고 하찮은 미물을 죽이지 말라는 것은 대상을 가림이다. 이렇듯 살아 있는 생물을 죽일 때에는 꼭 필요할 때에만 행하고, 불가피한 경우가 아니면 삼가라는 것이니, 가히 세속의 착한 경계가 아니겠는가."

하여 귀산과 추항이 크게 고개를 끄덕이며,

"금일 이후에 법사께서 말씀하신 다섯 계율을 충실히 마음에 받들고 몸에 익히겠습니다."

하고 물러났다. 이 뒤로도 귀산과 추항은 자주 운문산 가실사로 원광을 찾아가 궁금한 바를 묻고 가르침을 청하며 뜻을 키웠는데, 마침 백제군의 침공이 있고 귀산의 부친 무은이 원군으로 출병하게 되자 양인이 모두 백의종군할 뜻을 왕에게 극간하였다. 백정왕이 전날 길사 벼슬을 지냈던 귀산을 알아보고 그 뜻을 가상히 여겨 두 사람을 나란히 소감(少監)으로 삼고 무은과 함께 떠나도록 하였다.

금성을 출발한 원군이 모산성을 거쳐 남승이 가 있는 옹잠성에 이르니 남승이 이리벌을 보고 마구 화를 내며,

"어찌하여 이제야 왔나! 진작에 왔으면 백제군을 벌써 섬멸하고 지금쯤은 사비성 아이의 못된 버르장머리를 단단히 고쳐놓았을 텐

---

* 육재일(六齋日): 불교에서 사부대중(四部大衆)이 한 달에 6일 동안 의식 장소에 모여 단식을 하며 목욕재계하고 경건하게 보내는 날. 곧 매월 8, 14, 15, 23, 29, 30일.

데."

하고 다짜고짜 원군이 늦게 온 것을 책망하였다. 이리벌이 보니 적의 공격을 받아 위급함에 처해 있다던 아군이 도리어 접경을 넘어 백제 군을 추격하고 있으므로,

"금성에서 듣던 바와 다르니 대체 어찌 된 영문입니까?"

하고 내막을 물었다. 남승이 급히 말을 얼버무리며,

"영문이나마나 어서 군사를 네 갈래로 나누어 백제군을 치세. 여 기는 2천만 남겨두고 나머지 군사는 소타성과 외석성, 천산성으로 고루 보내게나. 내가 며칠을 두고 유심히 살펴보았는데 저것들은 군 율도 없고 병법도 알지 못하는 만판 허깨비들일세!"

멀리 적진을 손으로 가리키면서 그간의 경위를 말하였다. 이리벌이 남승의 말을 들으며 적진의 형세를 가만히 관찰하니 그 짜임새가 지 나치게 어지럽고 문란하여 일부러 유인하는 술책임이 한눈에 보였 다. 황급히 남승을 바라보며 상기된 얼굴로,

"장군! 저것은 유인책의 전형이올시다. 시급히 군사를 빼내어 모 산성으로 퇴각해야 해를 입지 않을 것이오!"

하고 고함을 지르니 남승이 껄껄 목청을 높여 웃으며,

"어찌 난들 자네가 알아보는 유인책을 모르겠나. 그래서 시초에는 각 성의 장수들에게 섣불리 공격하지 말라는 군령을 내렸으나 막상 겪어보니 계략이고 술책이고가 없네. 눈으로 보면 모르겠나? 모산성 에서 야금야금 먹어 들어온 땅이 이미 5, 60리일세. 복병을 내었다면 벌써 냈지. 각 성으로 사람을 보내 물어보니 모다 마찬가질세. 더 볼 것도 없이 내일 해 뜨는 것을 기화로 네 곳에서 성하게 몰아붙이면 웅진까지도 수중에 넣을 수가 있을 것이네."

한껏 득득만만하여 큰소리를 치고서,

"이제 온 자네가 알면 무얼 얼마나 알겠나. 군소리 말고 시키는 대로 하게나."

하며 말끝을 여물렀다. 그 뒤에도 이리벌이 간곡한 말로 여러 차례 만류하였으나 남승이 듣지 않고 종내 화까지 버럭 내며,

"네가 감히 총관의 군령을 어길 참이냐?"

험악하게 목자를 부라리므로 하는 수 없이 옹잠성에 2천의 군사를 남겨두고 나머지 군사를 세 갈래로 나누어 각 성으로 향하였다. 건품이 있는 소타성에는 3천 군사를 보내고, 이리벌 자신은 2천 군사를 거느리고 비리야가 있는 외석성으로 갔으며, 무은에게는 3천 군사를 데리고 천산성의 무리굴과 합류하도록 하였다.

이튿날 해가 뜨자 네 군데 성을 거점으로 신라군들이 북소리를 울리며 총력을 다해 백제군을 공격하였다. 사방에서 쫓긴 백제군들이 몸을 피하여 일제히 몰려든 곳은 천산의 커다란 못가였다. 백제군을 쫓아온 신라군들이 못가에 이르러 문득 이상한 낌새를 느끼는 순간이었다. 갑자기 사방에서 수도 헤아리기 힘든 적군이 몸을 드러내는데, 그 틈에서 늠름하게 생긴 한 장수가 마상에 높이 앉아 큰 소리로 이르기를,

"어서 오너라. 백제 병관좌평 해수가 이곳에 너희들의 무덤을 마련하고 기다린 지 실로 오래다!"

말을 마치자 왼팔을 번쩍 치켜드니 그것을 신호로 복병들이 산지사방에서 함성을 지르며 달려나오기 시작했다. 당황한 신라군들이 미처 정신을 차릴 겨를도 없이 복병들은 닥치는 대로 칼로 베고 창으로 찌르고 갈고리를 내어 사지를 처참히 내리찍었다. 피가 사방으로 튀

고 울부짖는 비명이 천지를 가득 메웠다. 무수한 신라군들의 목과 몸이 각각 따로 못 속으로 풍덩풍덩 빠져들었다. 큰 못 주변에는 순식간에 피비린내가 진동하고 시체가 널브러져 산더미처럼 쌓여갔다. 네 갈래로 도착한 신라군 1만 5천은 해수가 큰 못 주변에 설치한 백제 복병 2만에게 절반 이상이 목숨을 잃었고, 가까스로 명을 부지한 자들 중에도 다시 절반가량이 불구가 되었다. 신라 장수들은 군졸들을 돌보기는커녕 제 한 몸을 보전하기에도 손발이 바빴다. 비리야는 쇠갈고리에 허벅지를 찍혀 한쪽 다리를 심하게 절뚝거렸으며, 건품도 적장 백기의 손에 다 죽게 된 것을 마침 이리벌이 삼지도를 휘두르며 몸을 아끼지 않고 달려들어 가까스로 위기를 모면했다.

"아아, 내 어찌 매복을 끝까지 경계하지 않았던가!"

병부령 남승이 하늘을 우러러 탄식하며 후회했으나 이미 소용없는 일이었다. 군사의 절반을 잃고 사력을 다하여 천산 못가를 빠져나온 신라군들이 백제군의 추격을 받으며 옹잠성 근처 들판에 이르렀을 때였다. 미처 한숨을 돌리기도 전에 갑자기 지축을 울리는 말발굽 소리가 들려오더니 백제 기병들이 개미 떼처럼 자욱하게 몰려와 순식간에 퇴로를 가로막았다. 남승을 비롯한 신라 잔병들은 백제군을 보자 오금이 떨려 제대로 서 있을 힘조차 없었다. 그때 말쑥한 차림의 한 선비가 마상에서 큰 소리로 말하기를,

"신라군은 들으라! 내신좌평 개보가 이곳에서 너희가 오기를 지루할 정도로 기다렸다. 어찌 한 놈인들 목을 붙여둔 채로 되돌려 보내겠는가. 이제 너희의 썩은 육신으로 이 넓은 들판에 거름을 먹여 명년 가을엔 우리 백성들의 허기진 배를 한껏 부르게 하리라!"

말을 마치자 팔을 들어 신호하니 기병들이 함성을 지르며 맹렬한 기

세로 돌진하였다. 이미 전의를 상실한 신라병들은 또다시 큰 혼란에 빠져 어쩔 줄 모르고 갈팡질팡했다. 칼에 베어 넘어지고 창에 찔려 죽는 자가 이번에도 부지기수였다. 모산성으로 돌아가기가 불가능하다는 사실을 깨달은 남승은 서북편 외석성으로 퇴각하라는 명령을 내렸다. 외석성은 간신히 주춧돌만 올려놓은 성이었고, 모산성이나 만노군과는 점점 더 멀어지는 셈이었으며, 외석성으로 간다고 별 뾰족한 수가 있는 것도 아니었지만 이런저런 사정을 따질 계제가 아니었다. 믿을 데라고는 외석성 주변의 야트막한 구릉 하나가 전부였다.

신라 명장 이리벌과 무리굴이 악전고투하며 외석성으로 향하는 길을 열자 남승이 잔병들과 더불어 정신없이 그 뒤를 따랐다. 추격해오는 백제군은 무은의 군대가 맡아 처절한 혈전을 벌였다.

천신만고 끝에 외석성에 이르러 보니 살아남은 잔병의 수가 고작 3천여 명이었다. 게다가 신라군의 수장인 병부령 남승마저 이름 없는 군졸의 칼에 등짝이 찔려 갑옷 안이 모두 피로 물들어 있었다. 3천 명 가운데도 부상자를 빼고 나면 손에 무기라도 잡을 수 있는 자는 겨우 2천여 명에 불과했다. 남승은 성안으로 들어오자 구릉으로 군사들을 숨기고 장수들을 불러 대책을 강구했다. 그러나 절해고도와 마찬가지인 외석성으로 피한 마당에 특별한 대책이 있을 리 없었다.

한편 백제 내신좌평 개보는 신라병들이 외석성으로 달아나는 것을 보자 어느 순간 북을 쳐서 추격하는 군사들을 거두어들였다. 조금 뒤 병관좌평 해수가 천산에서 군사들을 이끌고 개보가 기다리는 옹잠성으로 와서,

"적장의 목은 어디 있습니까?"

하고 물었다. 개보가 성 부근의 들판에 가로 누운 수천 신라병 시체

를 내려다보며,

"저들 가운데 적장이 있을지도 모르겠고 아니면 2, 3천의 군사가 외석성 쪽으로 달아났으니 그 속에 있을지도 모르겠소."

하고 대답하였다. 해수가 깜짝 놀라며,

"하면 아직도 2, 3천의 잔병들이 살아 있다는 말이 아니오?"

하고서,

"그럼 왜 여기 이러고 있습니까! 어서 외석성으로 가서 잔병들을 모조리 섬멸합시다!"

하고 언성을 높였다. 이에 개보가 고개를 가로저으며,

"적병을 저만큼 토벌하였으면 성과는 충분하니 군사를 모아 모산성으로 갑시다. 우리가 본래 군사를 낸 까닭이 모산성을 얻고 당성항을 취하기 위함이 아니오. 게다가 궁구막추(窮寇莫追)는 병법의 기본이외다. 더 이상 쫓다가는 궁지에 몰린 저들에게 무슨 해를 입을지 모르는 일이오."

하였다. 해수는 전날 자신이 다 죽게 된 것을 개보가 장왕에게 목숨을 아끼지 않고 극간하여 살려준 데다 그로 말미암아 병관좌평에 오르게 된 것을 고맙게 여겨 평소에는 은인으로 깍듯이 섬겨오던 터였다. 그러나 이때만은 의견이 달라서 쉽게 말을 따르려 하지 않았다.

"하하, 궁구막추를 거론하시는 걸 보니 내신좌평께서는 가히 선비시오."

해수가 돌연 껄껄 웃음을 터뜨렸다.

"하지만 그것도 진이 있고 의지할 성곽이라도 갖추었을 때 얘기지 허허벌판의 오갈 데 없는 한줌 패잔병들을 상대할 때의 경구는 아닐 것입니다. 게다가 저들을 그대로 두고 모산성을 공격한다면 결국은 후미에 적을 두는 셈이니 비록 2, 3천의 잔병이라 할지라도 안심할 수 없는 노릇이오. 당연히 잔병들을 모조리 소탕한 후에 모산성을 치는 것이 순서입니다."

군이 서열을 논하자면 내신좌평이 위였지만 병권은 해수에게 있었다. 개보는 해수의 결정에 께름칙한 바가 없지 않았지만 그대로 따를 수밖에 없었다. 해수는 신라 잔병 2, 3천을 섬멸하기 위하여 4만의 대군을 모조리 거느리고 외석성으로 향했다.

외석성 구릉에 몸을 숨긴 신라 병사들이 보니 맞은편에서 백제 대군이 구름같이 몰려들기 시작하는데, 그 숫자가 도무지 짐작조차 하지 못할 만큼 엄청났다. 싸울 기력은커녕 밥 지어 먹을 엄두조차 내지 못하던 잔병들은 그 광경을 보자 그만 허탈한 심정이 되었다.

"이제 죽었구나!"

"기왕에 죽을 목숨, 천산에서 죽은 자들이 제일 복 많은 자들이요, 옹잠성에서 죽은 자들은 그 다음이며, 우리는 살 복도 없지만 그야말로 죽을 복도 더러운 자들일세."

기진맥진한 병졸들이 여기저기에서 푸념과 넋두리를 쏟아놓았다. 남승도 더 이상은 아무런 대책이 없었다. 마지막까지 결사항전을 하느냐, 아니면 치욕스럽지만 항복을 하여 구차한 목숨을 얻느냐는 길만 남았을 뿐이었다. 그때였다.

"아, 내 어찌 신라의 장부로 태어나 이처럼 허무하게 목숨을 잃겠는가!"

패배감과 무력감에 빠져 있던 잔병들 틈에서 홀연 한 젊은이가 칼을 높이 뽑아 들고 우레와 같은 고함을 질렀다.

"일찍이 원광 법사에게서 장부는 싸움에 임하여 물러서지 않는다는 말을 들었다. 게다가 저 악랄한 백제군들이 궁지에 빠진 우리를 베기 위하여 저토록 많은 군사를 거느리고 오니 가슴에 차오르는 분노와 혈기를 참을 수가 없구나! 어차피 목숨은 하나요, 장부의 갈 길은 정해져 있다! 나는 더 이상 도망하지 않고 저들과 싸워 임전무퇴하는 신라인의 기개를 유감없이 보여주리라!"

말을 마치자 방패도 팽개친 채 장창 하나를 비껴 잡고 말에 훌쩍 뛰어올라 그대로 적진을 향해 내달렸다.

"대체 저 사람이 누구냐?"

남승이 탄복하며 주위에 물으니 급찬 무은의 아들 귀산이라 하므로 무은을 불러 손을 잡고서,

"경은 참으로 훌륭한 아들을 두었소!"

하며 극찬하였다. 무은이 귀산의 뒷모습을 물끄러미 바라보더니,

"자식이 목숨을 아끼지 않고 나가 싸우는데 어찌 아비가 보고만 있겠소!"

하고는 그 또한 장검을 뽑아 들고 훌쩍 말잔등에 올라 급히 아들의 뒤를 쫓아갔다.

두 부자가 앞서거니 뒤서거니 말을 달려 맹렬한 기세로 적진에 이르자 곧 창과 칼을 휘두르며 무차별 백제 진영을 유린했다. 창날과 칼날이 번뜩일 때마다 사방으로 피가 튀고 대열이 크게 무너졌다. 보고 있던 신라병들이 일제히 환호를 지르기 시작했다. 바로 그때였다.

"나 또한 신라의 장부로 귀산과는 오래전에 생사를 함께하기로 천지신명께 맹세한 바 있다. 믿음으로 얻은 벗과 벗의 부친이 죽기를 각오하고 싸우는데 어찌 한가로이 구경만 하겠는가!"

다시 한 젊은이가 크게 고함을 지르며 말을 짓쳐 나가니 그는 다름

이 아닌 추항이었다.

백제 4만 대군이 불과 세 사람의 목숨을 아끼지 않는 항전에 크게 술렁거렸다. 이 광경을 지켜보고 있던 신라 잔병들은 아무렇게나 던져두었던 무기를 다투어 찾아 들었다. 심지어 부상병들조차도 갑옷을 고쳐 입고 말에 올랐다. 누군가의 입에서 임전무퇴라는 구호가 흘러 나왔고 그것은 추락할 대로 추락한 군사의 사기를 되살리는 신라군 전체의 구령으로 돌변했다. 일사불란하게 전열을 재정비한 신라병들이 여출일구로 임전무퇴를 외치며 역공을 취해오자 이미 승리감에 도취해 있던 백제군들은 크게 당황했다.

"적의 숫자는 겨우 2, 3천이다! 당황하지 말고 한 놈도 남김없이 무찔러 없애라!"

장수들이 큰 소리로 백제군을 독려하였으나 전세는 순식간에 뒤바뀌어 있었다. 외석성의 신라병들은 천산과 옹잠성에서 두 차례나 백제군에게 패한 허약한 잔병들이 이미 아니었다.

"우리에겐 오직 죽음이 있을 뿐이다! 마지막 힘을 짜내어 한 놈이라도 더 베고 나도 죽으리라!"

한결같이 눈에 핏발이 선 채 필사의 각오로 덤벼드는 신라병의 기세를 백제의 장수와 군졸들은 도저히 당해낼 재간이 없었다. 4만이나 되는 백제 대군이 2, 3천에 지나지 않은 신라 잔병들에게 밀려 뒷걸음질을 치는 믿지 못할 광경이 바로 외석성에서 벌어졌다.

해수는 하는 수 없이 각군 장수들에게 옹잠성으로 퇴각할 것을 명하였다. 그런데 퇴각 명령이 떨어지자 그 많은 군사가 일제히 등을 돌려 달아나는 바람에 진중에선 큰 혼란이 일었고, 도처에서 말과 사람이 한 덩어리가 되어 저희들끼리 부딪치고 짓밟느라 아수라장이 되었다. 체계없이 대병을 움직인 응분의 결과였다. 백제군이 정신없이 퇴각하는 모습을 본 신라병들의 사기는 가히 하늘을 찌르고도 남을 만했다. 저마다 임전무퇴를 목청껏 외치며 승리의 함성을 내지를 즈음 돌연 한 장수가 큰 소리로 울부짖었다.

"지금 저들을 궤멸하지 않으면 반드시 뒤에 큰 우환이 생길 것이다! 우리라고 어찌 도망가는 적을 보고만 있겠는가!"

모든 사람이 소리나는 곳을 바라보니 온몸에 피를 뒤집어써서 얼굴은 알아볼 수 없었으나 비껴 잡은 장창과 우렁찬 목소리로 보아 무은의 아들 귀산이 틀림없었다. 그 옆에서 역시 피를 덮어쓴 추항이 고함을 질렀다.

"적장 해수의 목을 베지 않고는 나 또한 고향으로 돌아가지 않을 것이다!"

말을 마치자 두 사람은 고함을 지르며 백제군을 추격하였고, 나머지 신라병들도 일제히 함성을 지르며 두 사람을 쫓아가기 시작했다.

움직임이 둔하고 느릴 수밖에 없었던 백제 대군은 이내 꼬리를 물고 쫓아온 신라병들에게 또다시 혼쭐이 났다. 옹잠성으로 퇴각하는 동안에도 수천의 병사가 목숨을 잃었고 길바닥에는 가로누운 시체가 산더미처럼 쌓였다. 먼저 옹잠성에 이른 백제군들이 급히 전열을 정비하여 쫓아오는 추격병과 교전을 시도하였으나 역시 당해내지 못하고 천산으로 쫓겨갔다. 천신만고 끝에 천산에 이른 해수가 따라온 군사를 헤아려보니 4만 대군 가운데 살아남은 자가 기껏 1천여 명에 불과했다. 해수로선 고개를 들 수 없는 참담한 패배가 아닐 수 없었다.

피차 마찬가지였다. 비록 귀산 부자와 추항의 분전으로 백제의 대병을 무찔렀다고는 해도 신라군 역시 막대한 피해를 입기는 백제와 크게 다를 것이 없었다. 옹잠성을 거쳐 모산성까지 살아온 군사는 채 2천이 되지 못했고, 항차 역전의 발판을 마련했던 두 영웅 귀산과 추항마저 만신창이가 되어 모산성으로 돌아오는 중에 그만 숨을 거두고 말았다.

전령을 통해 이 소식을 들은 신라왕 백정은 친히 군신들을 거느리고 궐문 밖의 들까지 마중을 나와 귀산과 추항의 시체를 보며 눈물을 흘렸다. 백정왕은 두 사람의 시신을 거두어 예와 정성을 다해 후히 장사 지내고 귀산에게는 내마, 추항에게는 대사의 벼슬을 추증한 뒤 그 식솔들에게 곡식과 전지를 하사하여 위로하였다.

한편 병관좌평 해수는 사비로 돌아오자 스스로 몸을 묶어 임금 앞으로 나가서 무릎을 꿇고 죄를 청하였다. 장왕이 용좌에 자리를 높이고 앉아 대패하고 돌아온 해수를 내려다보며 알 수 없다는 듯이 고개를 갸우뚱거렸다.

"경은 어찌하여 패하였단 말인가? 천산에 과인이 말한 큰 못이 없던가?"

"아니올습니다."

"하면 큰 못으로 신라군이 쫓아오지 아니하던가?"

"그, 그것도 아니올습니다. 대왕께서 내리신 계책은 한 치도 어긋남이 없었고, 천산의 못은 신라군의 시체로 거의 평지처럼 메꾸어놓았습니다."

"허허, 참으로 알지 못할 노릇이다. 그런데 어찌하여 4만 대병을 잃고 패장이 되어 돌아왔더란 말이냐?"

이에 해수가 저간의 사정을 낱낱이 털어놓고서,

"신이 아둔하고 미욱하여 내신좌평이 충고하는 바를 무시하고 궁한 적을 치다가 결국에는 다 이긴 싸움을 그르치고 말았나이다. 스스로 목숨을 끊지 못한 것이 실로 천추에 남을 치욕입니다. 전날 붙여 놓았던 신의 목을 오늘엔 기필코 치시옵소서. 장공속죄의 하해와 같은 성은을 입었음에도 만 분지 일도 갚지 못하였으니 죽어도 눈이나 제대로 감을 수 있을지 모르겠습니다."

패한 이유를 솔직히 고변하며 거듭 죄를 청하였다. 장왕이 오랫동안 입을 다물고 앉았다가,

"아니다. 혈기 하나만 믿고 섣불리 군사를 움직인 짐의 과실이 가장 크다. 진작에 왕변나의 말을 들었던들 어찌 오늘과 같은 참경을 보았으랴."

스스로 깊이 탄식하고서,

"방장한 혈기는 비록 강하나 사리를 판단하는 지혜로움이 없고, 젊은 신하의 의기는 비록 뜨겁고 순수하나 노신이 깊이 생각하는 분별력에는 미치지 못하는구나. 만물의 이치가 어느 한쪽으로 치우침을 경계하지 않는 것이 없으니 국사를 펴는 조정의 일 또한 어찌 예외일 수 있으랴. 과인은 그간 썩은 악습을 고치기 위하여 늙은 중신들의 존재를 일부러 무시하였거니와, 앞으로는 젊어서 강하고 뜨거운 것과 늙어서 현명하고 지혜로운 것을 모두 중히 여기리라."

하고는 즉시 왕변나를 내법좌평으로 삼고, 내관 공덕부에 명하여 옥석 구분 없이 물리쳤던 전조의 중신들을 일일이 내사한 뒤 허물이 없는 노신들을 다시 조정으로 불러들였다. 이에 왕효린(王孝隣)을 위시한 스무 명에 달하는 이가 벼슬과 관작을 새롭게 얻었는데, 고장사(庫藏事)의 사무를 맡은 내두좌평 왕효린은 변나의 숙부여서 숙질이

나란히 좌평을 지내게 되었다. 또한 비록 패하고는 왔으나 군사의 사기를 고려하여 무공이 높은 백기에게는 한솔 벼슬을 내리고, 용감하게 싸운 길지와 문진도 나란히 한솔로 승차시켰다.

귀국하는 부여씨들

왕은 헌을 포함하여 여섯 사람의

부여씨 족친들을 보자 입이 절로

벙그러져서 마치 어린아이처럼

좋아하였다. 곧 헌을 가까이로 불러

손을 맞잡고 그간에 여러 담로지를

돌아다니며 고생한 것을 침이

마르도록 치사한 뒤에 좌우에 명하여

주연을 준비하라 일렀다. 연회가

시작되자 왕은 족친들에게

일일이 잔을 권하며 식구들의

안부를 묻고 대업을 위해 흔쾌히

귀국해준 것을 고마워하였다.

이 무렵 백제 왕실에는 법왕 부여선이 남긴 세 아들과 법왕비가 있었는데, 임금의 형제들을 담로국 제후로 봉하여 외지로 보내는 것이 나라의 오랜 관행이었다. 게다가 귀국한 지 1년 남짓 만에 남편을 여의고, 난데없이 나타난 부여장에게 왕위마저 빼앗긴 법왕비로서는 본국에 미련을 둘 하등의 이유가 없었다. 오히려 20여 년을 살아왔던 서역의 곤륜(동남아시아 지역) 땅이 고향처럼 그립던 차인데 왕이 즉위하여 자신을 태자로 옹립했던 중신들마저도 가차없이 내쫓고 군사를 일으켜 전쟁까지 하는 것을 보자 밤마다 악몽에 시달릴 정도로 심한 두려움을 느꼈다. 하루는 세 아들을 불러놓고 말하기를,

"나는 사비에서 단 하루도 살고 싶은 마음이 없다. 그저 눈만 감으면 곤륜의 산천이 떠오르고 그곳에 살던 사람들이 그리울 뿐이다. 항차 이곳은 기후와 음식도 몸에 맞지 않아 침식을 그르치는 때가 많으

니 하루가 다르게 심신에 축이 간다. 그런데 내가 몇 번이나 왕비를 찾아가서 하소연을 하였으나 아직도 편전에서 아무 기별이 없으니 실로 답답하구나. 너희 가운데 누가 임금을 찾아가 이 어미의 간절한 뜻을 전하고 허락을 얻어오겠느냐?"

하니 장남 진(眞)과 막내 우(祐)는 아무 대답이 없는데 차자인 헌(軒)이,

"소자가 다녀오겠습니다."

하고 나섰다. 부여헌은 나이 스물하나로 몸은 비록 허약했지만 어렸을 때부터 3형제 가운데 가장 머리가 영특하고 담력이 컸다. 법왕비가 헌의 말을 듣고 기뻐하며,

"우리 네 모자의 운명이 네 어깨에 달려 있다. 만일 곤륜으로 가지 못하면 우리는 천수를 누리지 못할 게 틀림없다."

하고서,

"우리가 여기에 있어봐야 왕업에 티끌만한 보탬도 되지 않을 것이니 너는 특별히 이 점을 강조해 말하라."

하고 지시했다. 헌이 그 길로 왕이 거처하는 편전에 이르러 친견을 청하고 모후의 뜻을 아뢴 뒤에,

"곤륜은 저희에게 고향과도 같은 곳입니다. 저희 형제가 그곳으로 다시 가서 폐하의 왕업을 곤륜 땅 백성들에게도 펼 수 있도록 가납하여 줍시오."

하는데, 그 말하는 품새며 언변이 제법 당당하고 조리가 있었다. 장왕이 이복 아우 셋 가운데 전부터 헌을 눈여겨보고 있던 터라,

"네 모후면 내게도 모후요, 모후의 뜻이 그러할진대 아니 받들 수야 있겠느냐. 내 마음 같아서는 왕실에 모셔두고 일찍 구몰한 양친께

다하지 못한 효도를 원없이 하고 싶다만 모후께서 이를 불편히 여기시는 듯하여 선뜻 결정을 내리지 못하였구나."

부드러운 말로 위로한 뒤에,

"그런데 곤륜으로 네 사람이 모두 갈 까닭이야 없지 않느냐?"

하고 물었다. 왕이 염려하는 것은 계모와 이복 아우들을 모두 국외로 보낼 경우 자칫 세간에 나돌지도 모를 백성들의 비난이었다. 어떻게든 덕을 쌓고 민심을 하나로 아울러야 하는 장왕으로서는 이 점을 염두에 두지 않을 수 없었다.

"모후께서 가시는 것도 애운한 일인데 아우 셋이 모두 과인 곁을 떠난다면 너무 외롭고 허퉁하지 아니한가. 너도 알다시피 과인에게 누가 있느냐?"

만일 이런 일로 구설에 오르내린다면 장차 자신이 지닌 야망은 펴기 힘들다는 점을 왕은 누구보다 잘 알고 있었다.

"폐하께서 염려하시는 바가 단지 그 때문만은 아닐 것입니다."

왕의 말을 듣고 난 헌이 얼굴에 웃음을 띠며 말했다.

"그 때문이 아니라니?"

"감히 아뢰거니와 대왕께서 보위에 오르신 이래 대신들의 옥석을 가려 조정의 면모를 일신하였다면 그 다음으론 왕실에 대해서도 한번쯤 좌우를 돌아볼 때가 되지 않았나 싶습니다. 지금 살아 있는 왕실 족친의 일을 논하자면 우선 저희 세 형제가 있고, 숙부인 우로와 그 아들이 둘 있습니다. 또한 전조로 거슬러 올라가면 일일이 다 거명하기 어려운 수많은 부여씨들이 있지만 저희 세 형제만 제외하면 모두 나라 밖의 담로지에서 살고 있으므로 대왕께서는 그들의 인품이나 됨됨이는 고사하고 얼굴과 이름조차 제대로 알지 못할 것입니다."

부여헌의 지적은 가히 날카로운 데가 있었다. 성왕의 아우 윤과 지의 자손들, 위덕왕과 혜왕의 아우들인 숭과 명성, 자실과 용남의 후손들, 그리고 법왕의 아우인 우로의 자식들이 나라 밖의 외지에서 살고 있었지만 장왕이 이름이라도 들어 알고 있던 사람은 불과 두셋 정도에 지나지 않았다. 이들 가운데 장왕의 숙부인 우로와 그 윗대인 숭과 자실, 용남 등은 아직 당자들까지 생존해 있던 터였다. 헌이 잠시 끊었던 말허리를 이어갔다.

"지금 대왕께서 연목구어의 심정으로 힘써 얻고자 하는 것은 대왕의 왕업을 보필하여 국운을 열어나갈 젊고 걸출한 인재들이 아니옵니까. 그런데 이 같은 인재들이 어찌 나라 안에만 있을 것이며, 왕실의 후손들인 부여씨 중에도 없으리라는 법이 어디 있겠나이까."

"네 말을 듣고 보니 과연 그렇구나!"

헌의 말에 왕이 무릎을 쳤다.

"지금 왕실 족친들은 대왕 곁에 머무르는 것이 해가 될 자들과 대왕을 보필하여 나라에 득이 될 자들로 크게 나눌 수가 있습니다. 저희들은 곁에 있어봤자 아무런 도움이 되지 못할 자들입니다. 도움은커녕 도리어 심기만 어지럽힐 따름입니다. 그런데 전날 곤륜에서 아버지와 숙부가 서로 만나시면 매양 말씀하시기를, 부여숭 어른의 삼자인 굴안(屈顔)과 자실의 삼자인 망지(望地), 그리고 부여지(扶餘旨)의 후손인 청(淸)과 그가 데리고 있는 흑치(黑齒) 등은 한결같이 문무를 겸전한 뛰어난 인재들로 모다 백제인의 자랑거리라며 입에 침이 마르도록 찬탄하시는 것을 여러 번 들었나이다. 엎드려 바라건대 대왕께서는 저희 형제들을 불쌍히 여기시어 다시 곤륜으로 보내주시고 대신에 이들을 불러들여 왕업을 찬란히 꽃피우소서. 하면 백성들도 대왕을 흉보거나 나무라지 않을 것이옵니다."

장왕은 자신의 심중을 환히 꿰뚫어보는 이복 아우 헌의 말에 사뭇 얼굴을 붉혔다. 하지만 그는 본시 옹졸한 인물이 아니었다. 곧 용안을 부드럽게 하여 이르기를,

"알았다. 그게 편하다면 그렇게 하라. 선부에 명하여 언제든 떠날 수 있도록 배를 준비해놓을 테니 채비를 마치면 일러다오."
하고서 잠깐 사이를 두었다가,

"그러나 너를 다시 곤륜으로 보내자니 실로 허전하고 아까운 생각이 드는구나. 굳이 가겠다면 하는 수 없는 일이다만, 어떻게든 고구려와 신라를 쳐서 누대에 걸친 왕실의 원한을 풀려는 과인의 뜻을 너도 모르지는 않을 것이다. 따지고 보면 너와 나의 조상이 같을진대 이는 우리 두 사람 모두의 일이 아니겠느냐."
하며 부여헌을 바라보았다.

"만약 나를 도와 사비에 머물겠다면 너에게 벼슬을 내리고 늘 가까이 두어 살뜰한 형제지정을 나누고 싶다. 또한 방금 네가 말한 외지 족친들도 네 힘을 빌려 사비로 청하는 편이 제일 좋을 듯싶구나. 당장 대답을 듣지 않아도 좋으니 이 형의 말을 깊이 생각하라. 그리고 어마마마와도 잘 상의하여 떠나기 전까지 대답을 달라."

장왕의 다정하고 은근한 부탁에 헌은 가타부타 대답이 없었다. 그가 어전을 물러나 법왕비를 찾아가서 일이 잘 처리됐음을 알리자 법왕비는 크게 기뻐하며 그날로 당장 짐을 꾸렸다. 이튿날 다시 헌을 앞세워 왕에게 채비가 끝났음을 고하니 왕이 친히 법왕비를 찾아뵙고 노자를 넉넉히 내어놓을 뿐 아니라 눈물까지 흘리며 헤어짐을 아쉬워하였다. 그때까지 마음속으로 심히 갈등하던 헌이 이 모습을 보

자 불현듯 엎드려 말했다.

"어제 형님께서 하신 말씀을 깊이 생각해보았사옵니다. 미력을 다하여 그 뜻을 받들겠나이다."

법왕비는 영문을 몰라 어리둥절해하고, 헌의 다른 형제들은 왕과 헌의 얼굴을 번갈아 살피는데, 오직 왕만이 흡족한 낯으로 어려운 결정을 했노라며 헌을 칭찬하였다. 헌이 연하여 고하기를,

"어차피 외지 족친들을 데려오자면 제가 나라 밖으로 나가야 할 테니 어머니를 모시고 곤륜까지 갔다가 그곳에서 부남과 남령을 거쳐 수나라로 들어가 내주에서 배를 타고 다시 오겠습니다."

하므로 왕이 별도로 노자를 푼푼이 주고 원로에 횡액과 흉변을 걱정하여 무사와 종 몇 사람을 데려가도록 하였다.

이렇게 떠난 부여헌이 다시금 사비로 되돌아온 것은 그로부터 제법 시일이 흐른 갑자년(604년) 늦봄이었다. 헌이 무사히 돌아왔다는 소식을 듣자 장왕은 기뻐 어쩔 줄 몰라 하며 친히 대궐 앞에까지 행차하여 아우를 맞아들였다.

이때 헌을 따라온 사람은 모두 다섯이었다.

먼저 굴안이란 자는 위덕왕의 셋째 아우 부여숭의 삼자로 나이가 마흔둘이요, 그 이름처럼 얼굴이 길고 턱뼈가 약간 구부러졌는데, 키가 7척에 눈이 크고 손 하나가 열 식구 밥 지어 먹을 솥뚜껑만 해서 한눈에 힘깨나 쓸 장사로 보였다. 굴안이 본래 요하의 담로국에서 태어나 자랐으나 위덕왕 재위 시절 그 아버지 부여숭이 고구려 평원왕의 침략을 받고 조선과 낙랑, 대방의 땅을 모두 잃게 되자 중국 동안을 따라 내주로 옮겨와 살았다. 그러나 이내 북주 무제에게 내주마저 내어주고 다시 남향하여 장강 이남의 광릉에 이르렀는데, 이마저도

진나라에 병탄된 것이 굴안의 나이 스무 살 적의 일이었다. 굴안이 아버지 부여숭을 따라다니며 광활했던 외백제의 몰락을 몸소 뼈저리게 체험한 셈이었다. 그 후 요행히 목숨을 부지하여 유민들이 모여 살던 백제촌을 전전하다가 수나라가 진나라를 아우를 때 수나라 장수가 되어 무공을 세웠고, 그 덕택으로 낙양 근처의 2백 호 남짓한 현령 자리 하나를 제수받아 그럭저럭 지내고 있었는데, 홀연 부여헌이 찾아와 백제 부흥을 도모하는 장왕의 뜻을 전하자,

"이는 내가 꿈에서조차 바랐던 일이다."

하며 두 번 생각하지 않고 따라나서게 되었다.

부여망지는 성왕이 후궁의 몸에서 본 자실의 아들로 역시 남령 담로지에서 태어나고 자란 사람인데 서른여섯의 한창 나이였고, 그와 동반하여 온 부여사걸(扶餘沙乞)은 자실의 아우 용남의 아들로 망지보다 한 살이 어렸다. 헌이 남령을 찾아가 자실의 집에서 망지를 만날 적에 마침 용남이 그곳에 다니러 와 있었는데, 본국 장왕이 나라의 원수를 갚고 구토를 회복할 뜻이 있다고 하자 용남이 크게 기뻐하며,

"우리 형제들이 하지 못했던 일을 금상께서 하려는 것이니 어찌 자식된 도리로 보고만 있겠나. 관산성에서 처참하게 돌아가신 아버지 성왕의 일을 생각하면 요즘도 나는 밤잠을 설친다네."

하고서 자신의 다섯 아들 가운데 특별히 천거한 이가 넷째 사걸이었다. 용남이 사걸을 말할 때 그 기상이며 무예를 자주 망지에 견주고,

"데려가면 득이 되었지 해는 없을 것이네."

하니 망지 또한 사걸의 무예가 자신보다 나았으면 나았지 못하지 않을 것이라고 높여 말하므로 함께 귀국선을 타게 되었다.

그런데 이보다 앞서 헌이 제일 먼저 찾아갔던 곳은 무더운 부남(캄보디아 일대)의 담로지였다. 이 무렵 부남 담로국 제후는 성왕의 아우 부여윤의 아들인 서(瑞)였다. 윤과 서 부자가 차례로 맡아 다스리던 부남에는 전날 중국의 백제 담로국들이 망할 때 피신한 부여씨들이 가장 많이 살고 있었고, 부여청도 그 피난민의 후예 가운데 한 사람이었다. 청은 광릉군에 숙위하던 부여지의 서손(庶孫)으로 580년, 광릉이 진나라에 병탄될 때 일가를 따라 부남으로 옮겨 왔는데, 이때 나이 겨우 다섯 살이었다. 그 후 청이 차차 나이를 먹어가며 일가 가운데 엇비슷한 또래의 흑치라는 소년과 자주 어울려 놀았다. 두 소년이 말을 타고 창이나 칼로 무예를 겨루면 이를 구경하려는 사람들로 저 잣거리가 인산인해를 이루었다. 그들은 강에 가면 다 자란 악어를 맨손으로 때려잡았고, 숲에서 범을 만나면 아가리를 양손으로 움켜쥐고 개 다루듯 할 정도로 신통한 구석들이 있었다. 그런데 흑치 일가도 본래는 왕족 부여씨였으나 동성대왕 시절 덕솔 벼슬에 있던 흑치의 조부 문대(文大)가 부남의 담로지 흑치국(黑齒國)의 제후로 봉해지는 바람에 흑치 집안이라는 별칭을 얻었다. 흑치국에 살던 사람들은 '삘랑'이라는 나무열매를 즐겨 먹는 탓에 대부분 치아 빛깔이 거무스름했다.

부여청과 흑치가 자라 20세가 되자 부남을 다스리던 부여서가 이들을 데려다가 관직을 맡겼는데, 청에게는 문관의 일을 보게 하고 흑치에게는 군사 통솔을 맡겼다. 흑치에게는 사차(沙次)라는 이름이 따로 있었으나 부남 사람들은 모두 흑치 장군이라 불렀다.

부여헌이 부남 땅을 찾아가서 제일 먼저 부여서를 만나 본국 장왕의 뜻을 전하고 청과 흑치를 데려가려고 하였더니 육순이 넘은 늙은

서는 죽은 백부의 해묵은 원한을 갚는 일에 별반 관심이 없어,

"신왕의 뜻은 좋으나 그렇다고 이곳의 인재를 빼내가면 어쩌하나. 청과 흑치는 여기서도 중히 쓰는 사람들이니 주기가 어렵네."

하며 고개를 저었다. 본래 백제의 국법과 관례에 따르면 담로국 제후들에게도 본국과 한가지로 3년 임기가 있었으며, 임기를 마치면 본국 왕의 결정에 따라 유임이 되거나 혹은 임지를 바꾸어야만 했다. 그러나 위덕왕 재위 시절 중국 동안(東岸)의 외백제가 모두 망하면서 이 원칙도 자연히 흐지부지되었고, 담로국 제후에게 미치는 본국 왕의 권한도 덩달아 유명무실해졌다. 부여헌이 며칠을 두고 서에게 간곡한 말로 거듭 청을 하였지만 서가 끝내 응하지 않아 바이 난감해 있던 차에 흑치의 아버지 덕현(德顯)이 소식을 듣고 헌의 숙소를 찾아왔다. 덕현이 헌과 더불어 담소하며 특히 장왕의 인품과 됨됨이를 꼬치꼬치 캐어물으니 헌이 대답하기를,

"제가 누구입니까. 저로 말하면 부여 왕실의 적통인데 한낱 경사의 조롱거리였던 마동왕자가 보위에 올랐으니 어찌 이를 용인할 것이며, 마음으로 탐탁하게 여길 수 있었겠습니까. 하오나 저는 하늘에 맹세컨대 금상 폐하를 깍듯이 형님으로 뫼실 뿐 아니라 늙어 죽을 때까지 충절을 다하기로 굳게 마음을 먹었습니다. 다른 것은 다 그만두고 이것 하나만 보더라도 금상의 인품이며 됨됨이는 능히 짐작할 수 있는 일이 아니겠는지요."

하며 왕의 도량이 넓은 것을 말하였다. 헌의 단아한 외모와 조리 있는 언변에 이미 마음의 절반이 기운 덕현인데, 이어 헌의 입을 통해 장왕이 좌평 세 사람의 목을 칠 뻔했던 일이며, 서랑 개보와 덕솔 해수를 단번에 좌평으로 삼았다는 말, 또한 군사를 내어 신라와 교전했

다는 얘기 따위를 듣자 크게 흡족해하며,

"왕제께서 하시는 말씀을 들으니 더 의심할 바가 없소이다. 지금 백제 유민치고 본국이 예전처럼 강성해지는 것을 바라지 않는 사람이 과연 누가 있겠소? 본국은 해와 같고 담로국은 달과 별이라, 하늘의 해가 밝고 뜨거워야 달이며 별도 제 빛을 발할 수가 있을 것이오."

하고서 사뭇 음성을 낮춰,

"여기 뒷일은 내가 모다 책임을 질 터이니 내일 날이 밝거든 두 젊은이를 데리고 서둘러 떠나시오."

하고 말했다. 그런데 덕현이 돌아가고 얼마 아니 있어 청과 흑치가 말을 타고 와서,

"내일까지 기다릴 것도 없소. 길이야 아는 길이니 기왕 갈 거면 하루라도 빨리 갑시다."

하며 재촉하여 삼자가 그날 밤길을 도와 부남을 떠나게 되었다.

왕은 헌을 포함하여 여섯 사람의 부여씨 족친들을 보자 입이 절로 벙그러져서 마치 어린아이처럼 좋아하였다. 곧 헌을 가까이로 불러 손을 맞잡고 그간에 여러 담로지를 돌아다니며 고생한 것을 침이 마르도록 치사한 뒤에 좌우에 명하여 주연을 준비하라 일렀다. 연회가 시작되자 왕은 족친들에게 일일이 잔을 권하며 식구들의 안부를 묻고 대업을 위해 흔쾌히 귀국해준 것을 고마워하였다.

이렇게 시작된 주연은 밤낮없이 사흘 동안 계속되었다. 만취한 장왕은 시종 웃음을 감추지 못했다. 얼마나 기뻤던지 심지어 전날 금성의 아이들에게 지어 가르쳤던 노래를 스스로 소리 높여 부르며 여흥을 돋우기까지 하였다.

연회가 끝나자 여섯 명의 족친들에게 각기 벼슬을 내렸는데, 아직

각자의 능력이 드러나지 않은 마당이라 촌수의 가까움과 연륜의 서열을 따랐다. 먼저 이복 동생 부여헌에게는 달솔 벼슬을 제수하여 전내부의 일을 보게 하였고, 굴안과 망지, 사걸에게는 은솔 벼슬을 내려 병부의 장수로 삼았다. 또한 문무를 겸전한 부여청에게는 덕솔 벼슬을 제수하여 내경부의 일을 맡겼으며, 그를 따라온 흑치사차도 덕솔 벼슬과 함께 사군부 장수로 삼아 휘하에 1천 군사를 거느리게 하였다. 아울러 왕은 이들 모두에게 전지와 주택과 노비를 하사해 본국에서 살아갈 생활의 터전을 마련해주었다.

외지에 살던 부여씨들이 장왕의 백제 왕업에 동참한 바로 그 해에 중국 수나라에서는 문제 양견(楊堅)의 아들인 양광(楊廣)이 부형(父兄)을 한꺼번에 죽이고 스스로 황제 자리에 등극하는 변란이 일어났다. 양광은 지략이 있으나 성질이 포악하며 야심이 대단한 인물로 그 아비 양견과는 기미가 상반하였는데, 수나라가 무오년(598년)에 30만 대병을 움직여 고구려를 쳤다가 실패한 뒤로 다시 군사를 내지 않는 것에 특히 불만이 심하였다. 그는 고구려 정벌에 실패한 까닭을 아우 양량의 탓으로 믿고 매양 양견에게 군사를 새로 일으켜 자신을 원수(元帥)로 삼을 것을 강력히 요청했으나 이미 고구려에 대해 두려움을 느낀 양견이 좀체 허락하지 않으니 이를 기화로 부자간에 틈이 생겼다. 양광은 수나라가 남북조를 통일한 것에 만족하지 않고 서역과 월주, 북의 돌궐과 강, 저족들이 세운 주변국을 모조리 힘으로 통합하려는 거대한 야심에 불타고 있었다. 그런 양광의 눈에 고구려 따위를 두려워하는 아버지 양견은 늙고 무기력한 존재일 뿐이었다.

하지만 양광은 양견에 대한 반감을 감춘 채 오히려 더욱 철저히 자신을 위장했다. 양견의 장자인 태자 양용(楊勇)이 수많은 첩을 거느리고 음탕한 음악을 즐겨 듣자 자신은 첩들을 몰래 감추고 겉으로는 소비(蕭妃) 한 사람만을 두었고, 늙은 하녀가 일하는 허름한 집 한 칸을 구하여 검소하게 살면서 먼지가 쌓인 악기를 한쪽 구석에 놓아두고 자신은 마치 음악을 즐기지 않는 것으로 꾸몄다. 그는 또 자신이 유능한 선비를 귀하게 여긴다는 점을 입증하기 위해 만나는 사람마다 허리를 굽혀 인사했으며, 찾아오는 손님은 소비와 더불어 몸소 맞아들이고 돌아갈 때는 집 밖으로 나가 배웅하였다. 아울러 하루도 빠짐없이 황제와 황후에게 문안을 드리고 극진히 부모를 섬기는 체하여 급기야는 양견 내외의 신임을 톡톡히 얻었는데, 그 처신이 얼마나 주도면밀했으면 수많은 조정 대신들과 궁중의 나인, 심지어 노비들까지도 덕을 칭찬하지 않는 사람이 없었다. 자연히 태자 양용의 자리가 흔들리자 양광은 기회를 보아 그 자리를 빼앗았고 드디어는 갑자년(604년)에 이르러 형인 양용과 아버지 양견을 한꺼번에 죽이고 제위를 찬탈해 수나라 두 번째 황제에 올랐다. 양광, 그가 곧 수양제(隋煬帝)였다.

요동에 이는 전운

고구려의 앞날은 을지문덕의 손에

달려 있다고 해도 결코 과언이 아닙니다.

신이 생각하기에 그와 같은 이가

우리나라 조정에 있다는 것은

실로 천우신조이자 대왕의 홍복이옵니다.

을지문덕은 장수일 뿐만 아니라

문장과 지략을 놓고 보더라도 그만한

인재가 다시없습니다. 힘으로는 혼자서도

능히 1만 군사를 당해낼 만치 우뚝하고,

문장으로는 위나라 조식에 필적하며,

세상을 읽는 눈과 지혜는 소신 따위가

감히 넘볼 수 없는 사람입니다.

문제가 죽고 양제가 등극한 수나라 정변에 누구보다 촉각을 곤두세운 이는 고구려왕 대원(大元 : 영양왕)이었다. 대원왕은 인내심이 뛰어나고 지모가 있었으며 학문을 좋아했으나 지나칠 정도로 마음이 여리고 순하여 신하들이 답답해할 때가 많았다. 그는 장장 스물다섯 해나 태자로 있으면서 선왕이 정사를 펴는 것을 가까이에서 지켜보았기 때문에 즉위 초부터 줄곧 백성들을 편안하게 하는 일을 덕치의 으뜸으로 꼽았다. 그런 그였기에 수나라가 무오년에 30만 대병을 움직여 침공해 들어오자 커다란 충격과 두려움을 느끼지 않을 수 없었고, 비록 천우신조가 있어 별다른 피해는 입지 않았지만 그 뒤로 수나라만 생각하면 늘 심기가 편치 못했다.

　그런데 무오년, 수나라와의 마찰은 시일이 흐를수록 고구려 조정에 두 가지 상반된 여론을 형성해나갔다. 수도인 남평양 장안성의 나이 많은 대신들과 문관들은 대병을 움직인 수나라에 두려움을 느끼고 몸을 낮추어 수를 상국으로 섬겨야 한다고 극간한 반면, 막상 전쟁에 참여했던 젊은 장수들은 중원을 통일한 막강한 수나라 세력이 정작 겪어보니 별게 아니더라는 자신감에 차 있었다. 수나라를 두려워하던 이들은 장수대왕조의 일을 예로 들며 북화남진(北和南進 : 서화남진이라고도 함)을 말하였고, 몇몇 젊은 장수들은 남쪽의 땅이 협소하고 백제와 신라의 세력이 가히 위협적이지 못한 것을 들어 남수북벌(南守北伐 : 남수서벌이라고도 함)을 주장하였다.

북진파와 남진파의 대립은 기실 어제오늘의 일만은 아니었다. 이 무렵 고구려 북방에는 수나라 말고도 말갈과 거란, 돌궐 등이 있었다.

이 가운데 말갈국은 고구려 세력권에 완전히 복속되어 있었지만 요하 부근의 거란국이나 몽고의 돌궐국은 시류에 따라 그 태도를 달리 하였고, 특히 북방 유목민을 규합해 대제국을 건설한 돌궐은 고구려나 수나라에 비견할 만큼 번창한 세력을 구가하면서 중국 쪽의 동돌궐과 천산(天山) 방면의 서돌궐로 분립해 있었다. 고구려의 북진파는 수나라를 막기 위해 바로 이 동돌궐과 제휴를 주장하였다.

북진파의 중심 인물은 나라의 상신인 막리지 연태조란 이였다. 고구려에는 본래 개루부, 관나부, 절나부, 연나부, 순나부로 불리던 다섯 개의 대부족 집단이 있었고 그 부족장을 일컬어 5부 욕살(五部 褥薩) 또는 대인(大人)이라 칭하였는데, 이들의 세력이 왕권을 떠받치는 토호 세력이었으며 부족장인 욕살의 지위도 대를 물려 세습되었다. 나라 초기에는 부족장의 지위가 더러 왕을 능가할 때도 없지 아니하여 연나부 출신의 명림답부(明臨答夫)와 같은 이는 차대왕(次大王)이 악정을 펴자 왕을 죽여 갈아치운 일도 있었다. 연태조 역시 바로 이 연나부(서부) 사람으로, 그는 광(淵廣)의 손자이자 자유(淵子遊)의 아들이었는데, 대대로 막리지를 지내는 한편 연나부를 통솔하는 서부 욕살 직을 겸하고 있었다.

대원왕도 즉위한 초입에는 북진을 주장하는 연태조의 뜻에 동조하여 수나라를 경계하고 동돌궐과 제휴하는 길을 모색하였다. 그런데 동돌궐과 제휴를 하자면 요수를 건너지 않을 수 없었고, 이에 연태조가 말갈군 1만여 명을 동원하여 동돌궐로 가는 길을 얻고자 했던 게 무오년에 수나라가 30만 대병을 움직인 까닭이었다.

무오년 일은 잠시나마 수나라에 대항하려고 했던 대원왕의 의지를 완전히 꺾어놓았다. 북진파의 위세가 꺾이는 틈을 타고 고구려 조정에서는 좌장군 건무(建武) 등을 중심으로 한 남진파 세력이 득세하게 되었다. 건무는 평강왕이 후비 몸에서 본 아들로 대원왕의 배다른 아우였는데, 연태조와는 왕의 신임과 나라의 권력을 놓고 사사건건 대립하던 인물이기도 했다.

왕의 심기를 간파한 건무는 기회를 놓치지 않고 조정 대신들과 문관들을 규합하여 어전에서 북화남진을 공론화시켰다. 수나라에 향도를 자청한 백제의 소행을 들어 이제 막 전장에서 돌아온 피곤한 군사를 곧바로 남향시킨 것도 그였다. 이를 기화로 건무는 연태조의 심복들을 조정에서 몰아내고 왕의 마음과 나라의 실권을 장악하는 데 성공했다.

왕은 건무를 비롯한 남진파의 의견을 수용하여 무오년 이후 해마다 수에 사신을 보내고 조공을 거르지 않는 한편 백제와 신라가 모산성에서 싸웠다는 말을 듣자 당장 그 이듬해 장군 고승(高勝)과 온달(溫達) 등을 내어 신라를 공격하기도 했다. 하지만 이 싸움에서 고구려는 별 소득을 얻지 못했을 뿐 아니라 평강왕 때 요동에서 북주의 군대를 대파했던 백전노장 온달마저 잃고 말았다.

대형 벼슬을 지내던 온달은 평강왕의 사위이자 대원왕에게는 막내 누이의 남편이었다. 그는 군사를 거느리고 전지로 떠나며 임금에게 맹세하기를,

"지금 동이(東夷:신라)가 빼앗아 자신들의 군, 현으로 만든 한수(漢水:아리수, 한강) 이북 땅은 본래 우리 영토입니다. 그러므로 그곳에 사는 백성들은 늘 이를 통탄하며 부모의 나라를 그리워하고 있습니다. 신은 편모 슬하에 가진 것 없는 가난뱅이로 태어나 어려서부터 늘 바보 온달로 불리던 보잘것없는 사람이었으나 요행히 나라의 사위가 되고 또한 장수로 뽑혀 양대에 걸쳐 과분하기 짝이 없는 성은을 입었나이다. 지금 죽더라도 무슨 여한이 있겠나이까. 이번에 나가서 계립현(鷄立峴:문경)과 죽령 이북 땅을 모두 우리 땅으로 되돌려놓지 않고는 결코 돌아오지 않을 것입니다."

하고는 군사를 이끌고 남쪽으로 내려가 아단성(阿旦城:충북 단양)까지 진격해 들어갔다. 온달이 한수 지역의 신라군을 피해 험난한 소백산맥을 타고 남하하는 사이에 고승은 다른 군사들로 한산주(漢山州:서울)를 공격해 신라군의 발을 묶어놓았다. 이 같은 양동 작전은 고구려가 흔히 쓰던 전법이었다.

그러나 평양을 떠난 뒤 맞서는 전쟁마다 승승장구하던 온달은 애석하게도 그만 아단성에 이르러 신라 명장 이리벌이 쏜 화살에 심장을 맞고 진중으로 옮겼으나 곧 숨을 거두었다. 명장 온달의 죽음으로 고구려군의 예기도 아단성에서 꺾여 더 이상 남진하지 못했다. 고구려 군사들은 온달의 시신을 관에 넣고 장안성으로 돌려보내려 하였

다. 그런데 그가 도성을 떠나며 임금께 맹세한 대로 시신을 넣은 영구가 땅에 붙어 꼼짝달싹도 하지 않았다.

장안성에서 비보를 접한 평강왕의 막내 공주는 황급히 아단성으로 달려와 통곡하며 남편의 관을 하염없이 어루만지면서,

"죽고 사는 것이 이미 갈려 판가름이 났습니다. 생전의 한을 풀고 그만 집으로 돌아가십시다."

마치 산 사람을 대하듯 말하니 그제야 땅에 붙었던 관이 움직여 장사를 지낼 수 있었다. 왕은 이 말을 듣자 즉시 군사를 물리고 용포가 젖도록 눈물을 쏟으며 슬픔을 금치 못했다.

그 후 대원왕은 신라를 향해 이를 갈며 결전을 준비하였지만 바로 이듬해인 갑자년(604년)에 뜻밖에도 수의 양광이 등극하면서 장안성의 남진 정책도 자연히 주춤해질 수밖에 없었다. 고구려 조정에서는 해마다 조공 사절로 오갔던 사신들의 입을 통해 양광이 어떤 사람인지를 누구보다 잘 알고 있었다. 양광의 등극은 그 자체만으로도 중대한 위협이 아닐 수 없었다. 심약한 왕은 밤잠을 못 이루고 근심하다가 수나라 사정에 달통한 고추대가 이명신(李明辛)을 불렀다. 그는 북진파도 남진파도 아닌, 비교적 중도 성향의 인물이었다.

"지금 조정에서 생각이 한쪽으로 치우치지 않으면서도 수나라 사정을 꿰뚫기로 경만한 사람이 없으니 과인이 묻는 말에 대답을 신중히 하라."

"하문하시옵소서."

"경은 금번 수나라에서 일어난 변란이 장차 우리나라에 어떤 변화를 몰고 올 것이라고 보는가?"

오랫동안 나라의 빈객 접대를 맡아온 노신 이명신은 잠깐 생각하

다가 대답했다.

"당장에는 별다른 변화가 없을 줄로 아옵니다."

그의 대답은 왕의 짐작과는 사뭇 달랐다. 왕이 의아해하며 까닭을 물었다.

"수주(隋主) 양제가 살부를 서슴지 않을 정도로 흉포한 것과 또한 그가 입만 열면 장수들을 모아놓고 요동 정벌을 극력 주장해온 것은 사실이오나 이는 단지 뜻만 가지고는 할 수 없는 일입니다. 양제가 이제 막 보위에 올랐으니 우선은 내치(內治)의 어지러움을 바로잡는 데 힘을 쏟을 것이고, 군량을 비축하고 군사를 결집하는 데에도 시일이 걸릴 것입니다. 게다가 양제의 관심은 비단 우리 고구려에만 있는 게 아니라 북방의 거란과 돌궐, 서방의 당항과 부국, 그리고 남방의 광토에 이르기까지 사방을 쳐서 천하를 아우르고자 하는 데 있습니다. 이런 까닭에 그가 비록 군사를 낸다고 해도 가까운 곳부터 먼저 칠 것이며, 그것이 성공한 연후에야 비로소 우리를 넘볼 것이므로 한두 해 안에 변란이 일어나지는 않을 것입니다."

이명신의 말을 들은 대원왕은 약간 안도하는 표정을 지었으나 그렇다고 근심이 아주 사라진 것은 아니었다.

"경의 말대로 당장에는 별일이 없다고 해도 그가 언젠가는 대군을 내어 우리를 치려고 할 것은 필지의 일이 아닌가?"

이명신도 왕의 이 질문에는 천천히 고개를 끄덕였다.

"양제가 계속 보위에 있다면 아마 그렇게 되기가 쉬울 것입니다."

"그러한 때가 과연 언제쯤 도래할 거라고 보는가?"

"신의 소견에는 짧아도 족히 예닐곱 해는 걸릴 것이므로 지금부터 차근차근 북방의 경계와 방비를 다지고 꾸준히 침략에 대비한다면 홋날 크게 낭패를 보는 일은 막을 수 있지 싶습니다."

왕은 한참 동안 묵묵히 앉았다가,

"답답하도다. 우리 쪽에서 제아무리 성의를 다하여 섬긴다고 해도 결국은 환란을 면하기 어렵게 됐으니 어찌하여 양광과 같이 포악하고 욕심 많은 자가 수나라에 있더란 말인가!"

하고 혀를 차며 탄식했다. 이명신은 왕의 얼굴에서 수심이 사라지지 않는 것을 보자 다음과 같이 귀띔했다.

"지난날 사신으로 왔던 수나라 사람 가운데 양해정이란 이가 있었는데 그는 문제가 북주 장군으로 있을 때부터 집에 식객으로 데리고 있으면서 아끼고 총애하던 뛰어난 지략가였습니다. 그런데 양해정이 우리나라에 머무는 많은 사람들을 만나 이야기를 나눠보고 돌아가면서 말하기를, 중원의 장안(長安:수나라 수도 대흥의 옛 이름)에는 자신과 우문술이 있고 요동의 장안(長安:평양 장안성, 즉 고구려를 일컬음)에는 오직 단귀유(段貴留)가 있을 뿐이라 하였습니다. 대왕께서 이 사람을 불러 국사를 의논하신다면 아마 범인들이 생각하지 못하는 큰 도움을 얻을 수 있을지도 모르겠습니다."

왕이 귀유의 이름을 이때 처음 들었다.

"그가 벼슬을 지내던 자인가?"

"태학(太學)의 학생이었습니다."

"단귀유…… 하면 전날 태학박사를 지낸 절나부 사람 단향(段香)과는 어떤 사이인가?"

"향의 아들이 곧 귀유이올시다."

"오호, 그래?"

단향의 명성을 익히 알고 있던 왕은 돌연 눈을 크게 뜨고 기뻐하였다. 단향은 전조에 평강왕이 금쪽같이 아끼던 신하였다. 그는 북주와 진나라가 망할 것을 미리 예측하였을 뿐 아니라 처음 수나라에 가서 조공하고 평강왕에게 수의 벼슬과 관작을 얻어준 사람이기도 했다. 그러나 몸이 늘 허약하여 춘하추동 병을 오지랖에 싸고 살다가 대원 왕이 즉위하고 얼마 안 되어 죽으니 무오년에 수나라가 군사를 내었을 때 왕이 말하기를,

"단향의 수완만 있었더라도 이런 변고는 미연에 막을 수 있었을 것을!"

하며 탄식했다.

왕은 이명신의 말을 듣자 곧 좌우에 명하여 단귀유를 대궐로 불러들이게 하였다. 그런데 마침 귀유는 태학에서 공부를 마치고 장안성을 떠나 아무도 그가 간 곳을 알지 못하였다. 왕이 귀유의 고향인 절나부로 사람을 보내 행방을 알아보라 하니 심부름을 다녀온 자가 고하기를,

"귀유는 의주 야산에 은거한 지 오래인데 전날 낙양에서 난리를 피해 도망 온 미친 자에게 홀려 스스로 찾아가 그자의 제자가 되었다고 합니다. 신이 귀유의 형과 식솔들을 만나 이야기를 들어보았는데 미친 자의 광언망설이나 좇아다니는 그를 대궐로 불러들여 과연 무슨 이득이 있을지 의문입니다."

하였다. 왕도 처음에는 이 말을 듣고 실망하여 다시 사람을 보내지 않았으나 귀유가 전조의 지신 단향의 아들이라는 점과 좀처럼 남을 높여 말하지 않던 이명신이 자신 있게 권하던 바를 생각하니 미련을 버릴 수가 없었다. 귀유의 이름을 잊지 않고 있던 왕이 하루는 당대 석학이자 태학박사 이문진(李文眞)이 입궐했을 때,

"경은 단귀유라는 자를 아시오?"

하고 물으니 이문진이 당장 대답하기를,

"태학 사람치고 귀유를 모르는 이가 있겠습니까."

하므로,

"그가 어떤 사람이오?"

하고 거듭 물었다. 이에 박사 이문진이 밝은 낮으로 아뢰었다.

"귀유의 그릇을 어찌 입으로 다 말씀을 드리오리까. 한마디로 기재(奇才)이올습니다. 태학이 서고 지난 2백여 성상에 귀유만 한 인재가 없었으리라는 것이 박사들의 한결같은 말인데 신의 생각 또한 그러하옵니다. 전날 단향이 태학 박사로 있을 적에 종종 주위에 입버릇처럼 말하기를, 자신의 열 살짜리 아들이 식견이며 화술이 아비보다 윗길이라고 하였는데, 그가 곧 귀유였습니다. 제세지재(濟世之才)니 웅재대략(雄才大略)이니 하는 것은 바로 귀유 같은 선비를 두고 하는 말일 것입니다."

이문진마저 귀유를 극찬하자 왕은 고개를 갸우뚱거렸다.

"그토록 출중한 인재가 어찌하여 미친 자의 광언망설을 좇으며, 항차 세상을 등지고 입산하여 스스로 그런 자의 제자가 된단 말인가?"

"미친 자라 하시면 누구를 말씀하시는 것인지요?"

이문진이 깜짝 놀라 반문하자 왕이 귀유를 찾으러 절나부로 사람을 보낸 일을 소상히 말하고서,

"난리를 피하여 낙양에서 도망쳐온 자라고 하는데 그 이상은 아는 바가 없소."

하였다. 이문진이 왕의 설명을 듣고 희미하게 웃음을 머금었다.

"아마도 주괴라는 자가 아닌가 합니다."

"경이 보지 않고도 아는 수가 있소?"

"주괴는 낙양 사람이 아니라 본래 우리나라 백석성(白石城) 사람으로 젊어서는 머리가 영특하고 학문의 깊이가 도저하였으나 뜻이 중국과 죽림칠현(竹林七賢)에 있어 일찍부터 노장의 유유함을 좇아 중원을 유람하였습니다. 그는 중국 남방의 옛 오나라 땅인 호구산에서 황노학(黃老學:도학)을 배워 진나라가 망할 것을 미리 예언하였다가 화를 입고 낙양으로 피신하였는데, 다시 난리를 피하여 요서의 갈석산으로 들었다는 소문은 신도 들은 바가 있습니다. 주괴가 낙양에 있을 때만 하더라도 단향과는 인편에 서신을 교환하여 철마다 안부를 물을 만치 가까운 사이였고, 단향이 수나라 사정에 달통했던 것도 바로 주괴의 서신에 힘입은 바 컸거니와, 근년에 이르러 알 만한 자들 사이에 나도는 풍설로는 그가 압록수 부근에도 나타났다 하고, 얼마 전에는 국내성에서 보았다는 이도 없지 아니한데, 이제 대왕께서 의주를 말씀하시고 귀유가 스스로 찾아가 제자가 되었다고 하니 그럴 만한 이로는 오직 주괴가 있을 따름입니다."

박사 이문진의 말을 듣고 난 왕은 귀유에 대해 접어두었던 관심과 호기심이 다시 일어났다. 그리하여 곧 사람을 의주로 보내며 어떻게든 귀유를 찾아 대궐로 데려오라 일렀다.

사신이 의주 야산을 여러 날에 걸쳐 헤매고 다닌 끝에 깊은 계곡 동굴 근처에서 걸인 행색을 한 두 사람을 만났는데, 귀유를 물어보니 하나는 동을 가리키고 하나는 서를 가리켰다. 사신이 두 사람의 가리키는 방향이 같지 않음을 수상하게 여겨 묻자 둘 가운데 먼저 늙은 사람이,

"동에도 있고 서에도 있지."

하고, 뒤이어 젊은이가 이르기를,

"동으로 가면 서가 나오고 서로 가면 동이 나오니 결국은 한가지요."

하므로 사신이 혹 찾는 자가 그들이 아닐까 의심하였다. 다행히 그 사신이 노자가 남긴 글줄 정도는 읽은 사람이라,

"동서가 한가지인데 행지(行止) 또한 다를 리가 있겠소. 가나 머무르나 땅 위에 있기는 매양 한가지이니 내가 찾는 사람을 가지 않고도 능히 만나리이다."

하고 응수하자 늙은 사람은 웃고 젊은 사람은 고개를 끄덕였다. 사신이 두 사람 옆에 걸터앉아 스스로 정체를 밝히며,

"보아하니 귀유라는 젊은이가 틀림없구려. 왕명을 받아 왔으니 당장 대궐로 가십시다."

하자 젊은 사람이 팔을 휘휘 내두르며,

"나는 귀유도 아닐뿐더러 설사 귀유라고 해도 이 좋은 곳을 버리고 도성으로 갈 턱이 없소."

일거에 말을 잘랐다. 사신이 그가 귀유라는 말인지 아니라는 말인지 도통 갈피를 잡지 못하여,

"귀유요, 아니오?"

하고 반문하자 젊은 사람이 싱겁게 껄껄 웃으며,

"피아가 한가지인데 귀유면 어떻고 아니면 어떻소."

하고 좀전에 사신의 말투를 흉내 내었다. 더 있어봐야 별 재미가 없다고 느낀 사신은 자리를 툭툭 털고 일어나 다시금 산길을 올라갔다. 산정에 이르니 젊은 사람 네댓 명이 평지에 둘러앉아 밥을 지어 먹고

있는지라,

"혹시 귀유라는 분이 예 있소?"

하고 물었다. 젊은 사람들이 사신의 행색을 찬찬히 훑어보고 나서,

"귀유는 어째 찾소?"

하여 사정을 대략 설명하였더니 그중 하나가,

"올라오는 길에 만나지 못하였습디까? 아까 아침 나절에 왕명을 받은 사신이 올 거라며 우리 스승님과 같이 마중을 간다고 내려갔습니다."

하였다. 사신이 그제야 동굴 근처에서 만났던 두 사람이 귀유와 주괴임을 알았다.

"마중까지 간 사람이 어찌하여 시치미를 떼고 내게 헛고생을 시키는지 모를 일이구면!"

사신이 울컥 야속한 마음이 들어 얼굴을 찌푸리며 혀를 찼다. 밥을 먹던 청년들이 사신에게 자리 한쪽을 내어주며,

"기왕 예까지 오셨으니 찬은 없지만 요기나 하고 내려갑시오."

하고 권하므로 마침 허기에 다리가 꼬이던 사신이,

"내 먹을 것이 있소?"

하고는 먹자판에 끼어들어 밥을 맛있게 먹었다. 솥단지 밑에 붙은 누룽지까지 긁어 먹고 배를 불린 사신이 청년들과 헤어져 다시 중턱의 동굴 부근에 이르니 낮에 본 걸인 두 사람은 온데간데 없고 옥골선풍의 한 청년이 말쑥하게 새 옷을 차려 입은 채로 단정히 책상다리를 하고 앉아 있었다. 사신이 그 청년을 향하여,

"여기서 거지 행색을 한 사람들을 보지 못했소?"

하고 묻자 그 청년이 고개를 돌려 사신을 바라보며,

"요기는 하셨소?"

하고 묻는데, 어딘가 낯이 설지 않았다. 사신이 찬찬히 뜯어보니 그는 다름이 아니라 좀 전에 본 두 사람 가운데 젊은 걸인이었다. 그리고는 미처 무슨 말을 하기도 전에 깊은 한숨을 토하며,

"허행을 시켰다고 나를 탓하지 마시오. 정작 허행을 하는 것은 나요."

하고서,

"나로 봐서는 참으로 내키지 않는 걸음이오. 보시구려. 이 안돈하고 걱정 없는 생활을 버리고 천 가지 괴로움과 만 가지 족쇄들이 아귀처럼 날뛰는 대궐로 갈 까닭이 우정 무어요? 벼슬이란 것은 눈에 보이지 않는 오라요, 고단하고 끝없는 종살이일 뿐이외다. 게다가 자칫 잘못하면 모함을 받아 제 명에 죽지도 못하는 것이 벼슬살이가 아니오? 아무리 생각해도 해만 있지 득은 없는 길이요, 고기를 지고 범의 아가리로 들어가는 격이지만 누대로 대궐과 맺은 인연이며 예까지 온 공의 노고를 생각해 마음을 내는 것이니 그리 아오."

정색을 하고 말하였다. 사신이,

"무엇을 그처럼 어렵게 생각하시오. 장부가 뜻을 세워 벼슬길에 나서는 것은 만인이 소원하는 바요, 도리어 그렇게 되지 못할까 온통 근심이 거기에들 있지 않소. 이제 도성에 가면 관운이 열리는 것은 떼어 놓은 당상이니 그냥 편하게 받아들이시오."

하며 위로까지 하였다.

왕이 사신을 따라 입궐한 귀유를 보니 자그마한 키에 얼굴에는 영리한 꼴이 졸졸 흐르고 눈빛은 형형하여 시선이 향하는 곳마다 푸른 빛이 돌 정도라 한눈에 예사 인물이 아님을 알아차렸다. 귀유가 절하

고 자세를 고쳐 앉자 왕은 용안에 희색이 만면하여 은근한 말로 단향의 수완과 나라에 끼친 공덕을 추켜세우고 나서,

"이제 짐은 그대의 지모와 경륜을 나라에 쓰고자 한다. 조정에는 오래전부터 남벌을 주장하는 무리와 북진을 말하는 무리가 양편으로 나뉘어 공론이 시끄러운 마당인데 항차 근년에는 수나라 왕실에 변고가 일어 문제의 아들 양광이 부형을 죽이고 스스로 임금이 되었다고 한다. 양광이란 자는 입을 달고 세상에 나온 이래 틈만 있으면 요동 정벌을 새처럼 지저귀던 자요. 따라서 우리가 아무리 조공을 바치고 섬긴다 하더라도 결국에는 트집을 잡아 요수를 건너올 터라 짐과 조정의 근심이 오직 여기에 있다. 귀유는 부디 지혜를 다하고 묘책을 말하여 짐이 근심하는 바를 없애달라. 나라의 6백 년 사직이 그대 손에 달렸다."

하며 간곡히 청하였다. 귀유가 잠시 머뭇거리다가 말했다.

"어두운 방에서 글귀나 읽은 처지로 어찌 막중한 국사를 입에 담겠습니까마는 대왕께서 특별히 하문하시니 어전이라 여기지 않고 시중 사첫방의 객담 삼아 함부로 말씀을 올리겠나이다."

"무슨 말이든 어려워하지 말고 하라. 설혹 네 입으로 나를 욕하더라도 결코 허물로 삼지 않겠노라."

"황송합니다."

귀유가 단정히 무릎을 꿇고 앉은 채로 입을 열었다.

"그간 국사에는 세 가지 큰 과실이 있었나이다. 지난 무오년에 막리지 연태조가 요하를 건너가서 영주총관 위충을 친 것은 돌궐의 세력을 얻어 수나라의 침략에 대비하기 위함이었는데, 수의 문제가 대병을 움직이는 바람에 이 일이 수포로 돌아갔습니다. 그런데 문제의

대병 30만이 대부분 패하여 물러간 뒤로 연태조가 다시 요하를 건너려는 것을 나라에서 막았으니 이것이 첫째 과실입니다. 문제가 영주총관의 일 따위에 30만이나 되는 대병을 움직인 것은 우리가 동돌궐과 연횡하려는 바를 알았기 때문이요, 그것이 신생 수나라에 얼마나 큰 위협인지를 깨달은 탓입니다. 그럴수록 우리는 공세를 취해 돌궐과 연횡을 이루었어야 양광 따위가 우리나라를 넘보는 일을 사전에 막을 수 있었을 것입니다."

귀유의 거침없는 직언에 대원왕은 천천히 고개를 끄덕였다.

"또한 무오년에 수의 대병을 물리친 직후 우리나라 군사들은 가히 사기가 하늘을 찌를 듯이 충만하여 있었사온데, 이를 국력으로 삼지 못하고 도리어 군사를 돌려 백제를 친 것이 두 번째 과실이었습니다. 범을 잡으라고 보낸 포수가 거의 범을 다 잡았을 때 돌연 토끼를 잡으라고 한다면 맥이 빠져 잡지 못하는 것과 한가지 이치올시다. 이는 병법에도 있는 일로, 약한 군사와 싸워 이긴 군대로는 강한 군사를 칠 수 있지만 강한 군사와 싸우던 군대를 약한 곳으로 보내지는 않는다고 하였나이다."

"계속하라."

왕은 이번에도 심히 고개를 끄덕였다. 귀유가 여전히 낭랑한 음성으로 말을 이었다.

"백제를 쳤으면 신라와 화친을 도모하거나, 신라와 싸우려면 백제와 선린 관계를 맺어야 할 것인데, 양국을 번갈아 쳐서 두 쪽 모두를 종작없이 적으로 만들고 말았으니 이 또한 예삿일은 아니올시다. 두 나라를 한꺼번에 토벌할 지략과 힘이 있다면 모르되 그렇지 않으면 한 나라와는 반드시 화친을 꾀하는 것이 옳습니다. 보십시오. 결국 우리나라는 남과 북으로 온통 적들에게만 둘러싸여 오히려 화를 없애려다가 화를 입는 포신구화(抱薪救火)의 형국이 되어버렸고, 만일 백제나 신라가 수나라와 공모하여 양쪽으로 협공을 취해오기라도 한다면 우리는 실로 헤어나기 어려운 지경에 빠질 것입니다. 이것이 세 번째 큰 과실이올습니다."

왕은 귀유의 지적에 서서히 안색을 붉혔다. 백제나 신라가 수와 공모하여 양쪽에서 군사를 낼지도 모른다는 것은 그 즈음 고구려왕 대원의 가장 큰 걱정거리였다.

"들어보니 어느 것 하나 그른 말이 없구나. 그런데 그 같은 과실을 볼 줄 알면 바로잡을 계책 또한 네 수중에 있을 게 아니냐? 이제 그것을 말하라."

"머릿속에 든 것을 아뢰는 일은 조금도 어렵지 않으나 이것이 만일 조정 대신들에게 알려지면 어떤 일이 생길지 모르겠습니다. 십상팔구 양론이 상충하여 어전이 시끄러워질 것이고 저를 모함하거나 탄핵하는 말도 조석으로 횡행할 것입니다."

"어전이 시끄러운 것은 네가 걱정할 바 아니요, 설혹 너를 모함하는 말이 나돌더라도 내가 이를 듣지 않으면 그만이 아니냐."

왕의 말에 귀유는 못내 석연찮은 표정으로 앉았다가 한참 만에야 체념한 듯이 음성을 가다듬고 입을 열었다.

"수나라 양광은 종잡을 수 없는 인물입니다. 대왕께서도 이미 꿰뚫고 계시듯이 그가 수나라에 있는 한 어차피 전쟁은 피할 수 없는 일이요, 다만 그 시기가 문제일 뿐입니다. 또한 무오년에 30만 대병을 움직이고도 패한 일이 있으므로 만일 양광이 군사를 낸다면 적어도 50만 이상이 되리라는 것은 어렵잖게 짐작할 수 있는 일이옵니다.

그런데 지금 수나라 사정은 50만이나 되는 군사를 낼 형편이 결코 아닙니다. 50만 대병을 움직이려면 병장기와 군량을 준비하는 데만도 족히 3년여 세월은 걸릴 것입니다. 따라서 우리가 해마다 조공을 변함없이 하고 예전처럼 우애로써 섬긴다면 양광 역시 당분간은 본심을 드러내지 않을 것입니다. 그동안 우리는 이득 없는 싸움을 자제하고 오로지 북으로 방비를 철저히 해두는 것이 옳습니다. 시일은 충분하고 넉넉하므로 급할 것이 없습니다. 유사시를 대비하여 동돌궐의 족장 계민(啓民)에게도 사신을 보내 화친을 도모하고, 믿을 만한 사람으로 요하의 각 성에 대한 보수와 방비를 물샐틈없이 해두는 것도 필요합니다. 아울러 시일을 두고 적당한 때를 살펴 백제나 신라 양국 중의 한 곳을 우방으로 삼는 것도 중요합니다. 북으로 동돌궐, 거란, 말갈과 남으로 백제, 신라까지 선린의 관계를 맺어 방수 동맹을 꾀하면 제아무리 포악하고 종작없는 수나라 양광일지언정 섣불리 군사를 내지 못할 것입니다. 대개 소진의 합종설이나 장의가 말한 연횡의 계(計) 말고는 수와 같은 나라를 상대할 방도가 달리 없습니다."

"말갈이야 다른 마음을 품을 턱이 없지만 그밖의 나라들이 이에 응할지 모르겠구나. 동돌궐만 하더라도 수나라의 강성함에 두려움을 느낀 지 오래라 화를 자초할 일을 하려 들지 않을 것이요, 백제와 신라는 더욱 어려울 것이다."

왕이 자신 없는 얼굴로 고개를 젓자 귀유가 침착하게 말하였다.

"수나라에 두려움을 느끼는 것이 곧 우리와 화친할 수밖에 없는 이유입니다. 동돌궐의 일은 맡길 만한 사람이 있으니 심려하지 마십시오."

왕은 당장 안색이 환하게 변하였다.

"호, 그가 누구인가?"

"제가 아는 사람 가운데 백석성 사람 주괴란 이가 있습니다."

"주괴? 오호라, 그 이름을 이미 들은 바가 있다."

왕의 말에 귀유가 문득 놀라며,

"주괴의 이름을 어디서 들으셨는지요?"

하자 왕이 껄껄 웃고 나서,

"태학박사 이문진에게서 들었느니라."

하고는,

"그의 도술이 놀랍다고 하던데 혹시 계민의 마음을 사로잡을 만한 도술을 가졌던가?"

하고 반문했다. 귀유가 웃으며 대답하기를,

"주괴가 더러 신통한 방술을 부리는 것은 사실이오나 어찌 도술로써 국사의 막중함을 행하겠나이까."

하고서,

"본시 주괴는 하늘을 지붕 삼고 땅을 마당으로 삼아 천하를 두루 유랑해왔는데, 동돌궐 족장 계민과는 한이불을 같이 덮고 잠을 잘 정도로 막역한 사이라고 들었습니다. 제가 의주 야산에서 그에게 황노학을 배우다가 온 터라 지금 돌아가서 간곡히 청을 하면 필시 거절하지 못할 것입니다. 다만 제가 의주로 돌아갈 적에 믿을 만한 사신 한 사람을 데려가게 해주십시오. 사신을 주괴와 함께 계민에게 보낸다면 틀림없이 반가운 소식을 얻어서 올 것입니다."

하니 왕이 귀유의 말에 깜짝 놀라며,

"네가 어디로 간단 말이냐? 금일로 너는 나라의 대신이다. 내 너에게 중외대부 벼슬을 내릴 테니 너는 조석으로 입궐하여 과인을 보필할 것이며 도성을 비울 때에는 별도 허락을 얻도록 하라."

하고 엄명하였다. 그리고 당장 좌우에 명하여 주괴를 데려오라고 하니 귀유가 일이 번거로울 것을 말하며,

"이곳에서 사신을 보낼 적에 신이 서찰로 내막을 밝히고 그 사신으로 하여금 의주를 들렀다가 가도록 하면 쓸데없이 오가는 다리품을 덜 수 있습니다. 또한 주괴는 벼슬을 살 사람이 결코 아니므로 만일 대왕께서 굳이 대궐로 부르시면 도망하여 숨기가 쉬울 것입니다."

하므로 왕은 하는 수 없이 귀유의 말을 좇았다.

태학에서 공부하는 젊은 학생들 사이에나 이름이 알려졌던 단귀유가 하루아침에 중외대부 벼슬에 올라 백의재상(白衣宰相)이 되자 조정 중신들의 이목이 이 젊은 선비 한 사람에게 집중된 것은 당연지사였는데, 그 후에 왕이 조석으로 귀유를 찾고 사사건건 그에게만 의견을 물어 그대로 행하니 더러 귀유와 친하게 지내려는 사람도 없지는 않았지만 까닭 없이 눈총을 주고 흠을 잡으려는 자들이 훨씬 더 많았다. 그 가운데 무오년 이후 왕의 신임을 받아왔던 남진파의 불만이 특히 심했다.

왕이 하루는 귀유를 불러 묻기를,

"이제 바쁜 농사철도 끝났으니 역부를 징발하여 요하의 성곽들을 개축하는 공역을 시작하려 한다. 책임을 누구에게 맡기는 것이 좋겠는가?"

하니 귀유가 즉시 대답하기를,

"성곽을 개축하고 보수하는 일은 장차 전쟁에 대비하기 위함이요, 만일 전쟁이 일어나면 성곽을 적절히 이용하는 일은 장수의 몫입니다. 지략이 뛰어나고 용맹스러우며 능히 사직을 보전할 만한 나라의

최고 장수에게 대임을 맡기는 것이 좋겠습니다."

하고서,

　"신이 보기에 그런 장수로는 오직 석다산(石多山) 사람 을지문덕이 있을 뿐입니다."

하였다. 왕이 을지문덕의 용맹을 모르지 않았으나 그의 나이가 서른을 갓 넘긴 터라 대임을 맡기기가 아무래도 석연찮고, 혹시 각 성의 나이 많은 성주들이 고분고분 따르지 않을 것을 우려하여,

　"고승이나 건무를 보내는 편이 낫지 않을까?"

하니 귀유가 웃으며 말하기를,

　"대왕께서는 을지문덕의 진가를 아직 제대로 알지 못하십니다. 을지문덕은 장수일 뿐만 아니라 문장과 지략을 놓고 보더라도 그만한 인재가 다시없습니다. 힘으로는 혼자서도 능히 일만 군사를 당해낼 만치 우뚝하고, 문장으로는 위나라 조식에 필적하며, 세상을 읽는 눈과 지혜는 소신 따위가 감히 넘볼 수 없는 사람입니다. 만일 무오년에 수나라 군대가 홍수를 만나지 않았다 하더라도 보급로를 막고 요하에서 물길을 이용하는 을지문덕의 계책에 걸려들었다면 몰살을 면하기 어려웠을 것입니다. 그가 고승이나 건무와 같은 장수들에 견주어 나이가 어린 것은 사실이오나 고구려의 앞날은 을지문덕의 손에 달려 있다고 해도 결코 과언이 아닙니다. 신이 생각하기에 그와 같은 이가 우리나라 조정에 있다는 것은 실로 천우신조이자 대왕의 홍복이옵니다. 문덕을 중히 쓰신다면 수나라에서 백만 군대가 온다고 한들 어찌 두렵겠습니까."

가히 입에 침이 마르도록 젊은 장수 을지문덕을 극찬하였다. 왕도 그제야 귀유의 뜻을 받아들여 을지문덕을 대형으로 삼아 요동의 각 성들

을 둘러보고 성주의 도움을 받아 성곽을 일제히 점검토록 지시했다.

그런데 이 일로 귀유는 좌장군 건무와 노장 고승을 비롯한 많은 선배 장수들로부터 극심한 시기와 노여움을 사고 말았다. 평소 귀유의 존재를 고깝게 여기던 이들 남진파들은 귀유가 자신들을 무시하고 마치 나라를 지킬 장수가 을지문덕밖에 없다는 듯이 말한 사실에 격분을 금치 못하였다. 양광의 등극에 주춤했던 그들이었지만 왕과 귀유가 풍운어수(風雲魚水)와 같이 지내는 꼴을 더 이상 묵과할 수는 없는 일이었다. 곧 삼삼오오 무리를 이루어 백의재상 귀유에게 쏠린 왕의 마음을 되돌려놓을 계책들을 강구하였다.

이럴 즈음 수나라 양광은 국내를 평정하고 외지로 시선을 돌려 오래전부터 꿈꾸어왔던 정복의 야욕을 하나둘 행동으로 옮겨놓기 시작했다. 그는 먼저 선대 양견이 공역을 일으킨 황하에서 유주, 장강에 이르는 3천 리 대운하를 완공하여 지방의 세공을 수월히 거둬들일 수 있게 되자 이를 바탕으로 국력을 비축하여 남의 남녕만과 서의 부국 땅을 아우르고 북으로 서돌궐의 일부를 병탄하였다. 서돌궐의 남역을 뺏은 양광은 다시 동돌궐을 향해 군사를 냈다.

이때 고구려는 귀유의 스승 주괴와 동돌궐 족장 계민의 친분에 힘입어 선린 관계를 맺어오던 터였다. 계민은 의리가 있고 성품이 솔직, 활달하며 북방 유목민 특유의 화통한 기질을 지닌 출중한 무인이었다. 처음 주괴가 귀유의 청으로 계민을 방문해 대원왕의 뜻을 전했을 때 계민은 수나라의 강성함을 두려워하여 선뜻 방수 동맹 제의를 받아들이지 않았는데, 그의 성품을 아는 주괴가 술판을 벌이고 앉아 수의 30만 대병이 고구려에 패하여 돌아간 무오년의 일을 강조하며,

"수나라가 제아무리 중원을 토평했다고는 하나 어찌 뜻과 힘을 합친 동북방 두 영웅을 당할 수 있겠소. 더욱이 양광은 그 아비에 비해 식견과 지략이 크게 미치지 못하고 오직 욕심만 많을 뿐이요, 이제 살부 살형까지 서슴지 않아 천심과 민심을 모두 잃고 말았는데 무엇을 더 두려워한단 말씀이오? 자고로 천륜을 거스른 패덕한 자가 망하지 않았다는 말을 나는 들어본 바가 없거니와, 당대의 영웅이신 가한(칸)께서 양광 따위를 두려워한다면 천하에 비웃음거리가 될 뿐이오. 이는 호구산의 범이 여우나 족제비를 두려워하는 것과 무엇이 다르겠소? 내가 우리나라를 떠나올 적에 고구려 사람들이 이구동성으로 말하기를 대원대왕과 더불어 양광의 버릇을 가르칠 사람은 오직 북방의 현자밖에 없다고 하더이다."

하고 부추기자 얼큰하게 취기가 오른 계민이 크게 흡족해하며,

"내 어찌 양광 따위를 두려워하겠소! 다만 전쟁이 일어나면 백성들이 상하고 고단하게 될 것을 걱정하였을 뿐인데 대원왕께서 이미 마음을 굳혔다면 나로서도 마다할 이유가 없소이다!"

하고 당석에서 붓을 들어 맹약문을 써주었다. 이튿날 술이 깨자 계민은 맹약문 쓴 것을 은근히 후회하였으나 그렇다고 뜻을 바꾸지는 않았다. 그는 자신의 행동에 책임을 질 줄 아는 인물이었고, 또한 수의 대병을 물리친 고구려에 대해서도 수에 못지않은 경외심과 두려움을 지니고 있던 터였다.

주괴가 동돌궐을 다녀온 후에 계민이 장안성으로 사신을 파견해 방물을 바친 일이 있었고, 이에 대원왕도 다시 주괴를 통해 답례하여 양국이 이삼 년간 각별한 사이를 유지하게 되었다.

이런 차에 수의 공격을 받자 계민이 사신을 고구려로 급파해 구원

을 요청한 것은 당연한 일이었다. 돌궐 사신이 오자 귀유는 마땅히 방수 동맹 의미를 강조하며 군사를 내어 계민을 도와야 한다고 주장했다. 귀유의 주장은 그간 양국 관계로 비춰볼 때 조금도 잘못된 일이 아니었다. 그러나 수의 침략을 받은 동돌궐로 원군을 낸다는 것은 수와 완전히 척을 지는 것이었고, 해마다 조공을 바치며 양광의 비위를 거스르지 않았던 당시의 고구려로서는 일종의 도박이자 국운을 건 대모험이 아닐 수 없었다. 그렇지 않아도 귀유를 눈엣가시처럼 여겨왔던 장안성 남진파가 이를 보고만 있을 리 만무했다. 어전에서 귀유와 남진파 간에 치열한 설전이 벌어졌다.

"귀유가 나라를 망치려고 합니다. 지금 돌궐로 원군을 보내자는 귀유의 말은 토끼를 쫓는 범을 가로막고 스스로 먹이가 되겠다는 것과 하나도 다를 바 없는 넋 빠진 소리이올시다. 수나라가 우리를 향하여 군사를 낸 것도 아닌 마당에 공연히 싸움에 끼어들 까닭이 어디 있나이까. 만일 그랬다가 양제가 돌궐을 치려던 군사를 돌려 요하를 건너온다면 수습할 수 없는 사태가 벌어질 것입니다. 부디 귀유의 망발에 현혹되지 마소서."

남진파 모사인 사본(司本)이란 자였다. 그 역시 인재를 배양하는 태학 출신으로 귀유보다는 10여 년이 선배인데, 특히 좌장군 건무가 사본을 총애하여 싸움이 있을 때마다 데려가서 책사로 쓰고는 하였다. 사본의 말이 끝남과 동시에 소형 맹진(孟陳)이 입을 열었다.

"사본의 말이 지극히 옳습니다. 양제가 즉위한 후로 3년이 흘렀으나 조정에서 우려하던 일은 일어나지 않았고, 도리어 문제가 보위에 있을 때보다 양국 사이가 더욱 친밀하고 돈독해진 면이 없지 않습니다. 지금 수나라는 운하의 대공역을 완수하여 경향의 오고감이 반나

절이요, 북으로는 만 리 대장성을 쌓았으며, 징병을 명하매 각지에서 장정들이 구름처럼 모여들고, 남역과 서역을 하나로 아울러 공전절후의 위용을 떨치므로 천하가 가히 수나라 강역이 되었습니다. 그럼에도 우리와는 서로 예우하며 지내는 것이 마치 다정한 형제와 같으니 이 어찌 포의(布衣)를 입고 사귄 옛 벗의 아름다움에 비유하지 않을 수 있겠습니까. 사정이 이러한데 돌궐로 원군을 보내 대관절 무엇을 얻겠나이까. 귀유의 말을 듣지 마소서. 우리가 섬겨야 할 곳은 오로지 수나라가 있을 뿐입니다."

그리고 맹진은 이렇게 덧붙였다.

"차제에 계민의 사신을 참수하여 그 목을 양제에게 바친다면 양국의 우애가 더욱 깊어져서 나라의 근심도 절로 사라지지 않을까 합니다."

왕은 신하들이 간하는 말을 듣자 괴로운 얼굴로 귀유를 바라보았다. 귀유는 천천히 입을 열어 사본과 맹진의 말을 조목조목 반박하였다.

"양제가 돌궐을 치려던 20만 군사로 우리를 칠지도 모른다는 사본의 우려는 대답할 가치도 없는 공연한 걱정입니다. 양제의 아비 문제가 이미 30만 대병으로 실패한 일입니다. 그러나 그 20만마저도 동서로 나뉘어 북방을 공략하고 있으므로 그들로선 결코 요하를 건널 수가 없는 일이옵니다. 또한 맹진이 말한 포의지교의 아름다움은 한 치 앞을 내다보지 못하는 순진한 선비의 한가로운 감상에 지나지 않습니다. 매사에는 전조와 징후라는 것이 있게 마련입니다. 먹구름이 몰려오는 것을 보고 제방을 쌓는 자는 어리석은 자요, 현명한 이는 달무리가 서거나 개미 떼가 이동하는 것을 보고 미리 폭우에 대한 방비를 하는 법입니다. 양제가 남방과 서방을 아우르고 이제 북방으로 군사를 내었으니 다음에 칠 곳은 바로 우리 고구려올시다. 이것은 그가 보위에 오르기 훨씬 전부터 만방에 공언해온 일이므로 의심할 여지가 없고, 다만 우리를 치자니 아직 그 힘이 미약하여 시일을 끌고 있을 따름입니다. 맹진이 말한 바와 같이 양제는 과연 황하에서 장강에 이르는 대운하를 완공하고, 유림에서 이동에 이르는 장성을 쌓으므로 안으로는 사람들이 지쳐 있고 국고는 바닥이 나서 당분간은 대병을 일으킬 수 없는 형편입니다. 이때 우리가 군사를 내어 계민을 원조한다면 세 가지 이득을 얻을 수 있습니다. 첫째는 우방과 맺은 신의요, 둘째는 우방이며, 셋째는 우리나라에 대한 양제의 두려움입니다. 북방이 함락되지 않는 한 양제는 감히 동으로 군사를 내지 못할 것이며, 따라서 돌궐을 지키는 것은 곧 우리를 지키는 것입니다. 도리어 지금은 양제의 야욕을 꺾을 수 있는 좋은 기회입니다. 계민을 도와 수의 군대를 물리친다면 그 위용을 등에 업고 비로소 신라나 백제와도 합종연횡을 말할 수 있으니 대왕께서는 하늘이 준 절호의 기회를 부디 놓치지 마옵소서."

그러나 귀유의 간곡한 말에도 대원왕은 선뜻 결단을 내리지 못하였다. 귀유를 의심하는 것은 아니었지만 막상 수나라 군대와 대적해 싸우자니 아무래도 자신이 없었다. 흔들리는 왕의 마음을 제일 먼저 간파한 이는 이복 아우 건무였다. 그는 도리어 역설을 펴서 왕의 불안함을 더욱 부추겼다.

"귀유가 말하는 것을 들어보니 그가 심산에서 도술을 배우고 필시는 양제 마음속에 들어갔다 나온 게 틀림없습니다. 대왕께서는 귀유의 도술을 믿고 원군을 내어 계민을 도우십시오. 만일 일이 잘못되어 수나라가 요동으로 군사를 돌리더라도 오직 귀유를 보내어 막으면 될 것입니다. 남의 마음속을 자유자재로 들락거리는 신통한 귀유가 있는데 무엇을 더 근심하오리까."

건무의 빈정거리는 말을 듣자 노장 고승이 역시 빈정거리는 투로,

"양제의 마음을 읽는 귀유가 있고, 혼자서도 능히 백만 대군을 당할 을지문덕이 있으니 아무것도 걱정하실 일이 없습니다. 부디 심기를 편안히 하옵소서."

하고 거들었다. 대부분의 조정 중신들은 원군을 보내지 않아야 한다는 남진파의 주장에 동조하였고 귀유의 뜻을 존중해 말한 자로는 막리지이자 서부 욕살인 쉰 줄의 연태조가 있을 뿐이었다. 연태조는 주변국과 제휴하여 수나라에 대항해야 화를 피할 수 있다는 귀유의 논지를 적극 지지하였다. 하지만 그런 그도 건무가 정색을 하며,

"하면 막리지께서 뒤에 일어날 모든 일을 감당할 테요?"

하고 물었을 때는 침묵을 지킬 뿐 대답이 없었다. 연태조는 무오년의 일로 이미 장년의 소신과 혈기가 많이 위축되어 있었다. 그를 제외한 5부 욕살들도 한결같이 남진파와 뜻을 함께하였다.

대원왕은 결단의 순간에 귀유의 말을 좇지 않았다. 양제에 대한 두려움과 남진파의 등등한 기세에 밀려 계민에게 글로 말하기를, 뜻은 있으나 사정이 여의치 아니하여 원군을 파견하지 못하니 모쪼록 사직을 보전하여 후일을 도모하자고 둘러댔다. 그나마 남진파 주장대로 계민의 사신을 참수하여 양제에게 보내지 않고 목을 붙여 되돌려 보낸 것이 다행이라면 다행이었다.

귀유의 실망은 이만저만한 것이 아니었다. 그는 왕명이 내리고 신하들이 모두 물러간 후에도 홀로 편전에 엎드려 이마를 땅에 짓찧으며,

"신 중외대부 단귀유, 대왕께서 재량하여주실 것을 바라며 신명을

다해 간곡히 아뢰옵니다. 이제 북방의 돌궐마저 수에 복속되고 나면 양제의 야욕은 단불에 기름을 끼얹었듯이 하늘 높은 줄을 모르고 치솟을 것입니다. 그 오만하고 방자한 것을 어찌 보아 넘기겠나이까? 만일 그가 대왕 폐하로 하여금 수나라에 입조하여 친히 조회할 것을 요구하기라도 한다면 그때는 또 어찌하오리까? 이제 동맹은 모두 끝나고 우방도 사라졌습니다. 지금 공세를 취하여 양제의 기세를 꺾어놓지 못하면 양제는 돌궐을 아우르는 순간 그 다음 상대로 우리를 선택할 것입니다. 거듭 아뢰거니와 합종연횡의 진적한 뜻은 싸움을 하자는 데 있는 것이 아니라 양제에게 두려움을 주어 쓸데없는 싸움이 일어나는 것을 미연에 막자는 데 있습니다. 지금 양제를 누르지 못하면 멀지 않은 날에 반드시 땅을 치며 후회할 일이 생길 것입니다. 뒷날 원통한 일이 일어나지 않도록 부디 신이 말하는 바를 깊이 헤아려주사이다!"

하고 눈물로 호소하였지만 끝내 받아들여지지 않았다.

그 즈음 중원 북방의 유목민 사회는 흉노, 선비, 유연의 전성기가 차례로 지나가고 돌궐의 시대로 들어와 있었다. 그들은 외몽고의 오르혼 강(바이칼 호 남쪽) 유역을 본거지로 하여 중국 방면의 동돌궐과 천산산맥 방면의 서돌궐로 분립해 있었다. 그러나 유목 제국 돌궐국은 땅이 거칠고 인구가 적은데다 문물이 낙후하여 군율과 병법에 따라 체계적으로 대병을 움직인 수나라의 상대가 되지 못했다. 고구려가 원군을 보내지 않은 채 벌어진 이 싸움에서 양제는 이르는 곳마다 승리하여 동서 돌궐국의 비교적 광활한 영토를 차지하였고, 이에 위협을 느낀 동돌궐의 족장 계민은 양제에게 글을 올려 항복하고 스스로 번국(藩國 : 제후의 나라, 신하의 나라)이 될 것을 자청하니 양제도 이를 받아들여 군대를 물리고 계민에게 수나라의 벼슬과 관작을 하사하였다.

양제가 돌궐을 복종시키고 대흥으로 돌아갔다는 소식을 듣자 대원왕은 귀유를 불렀다. 정작 필요한 순간에는 원군을 내지 않은 그였지만 북방의 강력한 우방을 잃었다고 생각하자 아깝고 섭섭한 느낌을 떨칠 수 없었다. 게다가 만일의 경우 수나라가 고구려로 군사를 낼 때 동돌궐의 군사를 동원하지 말라는 법도 없었다. 왕은 귀유의 지략을 빌려 동돌궐을 다시금 우방으로 되돌려보려고 꾀했다.

"경도 알다시피 이제는 세상이 다시 잠잠해졌다. 일전에 과인이 그대의 말을 따르지 않은 것은 경이 말하는 바를 믿지 못해서가 아니라 조정의 중론을 무시할 수 없었던 탓이다. 그때 중신들은 계민의 사신을 참수하여 그 목을 양제에게 보내자고 주장했지만 과인이 그말을 좇지 아니한 것과 계민에게 글을 써서 후일을 기약한 것은 두 나라의 장래를 염두에 둔 까닭이다. 큰 비는 장시간 오지 아니하고 큰 바람은 오래 불지 않는다. 계민이 비록 수나라의 번국을 자청했다고는 하나 광활한 영토를 양제에게 뺏겼으므로 본심은 따로 있을 것이다. 경이 주괴를 다시 보내 이제쯤 전날의 우호를 회복함이 어떻겠는가?"

"계민은 잊어버리옵소서. 달면 삼키고 쓰면 뱉는 것은 군자의 도리도 아닐뿐더러 계민이 이에 응할 리도 없습니다. 주괴가 찾아간다면 필시 계민은 주괴를 죽이려고 덤빌 것입니다."

귀유가 잘라 말해도 왕은 쉽게 단념하려 들지 않았다.

"계민의 마음을 돌리는 것은 장차 있을지도 모를 양제의 침략에 돌궐의 군대가 섞이는 것을 막기 위해서도 반드시 필요한 일이다. 그 방법이 경의 수중에 있음을 과인이 어찌 모르겠는가. 그대는 사직과 조정을 위해 지략과 책모를 다하라."

낯빛을 부드럽게 하여 여러 차례 같은 말로 당부하자 귀유도 끝내 마음이 움직였다.

"신은 이미 의주 야산을 떠나 도성으로 향할 때부터 나라를 위해 목숨을 바치기로 맹세한 사람입니다. 어찌 사사로운 마음을 품을 것이며 힘과 꾀를 아끼오리까. 다만 대왕께 특별히 한 가지 아뢰올 말씀은 조정 공론이 하나로 통일되지 아니하여 사람마다 말이 다르옵고, 이런 까닭으로 국론이 대립하고 분열하여 나랏일에 일관하는 바가 없사옵니다. 대왕께서 신의 머리를 쓰자면 사본과 맹진의 말은 듣지 마시고, 사본과 맹진을 쓰자면 신을 그만 의주로 보내주십시오. 어떤 것은 신의 말을 좇으시고 어떤 것은 지난번처럼 물리치시니 이런 일이 반복되면 결국은 나라 전체가 큰 혼란에 빠지고야 말 것입니다. 계민의 나라와 우호를 회복하는 계책을 말씀드리기 전에 먼저 대왕께서 이 점을 명백히 해주옵소서."

귀유의 말에 왕이 문득 호탕한 웃음을 터뜨렸다.

"일전의 일로 마음이 몹시 상하였던 게로구나."

그리고 왕은 정색을 하며 근엄하게 일렀다.

"경이 말한 합종과 연횡을 받아들여 과인은 국정에 반영하였고, 계해년 이후로는 3년이 지나도록 백제와 신라에 군사를 낸 일이 없으며, 경이 천거한 을지문덕으로 하여금 요하의 각 성을 보수토록 하였다. 어찌 일관하는 바가 없다고 할 것인가. 원군을 내자는 그 일을 빼고는 그대의 지략과 계책을 좇지 아니한 예가 또 있었던가?"

이에 귀유도 더 이상 토를 달지 않았다. 공손히 국궁하고 부드러운 낯으로 입을 열었다.

"계민은 일전의 일로 크게 낙담하여 어떤 말로도 그의 마음을 되돌리기 어렵습니다. 그런데 이런 경우에 흔히 쓸 수 있는 것이 혼인계이올시다."

"혼인계?"

"그러하옵니다."

"하면 짐의 딸을 계민에게 주라는 말인가?"

왕은 약간 불쾌한 표정으로 귀유를 바라보았다. 귀유가 웃음을 머금고 태연히 대답했다.

"그럴 수도 있으나 선대왕께서 남기신 예원 공주도 있습니다."

귀유가 말한 예원 공주는 평강왕이 후비의 몸에서 본 딸이자 좌장 군 건무의 막내 누이로 이때 나이가 스물셋이었는데, 남자를 고르는 눈이 까다로워서 아직 혼처를 정하지 못하고 있었다.

"그렇지! 예원이 있지!"

왕의 안색이 홀연 환하게 밝아졌다.

"혼인계 말고는 계민을 달랠 방법이 없나이다."

"그가 과연 혼인계를 받아들이려 하겠는가?"

"북방 유목 제국은 사람들 기질이 자못 분방하여 남에게 속박받는 것을 싫어하므로 예로부터 다스리기 어려운 땅으로 조명이 난 곳입니다. 겉으로는 양제에게 복종하는 척하지만 필경 두 마음을 지녔을 것이니 혼인계를 쓴다면 그 본심은 반드시 우리가 취할 수 있을 것입니다."

귀유는 자신 있게 대답하고 나서,

"그런데 신이 걱정하는 것은 사신으로 누구를 보내느냐는 것입니다."

하니 왕이,

"주괴가 있지 않은가?"

하고 반문하였다. 귀유가 난감한 듯이 고개를 가로저었다.

"계민과 맺은 친분으로 보나 유창한 언변으로 보나 그보다 나은 사람이 없는 것은 사실이오나 일전에 원군을 보내지 않은 일로 마음이 상하여 다시 가려고 할지 의문입니다."

그는 한참 생각에 잠겼다가 갑자기 자세를 고쳐 앉으며 화제를 바꾸었다.

"계해년 이후 백제나 신라와는 군사를 내어 싸운 일이 없으므로 이제쯤은 화친을 말할 때가 되었습니다. 게다가 얼마 전에는 신라가 백제의 동쪽 변경을 침범하여 양국 사이가 실로 견원지간과 같습니다. 신이 보기에 남방과 동맹을 꾀하기로 지금처럼 좋은 때가 다시없거니와, 만일 대왕께서 백제와 신라 가운데 어느 한 나라와 수교하여 지낸다면 과연 어느 나라를 택하시겠나이까?"

귀유의 돌연한 질문에 왕은 깊이 생각하고 나서,

"신라야 본시 동남방의 오랑캐들이니 상접하여 지낼 마음이 있을 리 없으나 그래도 백제국의 부여씨들은 전날 십제 왕실의 후손으로 우리 시조대왕이신 동명성왕의 핏줄이 아닌가. 요동의 영웅 담덕대왕(광개토대왕)께서도 바로 그런 까닭에 부여씨들을 용납하였던 것이니 내 어찌 선대왕들의 유지를 헤아리지 않겠는가."

하며 뜻이 백제에 있음을 말하였다. 귀유가 웃는 낯으로 대답했다.

"과연 현명하신 지적입니다. 천륜의 도리를 봐서도, 나라의 장래를 생각해서도 신라보다는 백제와 화친하는 쪽이 천 번 만 번 지당한 일입니다. 비록 무오년에 백제가 수나라로 사신을 보내 향도를 자청함으로써 폐하의 노여움을 산 일이 있으나 그것은 부여창이 보위에 있을 때의 일로, 그 뒤 사비에서는 임금이 세 번이나 바뀌었습니다. 오가는 인편과 풍문에 듣자건대 금왕인 부여장은 나이가 젊고 그 됨됨이가 제법 반듯하여 함께 대사를 의논할 수 있는 인물인 듯합니다. 더욱이 그는 전왕들의 치세를 못마땅히 여겨 등극하자마자 전조의 녹봉을 받았던 늙은 신하들을 일제히 몰아냈고, 신라왕 백정과는 구생지간(舅甥之間)이나 서로 군사를 내어 혈투를 벌일 만치 사이가 좋지 못합니다. 백제 장왕이 수나라에 대해 과연 어떤 생각을 가지고 있는지 듣지 못했지만 그가 즉위하여 6, 7년이 지나도록 백제 사신이 수나라에 조공했다는 소문은 아직 들은 바가 없습니다. 필시 향도를 자청했던 부여창과는 근본부터 다른 인물일 것입니다."

왕은 귀유의 말에 크게 고개를 끄덕였다.

"우리가 잃어버린 남역의 대부분은 지금 신라가 차지하고 있으니 마땅히 화친의 상대를 고르자면 백제입니다. 또한 신라와 화친하면 그것으로 끝나지만 백제는 동남의 왜국과도 철마다 사신을 보내 교류하고 우애하며 지내는 것이 마치 한나라와 같으므로 백제를 사귀면 왜국까지 능히 우방으로 삼을 수가 있습니다. 이렇게 북방으로 돌궐과 거란, 말갈을 얻고 남으로 백제, 왜국과 연합한다면 제아무리 양제라 하더라도 요동으로 감히 군사를 내지 못할 것입니다."

"경의 말을 듣고 나면 언제나 내 가슴이 후련하도다!"

왕이 탄복하며 칭찬하자 귀유가 침착한 소리로 물었다.

"요서의 대방군에는 전날 외백제의 유민들이 군락을 이루어 살고 있어서 사비로 가는 배편을 어렵잖게 구할 수가 있습니다. 만일 대왕께서 신의 계책을 허락하신다면 이번에 돌궐로 사신을 보낼 때 그로 하여금 백제까지 둘러서 오도록 하는 것이 어떻겠나이까?"

"한데 아까도 말했지만 이처럼 막중한 일을 믿고 맡길 만한 사신이 과연 누가 있겠는가?"

왕이 근심 어린 낯으로 반문하자 귀유가 기다렸다는 듯이,

"신이 스승 주괴와 동반하여 다녀오겠나이다."

하고 말했다.

"경이 직접 험지를 가겠다고?"

대원왕은 크게 놀라 두 눈을 부릅떴다가 이내 고개를 가로저었다.

"당치 않은 소리다. 경이야말로 과인에게는 보배 같은 사람이요, 본조에는 없어서 안 될 지신이자 책사가 아닌가. 계민의 마음도 알 수 없는 바이거늘 하물며 사비까지 들어갔다 온다니 있을 수 없는 일이다. 무릇 길은 또 얼마나 멀고 험하냐. 내 아무리 부덕한 군주라고는 하나 경과 같은 인재를 사지로 보내지는 않겠다!"

임금은 입에 거품을 물고 반대했으나 귀유가 계민의 마음을 움직이고 백제 군신들과 상대하여 동맹의 진의를 설명할 적임자가 자신밖에는 없다고 강조하면서,

"뿌린 자가 거두게 하여주옵소서. 신이 세 치 혀로 기필코 원하는 바를 얻어서 돌아오겠나이다!"

하며 뜻을 굽히지 않으니 나중에는 왕도 하는 수 없이 이를 허락하게 되었다.

귀유가 굳이 사신을 자청한 까닭은 따로 있었다. 조정에 있어봐야 남진파의 집중 공격을 면하기도 어려울 테지만 필시 예원 공주의 일

로 좌장군 건무의 원심을 살 일이 두려웠던 것이다. 계민에게 예원 공주를 바쳐 환심을 사려는 혼인계가 알려지면 건무가 자신을 잡아 죽이려고 눈에 불을 켜고 설칠 것은 보지 않아도 뻔한 일이었다. 귀유는 주괴와 더불어 돌궐로 가서 혼인계를 성사시킨 다음 주괴만 고구려로 돌려보내고 자신은 금주에서 배를 타고 내처 백제로 갔다가 모든 상황이 가라앉고 난 뒤에야 귀국하리라 마음먹었다.

아깝구나, 단귀유

저 하나로 말미암아 조정 대신들 간에
싸우고 헐뜯는 모습이 세상에
알려진다면 훗날 누가 나라를 위해
목숨을 바치려 하겠습니까.
임금의 처분을 따르고 조정 중론을
받드는 것은 만세를 초월한
신하 된 자의 도리입니다. 설령
부당하게 모함을 받아 억울한
죽임을 당한다 하여도 그것이
왕명이요, 조정에서 내린 결정일진대
임의로 피하여 구차하게 살길을
도모하는 것은 충신이 행할 바가 아닙니다.

그로부터 며칠 후 고구려 수도 장안성은 귀유의 혼인계가 알려지면서 마치 벌집을 쑤셔놓은 듯 시끄러웠다. 혼인계의 당자인 예원 공주는 식음을 폐하고 앓아 누웠고, 건무는 어전에서 물러나오자 장도를 뽑아 들고 귀유를 찾아다녔다. 그러나 귀유는 이미 왕의 사신으로 장안성을 떠난 뒤였다.

"대체 이놈이 나와 무슨 원한을 졌기에 내 누이를 북방 오랑캐에게 시집보내려 한단 말인가! 놈을 만나서 어디 그 이유나 들어봐야겠다!"

건무는 분통을 터뜨리며 말 잘 타는 심복을 불러 말했다.

"귀유가 아직 멀리 가지는 못했을 것이다. 너는 지금 당장 의주 야산에 있다는 주괴의 처소로 달려가라. 가서 귀유를 보거든 내가 잠깐 만나보기를 청하더라 하고 변복을 시켜 다시 도성으로 데려오라. 만일 귀유가 반항하거나 응하지 않거든 죽여도 좋다. 뒷일은 모두 내가 알아서 할 것이다."

명을 받은 건무의 심복이 잠시도 쉬지 않고 말을 달려 주괴의 처소에 당도해보니 귀유와 주괴는 이미 보이지 않고 도학을 배우는 젊은 문하생들만 내실에 둘러앉아 경을 외고 있었다. 심복이 눈을 감고 앉은 청년들의 엄숙한 분위기 때문에 선뜻 나서지 못하고 주변을 얼쩡거리다가 마당을 지나 뒤꼍으로 돌아가니 얼기설기 나무로 지은 헛간 안에서 남녀가 희롱하는 소리 비슷한 것이 흘러나왔다.

"누구 계시오?"

심복이 조심스레 인기척을 내자 소리가 뚝 그치고 조금 후에 젊고 얼굴이 해반주그레한 여인 하나가 살그머니 얼굴을 내밀며,

"뉘시온지요?"

하고 묻는데, 볼은 발갛게 상기되었고 급히 여민 듯한 옷고름 사이로는 언뜻언뜻 속살이 비쳤으며 양 어깨에는 지푸라기가 잔뜩 묻어 있었다. 심복은 그가 주괴의 딸이려니 지레짐작하고,

"주인장 어른은 어디 계신가?"

하며 반말로 물으니 그 여인이 수줍게 웃으며,

"제자들 말로는 대궐에서 귀유공이 와서 함께 돌궐로 떠났다고 하는데 저는 친정에 다니러 갔다가 좀전에야 돌아와 남편이 가는 것을 보지 못하였습니다."

하였다. 심복의 생각에 그 여인이 딸이 아닌 주괴의 처인 것도 놀라운 일이지만, 그렇다면 안에서 들리던 남자 목소리는 누군가 의구심이 생겼다. 게다가 어딘지 모르게 여인의 말투며 억양이 고구려 사람의 것이 아니라 왈칵 수상한 느낌마저 일었다.

"안에 있는 줄을 다 알고 왔으니 어서 나오라고 하시오."

심복이 발꿈치를 치켜세우고 여인의 어깨 너머를 기웃거리자 여인이 당황하여 어쩔 줄을 몰라 하다가,

"안에는 아무도 없소. 누가 있다고 그러시오?"

제법 살천스레 눈까지 흘기며 황급히 밖으로 몸을 빼내 헛간 문을 막아섰다. 심복으로서는 헛간 안이 더욱 궁금하지 않을 수 없었다.

"봅시다. 아무도 없다면서 문은 왜 막아서시오?"

그가 가깝게 다가서자 여인이 물러서지 않으려고 안간힘을 쓰는 바람에 한동안 티격태격 시비가 일었는데, 심복이 완력으로 여인을 밀쳐내고 헛간 문을 발로 차니 안에 들어앉은 사람은 얼굴이 희고 체격이 건장한 젊은 사내였다. 사내는 웃통을 벗은 채 잔뜩 겁에 질린 표정으로 헛간 한구석에 쪼그리고 앉았다가 심복을 보고는 이내 울상을 지으며 고개를 떨구었다. 심복은 한순간에 사정을 훤히 간파했다.

"백주대낮에 이 무슨 추행이오?"

그는 짐짓 노한 척하며 여인과 헛간 안에 앉은 사내를 번갈아 보았다.

"주괴 어른이 알까 무섭소. 평상에 끔찍이도 부인을 아끼시던데 이런 망측한 사실을 알면 얼마나 상심이 크시겠소?"

심복은 주괴를 한 번도 본 일이 없었지만 마치 옛날부터 잘 아는 듯이 말하며 두 사람을 꾸짖었다. 사내는 주섬주섬 옷을 챙겨 입었으나 여전히 고개를 떨군 채 말이 없었고, 주괴의 처는 매시근히 고개를 외로 꼬고 섰다가 한참 만에 심복을 올려다보고,

"보지 못한 일로 해줄 수는 없겠습니까?"

하며 조심스럽게 물었다. 심복이 즉답을 아니하고 문턱에 퍼대고 앉아서 헛간 안의 사내에게 주괴가 언제 떠났는지를 확인하니 사내가 기어드는 소리로,

"어제 승석 무렵에 떠나셨습니다."

하고 대답하였다. 이 말을 들은 심복은 뒤쫓아갈 생각을 깨끗이 단념하고 대신 주괴의 처를 보며,

"친정이 어디시오?"

좀전과는 달리 사뭇 부드러운 어투로 물었다.

주괴의 처는 본래 요서의 대방군에 살던 여자로, 전날 외백제가 망하기 전에 대대로 관청 일을 맡아보던 동두민(洞頭民) 강씨(姜氏) 집안의 딸이었다. 주괴가 낙양의 난리를 피하여 한동안 요서 갈석산 부근에서 지낼 때 유난히 인물이 곱던 한 처녀에게 반하여 몰래 뒤를 밟았다가 그 부모를 만나 청혼을 하였다. 처녀의 어미는 주괴가 나이 많은 것과 사는 곳이 일정치 아니한 것을 들어 반대하였으나 처녀의 아비가 주괴의 범상치 아니한 기품에 끌려 며칠을 식객으로 데리고 있으며 여러모로 됨됨이를 시험한 끝에,

"하늘이 내린 사람이다."

하고는 선뜻 딸을 내어주었다. 이에 스물을 갓 넘긴 처녀가 쉰 줄의 주괴와 혼인하여 살게 되었다.

그러나 주괴의 처 강씨는 마을에 정분 났던 청년이 따로 있어 주괴와 혼인한 것을 탐탁잖게 여겼다. 고향에 있을 때는 혼인한 후에도 남편 눈을 피해 살짝살짝 청년과 통정하며 지냈는데, 하루는 주괴가 집을 비우며 강씨를 보고,

"임자가 밖에 나가서는 무슨 짓을 해도 좋지만 내 없는 집에 외간 남자를 끌어들이는 일은 없도록 하시오. 만일 그랬다가는 동네 우세와 망신을 당하는 것은 물론이고 사람 목숨도 잃기가 쉬울 게요."

단단히 타이르니 강씨가 내심 가슴이 철렁하였으나 시치미를 뚝 떼며,

"외간 남자를 끌어들이다니, 저를 뭘루 보고 그러세요?"

험악한 기세로 따지고 나왔다. 주괴가 그런 강씨를 빤히 보다가,

"글쎄 그럴 일은 없겠지만 혹시나 싶어 한 말이오."

말을 얼버무리고 집을 떠났다. 주괴야 본래 한 해를 두고도 절반 이상을 바깥으로 나도는 사람이었지만 그때까지만 해도 청년을 집으로 끌어들인 일은 없었던 강씨로서 주괴가 당부하는 말을 듣고 나자 은근히 반발심이 생겼다. 하지 말라는 일은 더욱 하고 싶은 것이 사람의 묘한 마음이던가. 더군다나 강씨의 나이 아직 어린 터라 장난기마저 없지 않았다. 곧 청년을 만나 소곤소곤 밀담을 나누기를,

"외간 남자 운운하는 것을 보니 아마도 영감이 우리 두 사람 사이를 알고 있나 봐."

"그럼 큰일이 아니야?"

"큰일은 무슨 큰일. 알고서도 묵인을 하는 셈이니 앞으론 내놓고 만날 수도 있지."

"세상에 그런 서방이 어디 있어? 방구들을 지고 누웠어도 서방은 서방인데. 아무래도 앞으로는 조심해야 되겠다."

"그건 그편이 우리 내외 속사정을 몰라서 하는 소리야."

"속사정을 모르다니?"

"내외란 게 낮 정분만 가지고 사나? 서로 기운을 내어가며 밤 정분도 쌓아야지. 그런데도 남진이란 것이 한번 나가면 몇 달씩을 종무소식이요, 그나마 집에 있는 날도 허구한 날 그놈의 글이나 읽고 주문이나 욀 줄 알았지 겨집 몸뚱이는 열흘에 하룻밤도 품기가 어려우니 어떤 여자가 그런 남진만 믿고 살까. 설령 영감이 우리 사이를 안다고 해도 그만이기가 쉬울 게야."

"그런가?"

"그렇고말고."

한동안 주거니받거니 수작을 놀다가 청년이 갑자기 눈을 흘기며,

"그래도 열흘에 하룻밤은 품기도 하는 모양일세. 그 정분이 어디 예사 정분인가?"

말꼬리를 잡고 빈정거리자 강씨가 얼른,

"품기만 하면 뭘해. 정분 생길 틈이나 있어야지."

도리질을 하다 말고,

"옴팡지기로야 그편만 한 남자가 또 있을라구."

은근한 눈빛으로 청년의 옆구리를 찔렀다. 그러구러 상관할 마음이 생긴 남녀가 마땅한 장소를 찾는데 강씨가 제 집으로 가자며 청년의 팔을 이끌었다. 처음에는 마음이 께름하여 기피하던 청년도 강씨가 교태 어린 콧소리로,

"새로운 재미가 생길지 누가 알어?"

하고 자꾸 권하자 마지못해 따라가서 우정 금하라는 짓을 하게 되었다. 강씨는 이때까지만 해도 주괴의 당부가 부러 겁을 주거나 자신을 떠보는 공연한 것인 줄만 알았다. 그런데 둘이 한이불 속에 누워 한참 대사를 치르는 도중에 청년이 별안간 기이한 소리를 지르며 사지를 부들부들 떨다가 그대로 몸을 가누지 못하고 고꾸라졌다. 밑에 깔린 강씨가 시초에는 장난으로 여기고,

"이 사람이 오늘따라 왜 이래?"

양다리를 포개어 더욱 기운을 쓰며 청년을 흔들었으나 눈과 코에서 피가 뚝뚝 떨어지는 것을 보고야 사태가 심상치 않음을 알았다. 곧 비명을 지르며 빠져나오려고 안간힘을 썼지만 아무리 용을 써도 붙

은 아랫도리가 떨어지지 않았다. 가슴을 만져보니 심장이 뛰지 아니하여 이미 죽은 것은 분명한데 어쩌자고 유독 아랫도리만 떨어져주지 않는지 기가 막힐 노릇이었다.

강씨가 끔찍한 곡경을 치르며 죽은 청년과 밤새 붙어 있다가 뒷날 아침 이웃 사람의 도움으로 의원을 청하고 그 의원이 시신에 침을 찌르고 나서야 가까스로 풀려났다. 우세도 그런 우세가 없고 망신도 그런 망신이 없었다. 시신과 하룻밤을 지낼 적에는 우세건 망신이건 생각할 겨를이 없었으나 막상 일이 해결되고 나자 고개를 들고 다닐 수가 없었다. 소문은 삽시간에 마을 전체로 퍼져서 하루는 개울 하나 건너에 살던 친정 어미까지 달려와,

"세상을 오래 살다 보니 참으로 해괴망측한 일도 다 있지. 이 마을에 기굴한 청년을 복상사시킨 여편네가 산다는데 혹시 누군지 아느냐?"

하고 물은 일도 있었고, 심지어는 풍속을 어지럽혔다며 훼가출송을 말하는 사람까지 생겨났다. 그로부터 두어 달쯤 뒤에 주괴가 돌아와서 말하기를,

"이곳에 곧 난리가 일고 전화가 미칠 듯하니 요하를 건너 고구려 땅 깊숙이 들어가서 지내는 것이 어떠하오?"

하자 그러잖아도 마을의 눈총이 따가워 견디기 어렵던 강씨가,

"겨집이야 본시 남진을 따라가는 법이니 마음대로 하시구랴."

하고는 군소리 없이 따라나서서 의주로 넘어왔다. 그것이 수나라가 대병을 내기 직전인 무오년 정초의 일이다.

의주에 온 후로는 비교적 몇 해를 조용히 지냈다. 하지만 본래 강씨는 타고나기를 바탕이 음란하고 지나치게 음기가 강한 여자였다.

곧 주괴에게 도학을 배우려는 고구려 젊은이들이 소문을 듣고 모여들기 시작하자 그 가운데 마음에 들거나 뜻이 맞는 이를 골라 잠통하는 일이 잦았는데, 귀유도 시초에는 여러 차례 유혹을 받아서 강씨만 눈에 보이면 황급히 몸을 숨기곤 했다.

의주까지 왔다가 허행하고 돌아가는 것이 개운찮았던 건무의 심복은 강씨가 대방에 살던 백제 유민의 딸임을 알자 혹시 따로 쓸 데가 있을지도 모른다는 생각이 들었다. 그리하여 강씨를 건무에게 데려가려고 작정하고,

"오늘 일은 보지 못한 것으로 하는 대신 나를 따라 도성까지 가주지 않겠소? 그래야 우리 상전에게 내 면이 서겠소."

하였더니 강씨가 잠깐 생각에 잠겼다가,

"가는 것은 어렵잖으나 나중에 혼자 돌아올 일이 아득하니 이 사람과 같이 가면 어떻습니까?"

하고 헛간에 앉은 사내를 가리켰다. 그는 이름이 환덕으로 국내성 사람인데, 의주에서 3년 데릴사위 노릇 도중에 그만 혼약한 처자가 요절하여 그 길로 장가들 것을 단념하고 주괴의 문하생으로 들어온 자였다.

고구려는 본래 북방의 험한 지세와 거친 기후 탓으로 남다여소(男多女小)가 극심하여 남자들이 배필을 구하기가 쉽지 않았다. 성혼할 나이에 이른 남자들은 재물을 싸들고 규수 집을 찾아가 문전에다 돗자리를 깔고 허락을 구하였고, 허락을 얻어 예비사위, 즉 예서(豫壻)가 되면 처가에 들어가 별도의 명이 있을 때까지 머슴을 살거나, 품을 팔거나, 나라에 대한 노역을 대신 치러주어야 가까스로 딸을 데리고 나올 수가 있었다. 딸을 둔 집에서는 이렇게 데리고 있는 예서를

데릴사위라고 불렀고, 데릴사위 노릇을 하러 처가에 들어가는 것을 장가간다고 하였는데, 데릴사위 셋만 거느리면 나랏님도 부럽지 않다는 속설이 나돌 만큼 여자가 귀하고 시세 또한 높았다. 그러니 평생을 홀아비로 지내는 사람도 수두룩하고, 환덕의 경우처럼 데릴사위 노릇 도중에 변고를 당해 헛품만 팔고 말짱 도루묵이 되는 예 또한 적지 않았다.

건무의 심복은 강씨의 청을 받아들여 두 사람을 데리고 경사로 돌아왔다. 심복한테서 사정 얘기를 전해들은 건무는 당장 자신의 책사인 대로 사본을 불렀다. 사본은 머리를 굴렸다.

"과연 귀유는 믿지 못할 자입니다. 한데 이제 그를 없애는 것은 손바닥을 뒤집기보다 쉬운 일이 되었으니 나리께서는 아무 염려 마시고 만사를 제게 맡겨주십시오."

사본은 건무의 허락을 얻어 강씨와 환덕이 머물고 있는 곳으로 갔다. 그리고 문득 표정을 근엄히 하여 꾸짖기를,

"너희들은 어찌하여 하늘 같은 남편과 스승을 배신하고 더러운 욕정의 노예가 되었더란 말이냐. 만일 이 무도막심한 일을 주괴가 알면 얼마나 비통하고 분한 마음이 일지 생각만 해도 등골이 오싹하구나. 항차 나라의 법도에 간음한 자는 형벌로 엄히 다스릴 뿐 아니라 죗값에 해당하는 재물을 물지 못하면 죽을 때까지 노비로 살아야 할지도 모른다. 너희가 노비인데 너희 자손인들 어찌 노비 신세를 면할 수 있겠느냐. 참으로 딱한 일이 아닐 수 없구나."

하니 강씨와 환덕은 미처 사본의 말이 끝나기도 전에 사색이 되었다.

"나리, 살려줍쇼! 그만 죽을죄를 지었나이다!"

환덕이 두려움을 이기지 못하고 땅에 넙죽 엎드려 용서를 빌었다.

사본은 엎드린 환덕과 잦바듬히 돌아앉은 강씨를 번갈아 둘러본 뒤에 짐짓 음성을 부드럽게 하여 일렀다.

"그러나 또한 남녀의 정분만큼 묘한 것도 드물 게야. 그게 당최 염치나 도리나 체면 따위를 생각해야 말이지. 망신살이 뻗치면 별수가 있나. 나 또한 세간의 범속을 모르는 꽉 막힌 사람은 아닐세."

사본이 두 사람의 아름답지 못한 일을 이해하는 듯이 말하자 환덕은 고개를 들고 강씨 또한 외로 꼬았던 시선을 사본에게로 향했다.

"해서 말인즉, 내 마음 같아서는 적당한 곳에 거처를 마련하여 정분난 사람끼리 오손도손 사는 것이 상책이요, 각자 고향으로 가서 지내는 것이 중책이며, 의주로 돌아가 주괴에게 죄를 비는 것이 하책이겠는데, 그대들의 뜻이 어떠한지 알 수 없구나."

사본의 말에 강씨와 환덕은 서로 얼굴을 마주보았다. 사본이 잠시 사이를 두었다가 조그만 소리로 말하기를,

"상지상책이 하나 더 있긴 하다만……."

하며 말끝을 흐리자 강씨가 대뜸,

"무엇입니까?"

하고 다그쳐 물었다. 사본이 강씨 얼굴을 뚫어지게 바라보고 나서,

"두 사람이 따로 거처를 마련하고 숨어 지낸다 하더라도 주괴가 살아 있는 한은 남의 이목이 두렵고 그 마음 또한 편치 못할 것은 불문가지가 아니냐. 그러니 아예 주괴를 죽여 후환을 없앤다면 그야말로 상지상책이 아니고 무엇이랴. 만일 너희에게 그럴 마음만 있다면 내가 나라에 공을 세워 후한 상금까지 받도록 해줄 묘책이 있으니 잘만 하면 누이 좋고 매부 좋은 일이 생길 수도 있지. 모르긴 해도 그 상금만 가지면 어디를 가서 살든 두 사람 입살이는 죽을 때까지 해결

이 될 것이야."

하였다. 말이 떨어지기 무섭게 강씨가 바짝 무릎을 당겨 앉았다.

"저는 비록 주괴의 처이긴 하나 주괴와는 처음부터 아무 감흥도 없이 살았던 사람이요. 오직 친정 아비를 원망하는 마음뿐이올시다. 나리가 그렇게만 해주신다면 일생의 은인으로 삼겠습니다."

환덕이라고 가만있을 턱이 없었다.

"데릴사위 3년도 지긋지긋한 마당에 일생을 노비로 사느니 차라리 죽는 길을 택하겠습니다요. 죽기를 각오한 놈이 무슨 짓인들 못하겠소?"

사본은 천천히 고개를 끄덕였다. 그리고 이미 눈이 뒤집힌 두 남녀를 상대로 비로소 마음속에 품고 있던 간계를 털어놓았다. 이때 사본이 한 말의 요지는 주괴가 백제에서 보낸 첩자라는 것과 귀유가 이에 동조하여 백제와 고구려의 화친을 꾀했다는 것이었다. 더불어 일이 성사되면 나라 안의 군사를 모두 북쪽으로 돌리고 그 틈을 타서 백제로 하여금 장안성을 공격하도록 만든다는 내용이었다.

"아무것도 어려운 게 없다. 내가 내일 대궐에 들어가서 고변을 하고 나면 대궐에서 너희들을 부를 것인데, 그때 너희가 눈빛을 똑바로 하여 귀유와 주괴가 그런 말을 나누더라는 얘기만 고하면 그걸로 끝이다. 나머지는 내가 다 알아서 할 테니 어떠냐, 그리하겠느냐?"

사본이 묻는 말에 두 남녀는 쾌히 고개를 끄덕였다.

이튿날 건무와 사본이 남진파를 이끌고 어전으로 몰려가서 얼굴을 붉히며 주괴와 귀유의 흉악함을 낱낱이 일러바치니 왕이 처음에는,

"그럴 리가 있느냐!"

하며 믿지 않으려 하였으나 나중에 사본이,

"주괴의 처가 백제인이요, 그가 지금 제 발로 도성까지 찾아와 밀고한 바를 어찌 믿지 않을 수가 있겠나이까. 본래 비밀히 행하는 도적들의 일은 예측할 수가 없는 법이올시다. 부디 통촉합시오. 신의 말이 정 의심스러우면 지금 당장 주괴의 처와 제자라는 청년을 대령하겠나이다."

하는 말을 듣고서는 그만 굳은 마음이 흔들려서,

"어디 불러보라."

하였다. 대원왕은 모함을 예측했던 귀유의 우려를 벌써 까맣게 잊고 있었다. 이에 주괴의 처 강씨와 환덕이 급히 대궐로 불려오니 먼저 강씨가 말하기를,

"주괴와 귀유가 오래전부터 백제의 밀정 노릇을 하기로 맹세하는 것을 여러 차례 들었나이다. 이번에도 길을 떠나기 전에 그런 소리를 하였는데, 고구려가 망하는 것은 다만 시일이 문제라 하고 일이 잘되어간다며 마치 어린애처럼 좋아하였나이다."

하자 환덕도 가만있지 아니하고,

"아뢰옵기 민망하오나 주괴가 야산에서 주문을 욀 적에 항시 고구려가 망할 것과 대왕 폐하께서 일찍 붕어하실 것을 천신께 간절히 염원하였나이다."

시키지 않은 소리까지 덧붙였다. 왕이 강씨의 말투와 억양을 들은즉 영락없는 백제인의 것인 데다 자신이 일찍 죽기를 염원하였다는 환덕의 말까지 듣고 나자 드디어 노여움으로 머리털이 곤두섰다.

"그 말이 어김없는 사실이렷다?"

"감히 어느 안전이라고 거짓을 고하오리까. 틀림없는 사실이옵니다."

"그런데 너희는 무슨 연유로 그와 같은 사실을 고변하느냐?"

왕이 궁금히 여기며 묻자 사본이 나서서 두 사람이 주괴 몰래 좋아 지내는 것을 간략히 말하여 의심을 풀었다.

"이것이 비록 사사롭게는 믿음을 저버리고 풍속을 해친 추한 일이오나 양자가 도망하지 않고 도리어 나라에 알려 국변을 막는 데 크게 기여하였으므로 신의 소료에는 그 유공함이 사사로운 허물을 덮고도 남음이 있을 듯싶습니다. 청하옵건대 저들의 허물을 묻지 마시고 오히려 후한 상을 내려 이 같은 일을 장려하고 권장하심이 장차를 위해서도 옳은 줄로 아옵니다."

왕은 사본의 주청하는 바를 쾌히 허락하였다. 이미 귀유와 주괴의 일로 노여움이 극에 달했던 왕에게 그런 것은 아무래도 좋았다.

"당장 돌궐로 사람을 보내어 귀유와 주괴를 잡아오도록 하라! 그리고 귀유의 식솔들을 모조리 데려다 옥에 가두라!"

귀유에 대한 대원왕의 신뢰와 애정이 컸던 만큼 배신감도 깊었고 분노도 대단했다. 그러자 신하들이 일제히 입을 모아,

"고정하옵소서. 아직 귀유와 주괴는 아무것도 알지 못하므로 그대로 두는 편이 옳습니다."

"만일 일이 잘못되어 도망이라도 친다면 영영 붙잡지 못할 공산이 큽니다. 그러나 그냥 둔다면 제 발로 돌아올 것이므로 그때 붙잡아 문초해도 늦지 않을 것입니다."

다투어 진언하니 왕도 그제야 분한 마음을 가까스로 참으며,

"경들은 귀유와 주괴가 돌아올 때까지 이 같은 일을 절대로 발설하거나 파설하지 말라. 이들이 돌아와서 또 무슨 수작을 벌이고 간교한 말로 과인을 우롱하는지 내 유심히 지켜볼 것이니라."

하고 대신들의 입을 단속하였다.

패륜을 저지른 두 남녀를 부추겨 바라던 바를 달성한 사본은 며칠 뒤 건무의 집으로 가서 객채에 묵고 있던 강씨와 환덕을 만나 노고를 치하하였다.

"그대들이 아니었으면 나라의 오랜 근심을 없애지 못했을 것이다. 실로 장한 일을 하였다."

"저희야 영문도 모르고 그저 시키는 대로 했을 뿐이니 공이 있다면 모다 나리의 것입지요."

환덕이 겸손해하는 말을 들은 사본은 잠시 표정 없는 얼굴로 두 사람을 물끄러미 바라보았다. 그러나 이내 얼굴빛을 부드럽게 하여,

"그래 이제 어디로 가서 살았으면 좋겠는가? 원하는 곳을 말해보라. 나라에서는 이미 집과 땅을 하사하라는 어명이 났으니 기왕이면 원하는 곳에다 거처를 마련하는 게 좋지 않겠느냐."

하며 다정스레 물었다. 사전에 두 남녀가 미리 이 문제를 말할 적에 강씨는 친정에서 가까운 요동 태자하(太仔河 : 패강) 남변의 북평양을 고집하였고, 환덕은 남살수(南薩水 : 청천강) 북변의 밀운향(密雲鄕 : 영변)에서 살 것을 주장하였다. 그러나 기왕 나라에서 주택과 전지를 얻는다면 땅이 기름진 남쪽이 유리하고, 아직 주괴가 살아 있으므로 북방은 위험하다는 환덕의 주장에 강씨가 수긍하여 밀운향으로 결정을 내린 뒤였다. 사본은 두 사람이 함께 밀운향을 말하자 크게 고개를 끄덕였다.

"현명한 생각이다. 아홉 칸짜리 집과 양전을 마련하여줄 테니 내일 날이 밝는 대로 떠나라. 그리고 이것은 내가 별도로 주는 것이니 아무 소리 말고 받아두라."

사본이 꺼내놓은 것은 스무 냥에 가까운 금이었다. 그것을 본 두 남녀의 입이 있는 대로 벌어졌다.

"내일 떠나는 것은 보지 못할 테니 모쪼록 가거든 서로 공경하며 다복하게 잘들 살게나."

사본은 두 사람과 미리 작별 인사까지 나누고 건무가 기다리는 안채로 건너왔다. 그리고는 가만히 건무에게 말하기를,

"저들을 그대로 두면 아무래도 후환이 염려됩니다. 이미 남편과 스승을 배신한 것들인데 누구와 다시 신의를 지키겠습니까. 당최 한 구석도 믿을 데가 없는 자들이올시다. 거기다 저들이 가겠다는 데가 하필이면 도성에서 그리 멀지 않은 밀운향입니다. 훗날 귀유가 돌아와 무슨 말로 저들을 이용할지도 알 수가 없으니 차라리 이쯤에서 영영 입을 막아버리는 것이 어떻겠습니까?"

하니 건무도 잠자코 고개를 끄덕였다. 허락을 얻은 사본은 건무의 집에 식객으로 있던 칼잡이 심복 몇을 불러 은밀히 이르기를,

"내일 객채에 머물고 있는 남녀가 떠나거든 가만히 뒤를 밟다가 인적이 없는 적당한 곳에서 죽이고 그 시체를 땅에 묻어라. 이 일은 쥐도 새도 모르게 해야 할 것이니라."

엄히 잡도리를 하고서,

"저들에게 미리 금 스무 냥을 쥐줬으니 이는 너희가 일을 무사히 마치거든 공평하게 나눠 갖도록 하라."

하고 덧붙이자 심복들이 금 스무 냥이라는 말에 미리부터 입이 있는 대로 벙그러졌다.

한편 도성에서 이 같은 일이 진행되는 줄은 까맣게 모른 채 동돌궐로 향한 귀유와 주괴는 길을 떠난 지 근 보름 만에 계민의 처소에 당

도하여 극진한 말로 그를 설득하였다. 먼젓번에 방수 동맹의 공약을 어긴 고구려에 대해 화가 머리끝까지 나 있던 동돌궐의 족장 계민은 평양 장안성에서 사신이 왔다는 말을 듣자 역정을 버럭 내며 만나주지조차 않으려 하였다. 그러나 주괴가 그간 쌓아왔던 친분으로 계민의 여러 신하들을 포섭한 뒤에 귀유가 지니고 갔던 패물로 구워삶고, 두 사람이 탁월한 화술과 언변으로 예원 공주의 일을 말하자 사나흘 만에야 겨우 허락을 얻어 계민의 막사에 들어설 수 있었다. 귀유가 계민에게 대원왕의 뜻을 전하며,

"일전에 우리가 군사를 내지 못한 까닭은 내지의 어지러운 사정 때문이었지 의리와 맹세를 저버린 게 결코 아니었습니다. 그 후에 우리 대왕 폐하께서는 늘 가한 전하의 소식을 물으시고 조석으로 안부를 염려하셨을 뿐 아니라 수나라가 유림과 오원의 땅을 빼앗았다는 말을 듣고는 본조의 일처럼 비분강개하여 곧 10만 대병을 징발하였는데, 군사가 도성을 떠나기 직전에 가한께서 양제에게 항복하였다는 소식이 날아드니 땅을 치며 용포가 흥건히 젖도록 눈물을 쏟으셨나이다."

하고서,

"대왕 폐하께서는 옛날부터 가한 전하를 혈육처럼 아끼시고 천하의 둘도 없는 영웅으로 흠모해오셨습니다. 그리하여 아직 혼처를 정하지 아니한 절세미인 예원 공주를 가한께 시집보내어 동북의 두 영웅 간에 각별한 친분과 우애를 다지고자 하였는데, 그만 이번에 비보를 접하시고는 천하 영웅이 어찌하여 양광 따위에게 항복을 하였는지 그 사유가 의심스럽다 하시며 특별히 신을 보내어 소상한 내막을 알아오라 하셨나이다."

하며 은근히 계민의 자존심을 긁어놓았다. 계민이 제법 호탕한 척 껄껄 웃으며,

"내 어찌 양광에게 진정으로 항복을 하였겠소. 다만 기대했던 그대 나라의 원군이 오지 않으니 수나라와 화친하여 지내자는 자들이 많았고, 저쪽에서도 은근히 그것을 바라는 듯하여 그리하였을 따름이오."
하고서,

"그러나 대원대왕께서 나를 그처럼 각별히 여기시는 줄 알았으니 이미 과인의 마음은 결정이 났소. 나 또한 언제고 기회를 보아 유림과 오원의 잃어버린 땅을 되찾을 각오외다. 그대는 대왕께 가거든 내게 두 가지 마음이 있다는 것을 전하시오."
하고 말하였다.

그런데 공교롭게도 귀유와 주괴가 아직 동돌궐에 머무르고 있을 때 수나라 양광이 별안간 계민의 장막으로 행차하였다.* 기별도 없이 들이닥친 양광을 보자 계민은 크게 놀라고 당황했다. 곧 귀유와 주괴를 보고 말하기를,

"대체 이 노릇을 어찌하면 좋소? 하필 이럴 때 양제가 올 것이 무어요. 그가 고구려 사신들이 드나드는 줄을 알면 반드시 우리 양국을 깊이 의심할 것이며, 어쩌면 그대들의 목숨마저 위태로울지 모르겠소!"
하며 허둥거렸다. 귀유가 보기에도 큰일은 큰일이었다. 그러나 그는 당황하지 않고 잠깐 생각에 잠겼다가,

"가한께서는 과히 염려하지 마십시오."

---

* 양제는 여행을 좋아했다. 틈만 나면 여러 곳을 돌아다녔으며, 특히 양주(揚州)를 자주 찾았던 것으로 전해진다.

하고서,

"비록 마주치지 않은 것보다는 못한 일이나 형편을 따라야지요. 숨을 까닭도 없지만 숨었다가 뒤에 발각되면 그때는 더욱 의심을 살 것이니 우리가 여기 온 사실을 솔직히 고하시는 편이 옳겠습니다. 가한께서는 양광이 묻거든 사신이 이제 막 도착하여 아직 아무것도 알지 못한다고 하십시오. 그럼 아마도 우리를 불러오라고 할 것입니다. 그 다음 일은 제가 다 알아서 하겠습니다."

안색 하나 변하지 않고 태연히 일렀다. 계민이 귀유의 말을 좇아 양제를 영접한 자리에서,

"황송하오나 지금 우리나라에 고구려왕이 보낸 사신이 와 있습니다."

하고 사실대로 고하니 양제가 크게 놀라며,

"고구려 사신이 무슨 일로 왔는가?"

의구심에 가득 찬 말투로 물었다. 계민은 귀유가 시킨 대로,

"사신이 이제 방금 도착하여 막 인사를 받은 터라 저는 아무것도 아는 바가 없습니다."

하며 공손히 아뢰었더니 양제가,

"그래? 그럼 어디 그 고구려 사신을 데려와보라."

하고 명하였다. 이에 귀유가 혼자 양광 앞으로 불려가게 되었다. 다소곳한 걸음걸이로 양광의 앞에 나아간 귀유가 예를 다하여 절하고 고개를 들어 보니 수십 명의 장수들이 시립한 한가운데에 말로만 듣던 양광이 자리를 높이고 근엄히 앉았는데, 화려하게 수놓은 황금빛 용포에 머리에는 천자의 관을 쓰고, 검은 가죽신과 허리에는 칠보가 박힌 요대를 찬 모습이 과연 만승의 위엄을 갖춘 웅장한 자태요,

요란한 행렬이었다. 양광이 귀유를 내려다보며,

"그대는 어디에서 온 누구이냐?"

하고 물었다. 귀유가 국궁 재배하고 대답하였다.

"신은 고구려에서 사신으로 온 중외대부 단귀유라고 하옵니다."

"고구려 사신이 계민의 나라에는 무슨 볼일로 왔느냐? 털끝만큼도 감추거나 기만하지 말라. 네 목숨이 달린 일이다!"

양광은 귀유를 상대로 으름장을 놓았으나 귀유는 조금도 위축되지 않은 낭랑한 음성으로 대답했다.

"감히 어느 안전에서 무엇을 감추고 기만하리이까. 천자의 나라에서 수고로움을 무릅쓰고 친히 돌궐을 보살피며 양육한다 하므로 고구려에서는 늘 이것을 부러워하였나이다. 그리하여 천자께서 양육하시는 돌궐 영내를 직접 돌아보고 제후의 평안함과 백성들의 안락함을 두루 구경함으로써 장차 국사에 유용하게 쓰일까 하여 온 것일 뿐 다른 뜻은 추호도 없습니다."

양광은 귀유의 말을 듣는 순간 홀연 안색이 환하게 밝아졌다.

"그래, 돌궐 영내를 둘러보니 어떠하더냐?"

"신이 이제 막 당도하여 샅샅이 보지는 못하였사오나 가한의 근심 없는 얼굴과 신하들의 화기 어린 모습을 보고 또 사방에서 백성들의 청아한 노랫소리를 들으니 가히 천자께서 다스리는 땅이구나 싶어 마음에서 절로 흠모하고 경외하는 마음이 불처럼 일어났나이다."

"허허, 그대는 비록 남의 신하지만 눈이 밝고 마음이 갸륵하구나."

양광은 매우 흡족해하며 귀유를 칭찬하였다. 이때 용좌 가까이에 시립해 있던 황문시랑* 배구(裴矩)가 양광에게 다가가서 가만히 귓속말로 아뢰었다.

"고구려는 본래 한(漢)나라, 진(晉)나라가 다 군현으로 삼았던 땅인데, 지금은 신하의 나라로서 충절을 바치지 아니하여 이역 땅이 되고 말았습니다. 때문에 선제께서는 이를 정벌코자 한 지 오래되었으나 오직 양량(楊諒 : 한왕, 수문제)이 불초하여 군사를 내었어도 공을 세우지 못하였던 것입니다. 하오나 지금은 바야흐로 폐하의 시대입니다. 어찌 그들을 정벌하지 않을 것이며, 예절의 땅이 오랑캐의 소굴로 변하는 것을 언제까지 방치해두고만 있겠습니까? 오늘 고구려 사신은 계민이 나라를 바쳐 폐하를 섬기고 따르는 것을 직접 두 눈으로 보았으니 두려운 마음을 가졌을 게 뻔합니다. 저자를 위협하여 고구려 왕 대원으로 하여금 우리에게 입조하게 하는 것이 어떻겠습니까?"

양광은 자신이 극히 총애하는 환관 배구의 말을 타당하다고 여겨 크게 고개를 끄덕였다. 대원왕이 순순히 입조할지는 의문이었으나 차제에 고구려의 태도를 알아보는 것도 과히 나쁘지는 않을 것 같았다. 고구려를 휘하에 복속시키는 일은 양광에게는 오랜 숙원이자 천하통일의 마지막 관문이었다. 선제 양견과 갈등이 깊어진 것도 고구려 때문이었고, 살부 살형의 패륜을 저지르며까지 보위에 올랐던 명분 역시 양견이 실패한 요동 정벌에 있었다. 대원왕이 제 발로 순순히 입조하여 복종한다면 굳이 군사를 내지 않더라도 만천하를 아우르는 것이지만, 만일 입조를 거역한다 해도 언젠가는 이를 빌미로 군사를 낼 수 있으니 그로서는 어느 쪽이건 밑질 것이 없었다. 머릿속으로 계산을 마친 양광은 곧 표정을 근엄하게 하여 귀유에게 말했다.

"짐은 계민이 성심으로 우리를 섬기는 까닭에 친히 그의 장막으로

* 황문시랑(黃門侍郎) : 황제를 가까이에서 보필하는 근신.

행차하였다. 명년에는 반드시 탁군(북경 서남방의 탁현)으로 갈 터이니 그대는 돌아가서 그대의 왕에게 말하여 짐이 탁군에 머물 때 와서 조회하도록 하라. 다른 뜻이 있어 하는 말이 아니니 의심하거나 두려워할 필요는 없다. 그동안 천하의 왕과 제후들이 대흥에 입조하여 복종하기를 마치 뭇별들이 해를 섬기듯 하였거늘 유독 그대 나라만 이를 행하지 않으니 어찌 눈 밖에 나지 않겠느냐? 조회하고 복종하면 마땅히 보살피고 양육하는 예는 계민과 같이 할 것이지만 만약 이를 거역한다면 계민을 거느리고 반드시 그대 나라로 쳐들어갈 것이니라!"

양광은 말을 마치자 문장가인 우홍(牛弘)에게 자신이 말한 바를 교지에 적도록 분부하여 그것을 귀유에게 주었다. 귀유가 교지를 받아 국궁하고 물러나서 숙소로 오니 조금 후에 계민이 허겁지겁 달려왔다.

"나를 앞세워 고구려로 쳐들어간다는 양제의 말은 순전히 그의 생각일 뿐 돌궐의 뜻과는 무관한 것이오. 설마 사신께서 오해하지는 않으시겠지요?"

계민이 해명하는 말에 귀유가 웃으며,

"어찌 그 사정을 모르오리까. 가한께서는 과히 심려하지 마십시오."

하니 계민도 비로소 약간 안도하는 낯으로,

"하면 언제쯤 공주를 우리나라로 보내시겠소? 시기를 알려준다면 마땅히 성대한 행차를 준비하고 기다렸다가 거란 접경까지 나가서 맞을 것이외다."

하였다. 귀유가 잠깐 생각하다가,

"정확한 시기는 말씀드리기 어려우나 금년은 넘기지 않을 것입니다."

하였다. 명년에 양광이 탁군으로 간다는 말을 염두에 두어 대답하자 계민은 입이 한발이나 찢어지며 흡족해하였다.

　귀유와 주괴는 계민과 작별하고 돌궐을 떠나 요서 지방에 이르렀다. 전날 외백제 땅인 요하 부근의 조선, 낙랑, 대방, 광양 등지에는 백제 유민들이 도처에 흩어져 군락을 이루며 살고 있었다. 개중에 조선과 낙랑, 대방은 평강왕이 쳐서 고구려 땅으로 삼았으나 수나라가 건국한 뒤 대방과 낙랑 일부는 도로 빼앗겼는데, 3국(고구려, 수, 거란)의 국경이 맞물려 있는데다 장대한 요하를 중심으로 서쪽의 북살수(北薩水:대릉하)와 동쪽의 태자하(太子河:패강)가 어지럽게 뒤엉킨 험난한 지세 때문에 늘 정세가 불안하고 영토 구분이 시류를 따라 오락가락하였다. 그런 까닭에 3국의 왕권이 제대로 미치지 않는 변방 중의 변방인 이들 지역에서는 자연히 지역의 자치권이 왕권을 능가하게 되었으며, 실제로 이곳을 장악하고 있던 세력은 전날 외백제의 유민들이었다.

　이들은 특히 물길을 잘 알고 배 다루는 기술이 뛰어나서 바다로 나가려는 사람은 국적을 막론하고 백제 유민의 도움을 받아야 했다. 그들은 허다한 부침과 난리를 겪으면서 자신들만의 생존 방법을 터득하고 있었다. 오직 자손들에게만 물길의 열리고 닫힘과 배 다루는 비법을 전수하여 감히 누구도 넘보지 못할 독보적인 세력과 분야를 구축한 것이었다. 그리고 이를 바탕으로 뱃길을 이용하려는 사람에게는 국적에 상관없이 문호를 개방해 배와 항해술을 빌려주고 뱃삯을 넉넉히 받아챙겼다. 지켜야 할 영토가 없던 그들에게는 아군도 없고 적군도 없었다. 오직 피붙이와 기술과 바다만 있을 뿐이었다.

　백제 유민들은 요하의 금주만에서 중국의 동해안을 따라 내주와 등주(登州:산동반도)를 거쳐 광릉(상해)에 이르는 광범위한 지역에 흩어져 살며 자신들을 찾아오는 장사치들의 회역선이나 나라의 사신으로 오가는 교관선의 길잡이가 되어 사람들을 원하는 곳까지 실어주고 막대한 재물을 벌어들였다. 중국에서는 이들을 가리켜 동제인*이라 칭하였으니 이는 동쪽에 사는 백제인이라는 뜻이었다.

귀유는 북살수 근처의 금주만에서 바로 이 동제인들의 도움을 받아 본국 백제로 들어갈 참이었다. 왕에게 전할 양광의 교지를 주괴에게 건네주고 아쉬운 말로 헤어져 혼자 금주만에 당도했을 때는 마침 바람도 자고 바다도 잔잔하여 배를 띄우기 안성맞춤인 날씨였다. 그러나 몇 군데를 알아보아도 배를 내려는 사람이 아무도 없었다. 귀유가 궁금하여 까닭을 묻자 동제인들은 이구동성으로 악천후를 점치면서,

"물빛이 저처럼 쌀뜨물과 같을 적에는 본래 배를 내지 않는 법이오. 저 물빛은 먼 바다에 엄청난 파도가 인다는 증거외다. 정 믿지 못하겠거든 객관에서 하룻밤만 유하시구려. 내일 아침만 되면 당장 알 수 있을 것이오."

하여 하는 수 없이 객관에서 잠을 잤는데, 과연 밤 사이에 일기가 돌변해 이튿날이 되자 바다에 풍랑이 일고 해안의 파도가 집채만큼 솟구쳤다. 귀유가 물빛만 보고도 닥쳐올 풍랑을 귀신같이 알아내는 동제인들의 재주에 새삼 혀를 내둘렀다.

"하면 언제쯤이나 배를 내겠소?"

"닷새 안에는 어렵지 싶은데 아주 안심을 하려면 열흘 뒤에나 오시오."

동제인들의 대답을 듣고 나자 귀유는 갈등이 심했다. 하지만 이내

---

* 東濟人 또는 東鮧人 : 메기 제(鮧)자를 쓴 것은 중국인들이 일부러 얕잡아 부르는 말임.

객지에서 열흘씩이나 기다리느니 차라리 그사이에 을지문덕이나 만나보자는 생각이 들었다. 그는 북살수와 요하를 건너 안시성으로 갔다. 귀유와 주괴는 동돌궐로 갈 적에 요동성을 지나쳤는데, 그때 요동성 성주의 입을 통해 을지문덕이 안시성에 있는 줄을 들어 알고 있었기 때문이다.

귀유가 왔다는 말에 을지문덕은 매우 기뻐하며 관사 밖까지 버선발로 달려나왔다.

"장군께서는 그간 평강하셨습니까?"

귀유가 웃으며 인사를 건네자 을지문덕은 귀유의 손을 덥석 붙잡았다.

"그러잖아도 공이 계민의 막사로 직접 가셨다는 소문을 듣고 자나깨나 안부를 염려하고 있었습니다. 어서 안으로 드십시다. 제가 북방으로 온 지 이태가 지났지만 오늘같이 반가운 손을 맞아보기는 처음이외다."

을지문덕은 귀유를 관사로 청하여 쾌히 상석을 권하였고, 귀유는 팔을 내저으며 이를 사양하였다. 양자가 한동안 설왕설래하다가 하는 수 없이 상석을 비워둔 채로 간단히 차려온 주안상을 마주하고 앉았다.

"원로에 곡경은 없었습니까?"

"원수를 외다리에서 만난다더니 하필이면 계민의 막사에서 수나라 양광을 조우하였지 뭡니까. 그것이 곡경이라면 곡경인 셈이지요."

"양광을 만나셨다구요?"

문덕이 깜짝 놀라 반문하자 귀유가 태연히 웃으며 돌궐에서 있었던 일을 간략하게 설명하였다. 문덕은 양광이 대원왕에게 입조를 명하는 교지를 내렸다는 말을 듣고 순식간에 얼굴이 벌겋게 달아올랐다.

"부형을 살해한 미친놈의 오만방자함이 가히 하늘에 닿았습니다. 양견이 이미 하지 못한 일을 양광 따위가 하려고 거들먹거리니 어찌 가소로운 일이 아니겠소. 숫자만 믿고 함부로 날뛰다가는 천참만륙(千斬萬戮)의 신세를 면치 못할 것입니다."

"저 또한 그렇게 봅니다. 더욱이 요하에 장군이 버티고 있는 한 수나라의 쥐새끼인들 어찌 허락 없이 국경을 넘겠습니까. 제가 가며 오며 보수한 성곽을 살펴보니 요동 7성(城)이 가히 학익진(鶴翼陣)의 형세를 취하여 장군의 오묘한 병법을 엿볼 수 있겠습디다."

귀유의 말에 을지문덕이 빙긋이 웃으며 물었다.

"진이란 본시 군사를 낼 적에 쓰는 군대의 배치를 말하는 것입니다. 단공께서는 어찌 성곽을 보시고 진을 말씀하십니까?"

그러자 귀유도 덩달아 웃으며 대답했다.

"그러기에 장군의 쓰시고자 하는 병법이 오묘하다는 것입니다. 성곽의 형세로 진을 그리고 다시 각개의 성곽에서 혼란스럽게 군대를 배치한다면 뉘라서 이에 현혹되지 않겠습니까. 성곽으로 진을 만드는 것은 병서에도 나오지 않는 전인미답의 묘책이올시다."

을지문덕은 문득 소리를 높여 껄껄 호탕하게 웃었다.

"사물을 꿰뚫는 대부의 혜안이 실로 두려움을 느낄 만치 놀랍습니다. 대부와 같은 사람이 수나라에 있다면 참으로 큰일이올시다."

그리고 을지문덕은 지도를 펴놓은 뒤에,

"대부께서 학익진을 보셨으니 이제 내달에 공역이 끝나는 남방의 오골성을 구경하실 차례입니다. 여독이 풀리시는 대로 저와 함께 오골성을 둘러보러 가십시다."

하며 오골성의 위치와 성이 돌아앉은 모습 따위를 상세히 설명했다. 그곳은 해안의 비사성과 안시성의 중간쯤에 있었는데, 성이 나란하지 않고 홀로 되똑하니 압록수 쪽으로 치우쳐 있었다. 귀유가 고개를 갸우뚱거리며,

"어찌하여 학익진의 대오에서 오골성만이 외롭게 떨어졌습니까?"

하고 묻자 문덕이 지도를 옆으로 돌려놓으며,

"어떻습니까? 학익진이 돌연 어린진(魚鱗陣)이 되지 않습니까?"

하였다. 귀유가 보니 요동의 7성은 영락없이 학이 날개를 펴는 학익진의 형상이나 거기에 오골성이 붙으니 이번에는 꼼짝없이 안시성이 쑥 불거져나온 물고기 비늘 형상의 어린진이었다.

"저들이 성세의 늘어선 모양을 살피고 학익진을 예상하여 들어오면 각 성에서 군사를 낼 때 어린진을 만들어 혼란을 주고 요동에서 시일을 끌다가 궁극에는 내지로 유인하여 섬멸할 것이요, 어린진을 예상하여 들어오면 성마다 학익의 진법으로 군사를 내어 요동성과 요서에서 몰아 죽일 것입니다. 또한 내주나 등주에서 배를 타고 건너오는 무리는 비사성에서 막고 오골성으로 유인한 뒤에 요동의 7성으로 다시 장사진(長蛇陣)을 구축하여 고립시킬 것이므로 50만이 온다고 해도 과히 겁날 일이 없습니다."

을지문덕의 설명에 웬만큼 병법에 달통한 귀유로서도 무릎을 치며 탄복하지 않을 수 없었다.

"장군 말씀을 듣고 보니 좀처럼 입이 다물어지지 않습니다! 만일 수나라가 객기를 부려 군사를 낸다면 50만이 아니라 1백만이 와도 살아서 돌아가는 이가 없겠습니다!"

그런데 귀유가 아직 안시성에 머물고 있을 때 건무를 주축으로 한 도성 남진파들은 군사를 내어 백제를 칠 것을 왕에게 강력히 주청하였다. 백제 장왕은 그해 3월, 보위에 오른 후 처음으로 수나라 양광에게 한솔 연문진을 사신으로 보내어 조공하고, 또 좌평 왕효린을 거듭 파견하여 조공하면서 표문을 올려 수나라가 고구려를 토벌해줄 것을 간곡히 청한 일이 있었는데, 이 소문이 왕래하는 사람들을 통하여 고구려 조정에 전해진 결과였다. 좌장군 건무와 소형 맹진, 대로 사본 등은 차제에 백제를 쳐서 단단히 버릇을 고쳐놓아야 한다고 주장했다.

　"수나라의 강성함은 그들이 주변국을 토평하여 중원을 하나로 아우른 데서 생긴 것입니다. 우리 고구려도 마땅히 간악한 백제와 동방의 오랑캐 신라를 쳐서 하나로 아우른다면 호태대왕(好太大王 : 광개토왕) 시절의 막강함을 다시 누릴 수 있게 될 것이며, 그런 연후에야 비로소 수나라의 위협에서도 벗어날 수가 있습니다. 대왕께서는 부디 국사의 선후를 명확히 살피시고 백제와 신라를 아우르는 데에 나라의 모든 힘을 모으도록 해주십시오."

　"백제는 걸핏하면 수나라에 조공사를 보내 향도를 자청하거나 우리 고구려를 치자며 온갖 감언이설로 교태와 아양을 부리니 백제를 치지 않고는 어찌 나라의 태평함을 말할 수 있겠나이까. 귀유는 부여장을 부여창과 다른 인물이라고 주장하였지만 보소서, 어느 한 군데라도 다른 구석이 있습니까? 괘씸한 것으로 치자면 천하에 백제보다 더한 나라가 없습니다. 신에게 군사를 주시면 기필코 사비의 애송이 부여장을 사로잡아 무릎을 꿇리고 눈에서 피눈물을 쏟게 만들겠습니다. 윤허하소서!"

대원왕도 수나라에 출병을 부추긴 백제에 대해 노여움을 갖기로는 이들과 크게 다를 바가 없었다. 이럴 무렵 귀유와 더불어 돌궐로 갔던 주괴가 양광의 교지를 지니고 입조하였다. 왕은 교지를 받자 당장 주괴를 오라에 묶어 왕정에 무릎을 꿇게 하고,

"네 처가 백제인이요, 너는 백제에서 보낸 밀정임이 사실이냐?"

하며 노한 음성으로 물었다. 영문을 알지 못한 주괴가,

"소인의 처가 백제인인 것은 사실이오나 소인이 백제의 밀정이란 것은 천부당만부당한 소리올습니다."

어처구니없다는 듯이 대답하였다. 그러나 이미 백제에 대한 노여움과 귀유에게 속았다는 배신감 때문에 평소의 냉정함을 잃고 있던 왕은 몇 마디를 아니 묻고 성급히 명하기를,

"저 늙은 것을 데려가서 당장에 참수하고 그 목을 저자에 걸어 만인으로 하여금 침을 뱉게 하라!"

어조를 추상과 같이 하니 노구를 이끌고 힘들게 북방을 다녀온 도학의 대가 주괴는 포상은커녕 까닭조차 모른 채 형장으로 끌려갔다. 주괴는 망나니의 칼에 목이 떨어지기 직전에 하늘을 우러러 탄식하며,

"나는 살 만치 산 사람이라 죽는 것은 별로 아깝지 않으나 누명을 쓰고 이승을 하직하니 그것이 한이로다. 내 어찌 고구려에 태어나 이 같은 말로를 걷는가. 난리를 피하여 고향으로 돌아왔으나 끝내 참화를 피하지 못하니 사람의 일생이 자못 허무하도다!"

하고 유언하였는데, 목이 떨어지고도 이틀이나 눈을 감지 아니하고 눈물을 흘리므로 사람들이 감히 그 근처를 범접하지 못하였다.

주괴를 참수한 대원왕은 양광의 교지를 읽고 심한 두려움을 느꼈다. 따라서 그동안 주변국과 화친하여 수나라에 대적하려는 생각을

통연히 고치고 수나라에 조공사를 보내는 한편, 곧 건무를 불러 백제를 토벌하라고 명하니 이는 평소에 남진파가 한결같이 주장하고 바라던 바였다.

왕명을 받은 고건무는 노장 고승과 맹진, 동부 욕살 명화(高明華) 등을 장수로 삼아 평양 서남 해안에서 배를 타고 백제의 송산성(松山城)과 석두성(石頭城)을 차례로 공격하였다. 고구려군은 송산성에서 백제 장수 흑치사차와 교전하였으나 이기지 못하자 다시 석두성을 습격하였는데, 이 싸움에서 대승을 거두어 남녀 3천여 명을 사로잡아 돌아왔다. 이때가 정묘년(607년) 5월, 초여름이었다.

귀유가 이 소식을 들은 것은 을지문덕을 따라 개축한 오골성을 둘러보고 돌아와서 막 금주로 떠나려 할 때였다. 그는 소식을 듣는 순간 판세가 수상하게 돌아가고 있음을 직감했다.

"이제 제 목숨도 얼마 남지 않은 듯합니다."

귀유의 탄식을 들은 을지문덕이 깜짝 놀랐다.

"조정의 종작없는 중신들이 작당하고 공모하여 수시로 국력을 허비한 것은 어제오늘의 일이 아니올시다. 이는 단공께서 없는 틈을 타 건무의 무리가 대왕의 성총을 흐려놓은 것일 뿐 어찌 공의 목숨이 달린 일이겠습니까?"

문덕의 말에 귀유가 머리를 저었다.

"양광의 교지를 받아보고도 백제를 친다는 것은 궐내 사정이 제가 떠나올 때와 판이하게 다른 것이요, 이미 대왕의 마음이 제게서 떠난 것을 의미합니다. 대왕의 마음이 제게서 떠날 적에는 반드시 저에 대한 씻지 못할 모함과 음해가 있었을 것입니다. 이는 제가 처음부터 우려했던 일이기도 합니다. 모르긴 해도 양광의 교지를 지니고 먼저 대궐로 간 주괴 어른도 십중팔구 예측하지 못한 봉변을 당하고 있을 듯합니다. 어서 도성으로 가야겠습니다."

귀유는 대궐로 돌아갈 채비를 서둘렀다. 문덕이 그런 귀유를 붙잡으며,

"만일 우려하시는 바와 같은 일이 생겼다면 범의 아가리로 들어가는 격이 아닙니까? 도성의 사정을 알아본 후에 대비책을 세워 떠나도 늦지 않을 것입니다. 제가 가만히 사람을 보내겠으니 대부께서는 며칠만 더 이곳에 유하십시오."

말을 마치자 곧 믿을 만한 심복을 불러 귀유에 대한 장안성의 소문과 주괴의 소식을 두루 알아오라 하였다.

을지문덕의 심복이 안시성을 출발한 지 근 스무 날 만에 돌아왔다.

그사이에도 귀유는 별로 동요하는 기색이 없이 요동의 강역을 직접 둘러보고 앞으로 있을 수나라의 침략에 대비해 각 성의 성주들과 의견을 나누니 문덕이 내심 탄복을 금치 못하며,

"저 사람은 실로 장부다. 어찌 조그만 체구에 저토록 큰사람이 들었더란 말이냐! 만일 고구려가 저런 인물을 알아보지 못하고 해를 입힌다면 스스로 패망의 길을 걷는 것이나 다를 바가 없겠구나."

하고 중얼거렸다.

도성에 갔던 문덕의 심복이 안시성으로 돌아와 도성 소식을 전하는데 주괴는 이미 참수되어 저자에 그 목이 수일간 효시되었노라 하고,

"주괴의 처와 환덕이라는 제자가 공모하여 주괴를 백제 밀정이라고 고발한 모양입니다. 입조하는 사람들 말로는 주괴가 단대부와 더불어 왕을 속이고 백제와 화친하여 부여장이 주는 백제 벼슬과 관작을 받기로 했다 하니 대부께서 돌아가시면 주괴와 같은 꼴을 당할 것

은 필지의 일입니다."

하였다. 귀유는 주괴가 죽었다는 말에 통곡하며 슬퍼하였고, 을지문덕은 화가 나서 안색이 붉으락푸르락하였다.

"참으로 딱한 일이로다! 단공이 무엇이 답답하여 고구려의 높은 벼슬과 관작을 버리고 백제의 그것을 탐한단 말인가!"

문덕이 주먹으로 탁자를 내리치자 관무를 보던 한 자 두께의 송판이 단번에 우지끈 소리를 내며 부러졌다. 그런데 한동안 가슴을 치며 울던 귀유가 가까스로 정신을 차리고서 말하기를,

"이것이 미리부터 정해진 운명이라면 따르지 않을 수 없습니다. 주괴 어른이 이미 모함으로 죽었는데 그를 사지로 내몬 제가 어찌 살기를 바라겠습니까. 여기 오래 있다가는 장군의 뒷일마저 위태로우니 이만 평양으로 돌아가는 것이 좋겠습니다."

하며 귀경을 서둘렀다. 문덕이 황급히 그런 귀유를 붙잡았다.

"화를 당할 것을 뻔히 아시면서 간다는 것은 어리석은 짓입니다. 시일이 흐르면 시비와 흑백은 자연히 가려지는 법이니 대부께서는 잠시 이곳에서 소나기를 피하셨다가 새로 맑은 날을 얻거든 움직이십시오. 시국이 어지러울수록 대부와 같은 분이 나라에 꼭 계셔야 합니다. 더욱이 돌아가는 판세를 보아하니 머지않은 장래에 양광과 대전을 벌일 것은 명약관화한 일인 듯합니다. 어찌 대부의 생사가 혼자만의 일이겠습니까. 장부는 대의를 좇아 죽고 사는 자리를 가린다 했습니다. 지금은 백 번을 고쳐 생각해도 명을 보전하여 후사를 도모할 때이지 사사로운 감상 따위에 젖어 목숨을 가볍게 저버릴 때가 아닙니다."

문덕의 목소리는 하도 우렁차서 성막이 통째 찌렁찌렁 울렸다.

"나라에는 이미 장군이 있지 않습니까."

귀유가 고개를 저었다.

"아무리 제가 있다 한들 어찌 대부의 높은 식견에 견줄 것이며, 항차 도성에는 충신을 모함하여 밀정으로 만드는 교활하고 간악한 자들이 임금을 둘러싸고 있습니다. 이런 판에 공마저 없다면 나라가 대체 어디로 가겠습니까."

문덕이 워낙 강력히 만류하자 귀유도 잠시 마음이 흔들리는 듯했다.

"북방은 지세가 험준하고 관의 힘이 미치지 못하는 곳이 많아서 숨어지내기에는 그저 그만입니다. 여기에 그대로 계셔도 무방하지만 금주만의 동제인들이 모인 곳이나 대방군에 가서 몸을 의탁한다면 제가 말이 나지 않을 믿을 만한 사람으로 하여금 거처를 마련토록 하고 의식(衣食)을 돌보아 드리겠습니다."

그러나 한동안 생각에 잠겼던 귀유는 다시 무겁게 고개를 저었다.

"돌아가지 않는다면 나라는 더욱 어려워질 것입니다."

"그것이 대체 무슨 말씀입니까?"

"지금이 태평성세라면 장군 말씀을 따를 수도 있습니다. 그러나 방금 전에 장군이 예견하셨듯이 조만간 온 백성들이 하나가 되어 칼과 창을 들고 대병과 싸워야 할 때가 올 것입니다. 사정이 이와 같을 때 필요한 것은 군사를 통솔할 훌륭한 장수와 그를 따르는 군졸들의 일치된 마음입니다. 저 하나로 말미암아 조정 대신들 간에 싸우고 헐뜯는 모습이 세상에 알려진다면 훗날 누가 나라를 위해 목숨을 바치려 하겠습니까. 임금의 처분을 따르고 조정 중론을 받드는 것은 만세를 초월한 신하 된 자의 도리입니다. 설령 부당하게 모함을 받아 억울한 죽임을 당한다 하여도 그것이 왕명이요, 조정에서 내린 결정일

진대 임의로 피하여 구차하게 살길을 도모하는 것은 충신이 행할 바가 아닙니다."

귀유의 음성은 매섭고 단호했다. 그는 문득 시선을 돌려 성막 밖으로 무겁게 내려앉은 요동의 잿빛 하늘을 올려다보았다.

"그간 태학의 학도로 시국을 관찰하며 조정에 양론이 있음을 알았고, 일찍이 남화북벌만이 나라를 구할 계책임을 깨달아 이를 힘써 주장하였지만 일이 여기에 이르고 보니 중과부적을 시인하지 않을 도리가 없습니다. 귀유는 기꺼이 대궐로 돌아가서 민심 단결과 사직 보전을 위하여 하찮은 목숨을 바치려 하거니와, 장군께서는 부디 힘과 지략을 다하여 양광을 물리치고 이 나라 강역을 굳건히 지켜 세월이 흐른 훗날에라도 단귀유의 안목이 그르지 않았음을 입증해주십시오. 귀유는 장군만 믿고 충신의 마지막 도리를 다하러 가겠습니다."

문덕은 몇 차례 더 만류했지만 이미 굳어진 귀유의 뜻을 꺾지 못했다. 귀유가 한 필 말에 올라 쓸쓸히 성막을 떠날 때 두 사람은 손을 마주잡고 옷깃이 젖도록 뜨거운 눈물을 흘렸다. 문덕은 자신의 애마인 쌍창워라(엉덩이만 흰 흑마)에 올라 압록수 강가까지 귀유를 배웅했다.

"너무 멀리 오셨습니다. 이제 그만 돌아가십시오."

귀유가 말하자 문덕은 어금니를 깨물며 고개를 끄덕였다.

"막리지 연태조는 현명하고 심지가 굳은 어른입니다. 대부께서는 궁리를 다하여 무고함을 주장하시고 막리지께도 말하여 도움을 청하십시오. 꼭 살아서 다시 뵈올 날을 기다리겠습니다."

"고맙습니다. 어서 들어가십시오."

"배에 오르시는 것을 보고야 가겠습니다."

귀유는 다시 한 번 문덕과 눈물로 작별하고 사공이 기다리는 배에 올랐다. 그러다가 홀연 무슨 생각을 했는지 도로 배에서 내려 문덕에게 걸어왔다. 문덕의 쌍창워라가 눈치를 채고 귀유 쪽으로 걸음을 옮겨놓았다.

"장군께 한 가지 어려운 청이 있습니다."

"하십시오. 무슨 말씀인들 좋지 않겠습니까."

"저에게 미돈이 하나 있는데 이름이 선도(仙道)이고 나이는 이제 고작 일곱 살입니다. 제가 이제 나라의 역적으로 몰려 죽임을 당하면 처야 본인 의사가 아니더라도 처가에서 주동하여 개가를 시키겠지만 자식놈 앞길이 걱정입니다. 부모도 없는 판에 항차 역적의 자식으로 손가락질을 받는다면 세상을 비관하기 십상일 것이니 어찌 큰 뜻을 세워 장부의 길을 걸을 수 있겠습니까. 그런데 자식놈이 일찍부터 제법 총명한 구석이 있어서 서너 살 어름부터 글줄도 읽고 옳고 그림을 분간할 줄 알더니 근자에는 서와 경을 깨우치는데 가끔씩 묻는 말에 신통한 구석이 더러 있습니다. 이놈을 저와 같이 글이나 읽는 선비로 키우기보다는 장군처럼 문무를 겸전한 나라의 큰 장수로 키우기를 바랐는데, 이제 일이 이렇게 되고 보니 자식놈 뒤를 보지 못할 공산이 큽니다. 감히 결례를 무릅쓰고 청하거니와 자식놈을 데려다가 장군 곁에서 잔심부름이나 시키며 마소와 같이 부려주신다면 더 바랄 나위가 없겠습니다."

귀유의 청을 듣자 문덕은 다시금 눈시울을 붉혔다.

"어찌 공의 귀한 자제를 마소처럼 부리겠습니까. 아무 염려 말고 말을 태워 안시성으로 보내십시오. 제 자식처럼 극진히 보살피고 슬하에 두고 가르쳐서 반드시 대부의 큰 뜻을 잇도록 하겠습니다."

귀유는 비로소 표정이 환하게 밝아졌다. 문덕에게 공손히 허리를 굽혀 하직하고 손을 흔들며 강을 건너가니 문덕의 쌍창워라는 귀유를 태운 배가 보이지 않을 때까지 압록수 강가에 그림처럼 머물러 있었다.

대궐로 돌아온 귀유는 덤덤하게 자신의 죽음을 받아들였다. 그는 남진파들이 다투어 죄상을 꾸며낼 때도 별다른 변명을 아니하였고, 대원왕이 언성을 높여 꾸짖어도 묵묵히 듣고만 있었다. 귀유의 침묵은 왕을 더욱 노엽게 만들었다.

"저놈을 당장 끌어내어 참수하고 그 일족을 남김없이 멸하라!"

이윽고 추상같은 왕명이 떨어져도 귀유는 그 태도며 안색에 조금도 동요하는 빛이 없었다. 막리지 연태조와 북부 욕살 고창개(高猖犲), 신참 태대사자 고정의(高正義) 등 일부 북진파 신하들과 처음 귀유를 왕에게 천거한 고추대가 이명신, 태학 박사 이문진 등이 나서서 귀유가 젊은 것과 그의 식견이 뛰어난 점을 들어 목숨만은 살려줄 것을 간곡히 청하였다. 하지만 그들의 간청도 배신감에 찬 왕의 노여움을 누그러뜨리지 못하였고, 다만 귀유의 일족에까지 화가 미치는 것을 막는 데 그쳤다.

귀유는 주괴의 목이 떨어졌던 궐문 밖 같은 장소에서 망나니가 휘두른 칼에 참수되었다. 죽은 귀유의 시신은 하룻동안 저자에 효시되었다가 식솔들에게 전해졌으며, 귀유의 처는 이를 거두어 그의 고향인 절나부로 가서 장사 지내고 시부 단향의 무덤 아래 비석도 없이 묻었다. 나라에 용납되지 못한 역적의 죽음이니 그 뒤끝이 초라하고 쓸쓸하지 않을 도리가 없었다. 평소에 문전성시를 이루던 수많은 식객들과 문객들은 모두 어디로 갔는지 알 수가 없고, 조문이라도 다녀간 자는 이웃에 살던 늙은이 두엇뿐이었다. 심지어 절나부에 살던 형제들과 일가붙이들조차 장사가 끝나도록 얼씬거리지 않으니 자고로 권세를 따라 움직이는 염량세태(炎凉世態)의 비정함이 이와 같았다.

귀유의 처는 아들인 선도를 데리고 친정으로 가서 몸을 의탁했다. 고구려는 여자가 귀한 곳이었다. 친정에서는 딸의 나이가 아직 젊으므로 해를 넘기자마자 사방에 매작을 놓았고, 곧 데릴사위 노릇을 하겠다는 장정들이 줄을 지어 몰려들었다. 귀유의 아들인 여덟 살짜리 선도가 그 어미에게 말하기를,

"저는 단씨 집안 사람으로 어머니가 개가하시는 데를 따라갈 수가 없습니다. 그런데 전날 아버지께서 만일 오갈 데가 없어 낭패로운 때를 만나거든 지체하지 말고 북방 안시성으로 가서 을지문덕 장군을 찾아뵈라 하셨으니 어찌 그 유언을 따르지 않겠습니까. 지금이 바로 그러한 때이니 어머니께서는 외조부께 말하여 제가 타고 갈 말 한 필만 내어주십시오."

하였다. 어미는 자식과 헤어지는 것이 탐탁잖아 가타부타 말이 없는데 나머지 외가 식솔들이 나서서,

"어린 녀석의 생각이 참으로 가상하고 갸륵하구나. 아비 유언을 좇는 것은 자식의 도리인데 뉘라서 이를 말리겠느냐. 그러나 요동은 길이 험하고 네가 아직 나이가 어리므로 혼자 말을 타고 가기가 어려우니 사람을 하나 붙여 데려다 주겠다."

하고는 겸사겸사 데릴사윗감 하나를 물색하여 그로 하여금 안시성까지 데려다 주고 오도록 하였다. 선도가 의붓아비 될 자를 따라 여러 날에 걸쳐 북향하여 을지문덕이 있는 막사에 당도하자 문덕은 선도를 품에 답삭 안아 볼을 비비며 좋아하다가,

"너를 마땅히 양자로 삼으리라."

하고서 단선도의 이름을 고쳐 을지 성씨를 붙이고 명자(名字)도 새로이 유자(留子)라고 지었다. 이는 말할 것도 없이 귀유의 아들이라는 뜻이었다.

한편 귀유를 제거하고 다시금 고구려 조정을 장악한 남진파는 백제 송산성과 석두성을 공격한 데 이어 이듬해인 무진년(608년) 2월에는 신라를 습격하여 남녀 8천여 명을 사로잡았고, 4월에는 우명산성(牛鳴山城)을 쳐서 함락시켰다. 이들은 동돌궐과 동맹하는 일 따위는 안중에도 없었으며, 양광이 침략을 해올지도 모른다는 걱정은 공연한 기우로만 여겼다. 양광의 야욕을 과소하게 여겨 수나라를 정성껏 섬기는 척만 한다면 북방에 변란은 없으리라 장담하였고, 그보다는 수나라가 남북조를 아울러 강성해졌듯이 신라와 백제를 아우르는 일이 무엇보다 시급하다는 생각을 하고 있었다. 그리하여 북방을 지키던 군대를 시나브로 빼돌려 오로지 병력을 남으로만 집중시켰다.

동돌궐 족장 계민은 오랫동안 예원 공주가 오기를 기다렸으나 소식이 없자 사신을 보내 공주의 일을 물었다. 이에 건무는 왕에게 말하여 공주의 몸종을 공주라고 속여 계민에게 보내고 정작 예원 공주는 자신을 따르던 동부 욕살 고명화와 혼인을 시켰다. 이로 하여 건무의 위세는 더욱 높아졌고, 조정 백관들은 모두 그에게 복종해 감히 거역하거나 반대하는 자를 찾아볼 수 없었다.

하지만 당시 고구려 남진파의 이 같은 상황 인식은 대세를 제대로 읽지 못한 그릇된 것이었다. 고구려 군대의 잇단 습격을 받고 성과 백성들을 잃은 백제와 신라는 스스로 군사를 내기보다는 수나라 양광을 자극하고 충동하는 책략을 썼다. 양국은 해마다 수나라에 조공

사절을 보내온 터라 나름대로 수의 사정을 꿰뚫고 있었으며, 더구나 양광의 뜻이 옛날부터 고구려 정벌에 있었음을 최대한 활용하고자 하였다. 이들은 한 해에도 몇 차례씩 조공을 바치고 사신을 보내 양광의 비위를 맞춘 다음에 고구려의 포악함을 다스릴 이는 천하에 오직 수나라가 있고 양제가 있을 뿐이라며 갖은 말과 글로써 양광을 추켜세웠다. 백제와 신라의 이 같은 전략은 대운하를 완공하고 주변국을 정복하여 우쭐함이 극에 달했던 양광의 마음을 들쑤셔놓기에 충분하였다. 게다가 이때쯤 수나라 조정에서도 백성들의 드높은 원성을 어떻게든 다른 곳으로 돌려놓을 필요가 있었다. 운하를 완공하느라 지나치게 무리한 노역을 동원했기 때문이다. 양광은 백제 사신으로 온 좌평 왕효린이 장왕의 뜻을 전하자,

"고구려를 정벌하는 것은 짐의 오랜 숙원으로 그대 나라가 청하지 않아도 곧 행할 일이다. 다만 요하의 지세가 험난하고 기후 변덕이 심하여 적당한 때를 기다리고 있을 뿐이니 그대는 돌아가서 임금에게 말해 고구려의 동정을 유심히 살피도록 하라."

하며 자신의 속내를 털어놓기도 했다. 장왕은 이 말을 듣자 몸이 후끈 달아 계속해서 사신을 파견하여 양광을 부추겼다. 신라 고승 원광이 지은 명문의 걸사표가 도착한 것도 바로 그럴 무렵이었다.

살생을 금하는 승려의 처지로 남의 나라 왕에게 걸사표를 지어 바친다는 것은 언뜻 수상한 일이지만 원광은 백정왕이 이를 부탁하자,

"자신이 살려고 남을 멸하는 것이 비록 사문의 도리와 행실은 아니오나 빈도가 대왕의 땅에 살고 대왕의 수초를 먹으면서 어찌 대왕의 명령을 좇지 않겠습니까."

하고는 흔쾌히 붓을 들어 주옥같은 명문장을 단숨에 써내려갔다. 원

광이 쓴 걸사표의 위력은 실로 대단했다. 신라 사신에게서 원광의 걸사표를 받아 읽던 양광은 안색이 서서히 달아오르더니 읽기를 마치자 돌연 자리를 박차고 일어나며,

"이 글을 읽고 어찌 군사를 내지 않으랴!"

하고 고함을 질렀다.

어쨌거나 이런 여러 가지 이유들이 겹쳐 양광은 마침내 고구려 정벌을 결심하고 대군을 소집하니 이때가 신미년(611년) 2월 초봄, 그가 부형을 살해하고 제위에 등극한 지 햇수로 8년 만의 일이었다.

이 소식은 즉시 백제 장왕의 귀에 들어갔다. 장왕은 내심 쾌재를 부르며 국지모(國智牟)란 자를 양광에게 보내 수군(隋軍)의 행군 일정을 묻고 함께 군사를 내어 싸울 뜻이 있음을 내비쳤다. 양광은 장왕의 제안을 비웃으며,

"고구려 따위를 치는 데 누구의 도움이 필요하단 말인가!"

하고 으스댔다. 그때 상서기랑 석률(席律)이 말하기를,

"하오나 백제왕이 성의를 표해왔으므로 굳이 무안을 줄 까닭은 없지 않습니까. 국지모에게 상을 내리고 사신을 딸려 보내 함께 의논이라도 하는 체해두는 편이 여러모로 좋을 듯합니다."

하므로 양광은 그 말을 옳다고 여겨 국지모에게 상을 내리고 석률을 백제로 보내 장왕과 더불어 고구려 정벌을 의논하는 흉내를 내었다.

거병을 결심한 양광은 그해 4월, 신하와 장수들을 거느리고 수도 대흥을 출발해 고구려에서 가까운 탁군(북경)의 임삭궁(臨朔宮)에 이르렀고, 이때부터 수나라 전역에서 소집령을 받은 장정들이 일제히 탁군으로 구름처럼 모여들기 시작했다.

가잠성은 함락되고

도탄에 빠진 힘없는 백성을 거두지

않는 나라가 무슨 나라일 것이며,

제 나라 백성을 구원하지 않는 장수가

무슨 장수인가! 나는 나라에서 맡긴

성을 지키지도 못하고 적에게

패하게 되었지만 아무도 와서

도와주지 않으니 살아날 방법이 없다.

원컨대 죽어서도 무서운 귀신이 되어

백제인들을 모조리 잡아먹고

반드시 이 성을 회복하리라!

한편 부여장은 양광이 탁군에 나와 군사를 소집한다는 소식을 듣자 문무 백관들을 불러모으고 대책을 의논했다. 장왕은 양광이 비록 고구려 정벌을 작심했다지만 혹시 허세만 부릴 뿐 실제로는 군사를 내지 않을지도 모른다고 의심했다.

"양제는 보위에 오르기 전부터 요동 정벌을 주장해온 사람이나 선왕 문제가 30만 대병으로 고구려 정벌에 실패한 것을 내심 두려워하고 있음이 분명하다. 그렇지 않고서야 8년이 지나도록 군사를 내지 않을 까닭이 있는가. 어쩌면 이번에도 탁군에서 괜히 엄포만 놓다가 고구려가 사신을 보내 번례(蕃禮)를 약속하면 도로 대흥으로 돌아갈 공산이 크다."

왕이 의심하자 제일 먼저 입을 연 사람은 사신으로 수나라를 다녀왔던 은솔 국지모였다.

"양제가 등극한 지 8년이 지나도록 요동으로 군사를 내지 않은 것은 사실이오나 이번에 탁군으로 행차한 것은 공갈이나 엄포가 아닌 듯합니다. 이는 신이 수나라 조정의 여러 대신들을 만나보고 확인한 사실이옵고, 또한 상서기랑 석률이 다녀간 것만 봐도 능히 알 수 있는 일이 아니옵니까."

국지모의 말에 역시 수나라를 다녀온 좌평 왕효린이 덧붙였다.

"신이 보기에도 국지모의 말이 맞습니다. 지금 수나라에는 우문개, 우문술 형제와 내호아, 우중문, 위문승, 설세웅, 신세웅, 조효재, 최홍승 등 일일이 다 열거하지 못할 장수들이 있는데, 이들이 하나같이 백만 군사를 이끌기에 손색이 없는 뛰어난 명장들입니다. 그 가운데 한두 사람만 보내도 고구려 따위는 하루아침에 토벌할 수 있을 것인데 무엇을 더 망설이겠습니까? 신이 대흥에 갔을 때도 비단 양제뿐 아니라 앞서 말한 장수들이 이구동성 고구려 토벌을 주장하였으니 틀림없이 이번에는 군사를 내고야 말 것입니다."

왕효린의 말이 끝나자 한솔 연문진도 자신이 보고 온 수나라 사정을 전하는데, 앞의 두 사람과 크게 다르지 않았다. 장왕은 수나라를 둘러본 신하들의 말이 약속이나 한 듯 일치하자 더 이상 이를 의심하지는 않았다.

"그렇다면 한 가지 걱정은 던 셈이나 그 대신에 다른 걱정이 생겼구나."

왕은 수나라가 군사를 낼 때 가만히 두고 볼 수 없음을 말했다.

"막상 수의 대병이 움직인다면 그간 기회 있을 때마다 향도를 자청한 우리가 어찌 팔짱을 끼고 구경만 하겠는가. 마땅히 원군을 내어 돕는 척이라도 해야 체면을 세울 게 아닌가."

왕은 잠시 사이를 두었다가 무거운 표정으로 말을 이었다.

"북방의 고구려가 본조에는 오랫동안 근심이자 우환인 것은 사실이요. 그런 까닭에 어떻게든 수나라를 부추겨 고구려를 치도록 힘을 쏟아왔지만 정작 우리가 바라고 노린 것은 양국의 싸움이지 우리 군사가 그 싸움에 끼어들 이유는 없지 않은가. 수나라가 이긴들 우리에게 과연 무슨 득이 있겠는가. 하다못해 요서의 대방 고토라도 되찾을 수 있다면 원군을 보내 내 일처럼 싸우겠지만 지금 군사를 낸다면 귀중한 목숨과 물자만 축낼 뿐이다. 더 깊이 생각하면 양제의 야심은 천하를 아울러 수나라 땅으로 삼으려는 데 있다. 지금은 고구려가 있어 그나마 우리와 화친하여 지내는 것이지만 만일 고구려마저 병탄한다면 그 다음에는 우리와 신라로 군사를 내지 않는다고 누가 장담할 것인가. 이를테면 고구려는 있어도 걱정이요 없어도 걱정인 묘한 존재다."

장왕의 날카로운 지적에 백관들은 모두 입을 다물었다.

"그러나 이런 것은 모두 훗날 걱정할 일이요. 지금 경들이 시급히 머리를 짜낼 일은 우리가 어찌하면 아무 이득 없는 양국 싸움에서 발을 빼내느냐는 것이다. 어떻게 해결하는 것이 옳겠는가?"

왕이 좌중을 둘러보니 다들 고개를 숙인 채 말이 없었으나 오직 내신좌평 개보만이 빙그레 웃음을 머금고 있다가 왕과 눈이 마주치자,

"신이 아뢰겠나이다."

하며 입을 열었다.

"과연 대왕께서 지적하신 말씀은 어느 한 군데도 그른 것이 없사옵니다. 군사를 내지 않으려니 양제의 원망을 살 것은 불을 보듯 뻔한 일이요, 군사를 내자니 세상에 이보다 어리석은 일은 다시없을 것

입니다. 이와 같을 때 쓸 수 있는 방법은 단 한 가지뿐이올습니다."

"그것이 무언가?"

장왕이 묻자 개보가 주저하지 않고 대답했다.

"수군이 움직일 때보다 한발 앞서 우리가 먼저 신라와 싸움을 벌이는 것입니다. 지금 신라는 고구려에 우명산성을 잃고 나라의 모든 관심을 북방으로만 쏟고 있으므로 남쪽과 서쪽은 자연히 방비가 허술할 수밖에 없습니다. 이때 신라의 요긴한 성들을 쳐서 뺏는다면 일이 한결 수월할 것이요, 또한 이 사실이 수나라에 알려지면 훗날 원군을 내지 않았다 하여 양제의 원심을 사는 일도 막을 수 있을 것이니 가히 일거양득이 아니겠습니까."

개보의 말에 장왕은 고개를 끄덕이며 흐뭇한 표정을 지었다.

"과연 개보가 옳게 보았다. 과인의 생각 또한 개보의 말과 한 치도 다르지 않으니 어찌 그 말대로 하지 않겠는가."

장왕은 개보의 계책을 칭찬한 뒤에,

"신라의 어느 성을 치는 것이 가장 유익하겠는가?"

하고 물었다. 이번에는 부남에서 온 부여청이 말했다.

"신이 내지에 온 후로 국경을 여러 차례 돌아보았거니와 금산의 관문인 가잠성(椵岑城 : 대둔산 동편)을 친다면 금산 전체를 수중에 넣기란 길에 떨어진 알밤을 줍기보다 더 손쉬운 노릇입니다. 금산은 도성과 인접하여 늘 우리에게 위협일 뿐만 아니라 신라에서 보면 별로 쓸모없는 곳으로 그 방비가 국원처럼 삼엄하지도 않습니다. 게다가 주변이 험한 산으로 둘러싸여 금성에서 원군을 내기도 수월하지 않을 것이니 이참에 가잠성을 쳐서 금산을 수중에 넣는 것이 어떻겠나이까."

"청이 어느새 내지의 지세를 손금 보듯이 두루 꿰뚫고 있었구나!"

장왕은 흡족함을 감추지 못했다. 곧 부여청의 말을 가납하여 출사를 선언하고 장수들에게 군령을 내렸다.

"가잠성은 험곡으로 둘러싸인 요새다. 부여청은 흑치사차와 함께 군사 1천을 내어 서문으로 진격하고 성문 앞에 이르거든 진지를 구축하여 때를 기다리라. 길지와 문진은 마군 5백을 거느리고 관산성 쪽으로 돌아 가잠성 북문을 공략하되 낮에는 싸우기를 피하고 밤에는 군데군데 구덩이를 만들라. 구덩이 깊이는 사람과 말이 모두 빠질 수 있도록 하고 그 위를 나무와 흙으로 덮어 모르는 사람이 보면 분간하지 못하도록 하라. 백기와 굴안은 기병 3천을 거느리고 운장산 남면의 물거현(勿居縣)으로 가서 땅을 파고 매복하였다가 신라에서 원군이 당도하거든 이를 쫓아 적천현(赤川縣) 쪽으로 몰아가라. 망지와 사걸은 1천의 군사로 적천현에서 기다렸다가 물거현에서 쫓겨오는 적군을 섬멸하고 봉화를 올려라. 부여청과 흑치사차는 뒤편에서 봉화가 오르거든 불화살을 쏘아 성 안을 혼란에 빠뜨리고 도망하는 자들은 길지와 문진이 기다리는 북문으로 내몰아라. 급할 것이 하나도 없다. 수나라는 내년 정월에야 군사를 움직일 것이니 되도록 시일을 끌었다가 해를 넘겨 가잠성을 수중에 넣도록 하라."

명을 받은 장수들이 힘껏 대답하고 물러나려 할 때 돌연 한 장수가 큰 소리로 외쳤다.

"대왕께 아룁니다! 어찌하여 신에게는 군사를 내어주지 않습니까!"

모든 사람이 소리나는 곳을 쳐다보니 그는 백제 최고 장수인 병관좌평 해수였다. 해수는 불쾌한 기색을 감추지 못한 채 고리눈을 하고 왕을 올려다보았다. 장왕이 웃으며 말했다.

"내 어찌 해수에게 군사를 주지 않겠는가. 다만 경은 성격이 너무 급하므로 단숨에 가잠성을 함락시켜 너무 쉽게 싸움을 끝내지 않을까 그것이 걱정스러울 뿐이다. 그리 되면 두 마리 새를 다 잡기가 어려우니 경은 이번만큼은 나와 함께 도성에서 편히 쉬면서 한가한 때를 보아 사냥이나 나갔으면 좋겠구나."

왕의 말에 해수가 울컥했다.

"거두절미하고 청하옵니다! 차라리 신에게서 벼슬과 관작을 빼앗고 전죄를 거론하여 죽여주십시오!"

그렇게 말하는 해수의 안색은 이미 벌겋게 달아올라 잘 익은 대춧빛과 같았다. 장왕은 잠자코 해수를 물끄러미 내려다보았다.

"그렇다면 과연 시일을 끌어 금년을 넘길 수 있겠는가?"

"물론입니다! 만약 이를 어기면 군령에 따라 신의 목을 바치겠습니다!"

해수의 음성은 궁전을 쩌렁쩌렁 울렸다. 왕은 그제야 빙긋 웃음을 지었다.

"좋다! 해수는 보기병 1만을 거느리고 가잠성 북방에 가서 징을 치고 북을 울리며 기다렸다가 관산성 쪽에서 원군이 당도하거든 길을 끊고 물리친 뒤에 금산으로 진격하라. 금산으로 통하는 길은 세 갈래이므로 신라 원군도 반드시 세 갈래로 나올 것이다. 해수는 금산에서 적천현의 봉화가 오르기를 기다려 가잠성으로 진격하고 나머지 잔병들을 모두 소탕하여 다른 군사들이 임무를 수행할 수 있도록 힘껏 도우라. 가잠성을 뺏고 금산을 얻는 일이 해수의 손에 달렸다."

그러자 해수도 비로소 표정이 환히 밝아졌다. 그는 편전에 부복하여 우렁찬 목소리로 대답했다.

"대왕마마께서는 아무 근심도 하지 마옵소서. 신이 신명을 바쳐 반드시 성과 금산을 얻어오겠나이다."

백제 장수들이 사비성 동남편의 가잠성으로 진격하자 가잠성 성주 찬덕(讚德)은 크게 당황했다. 찬덕은 신라 모량부 사람으로 용춘의 낭도 출신이었는데, 심지가 굳고 성품이 용맹스러우며 한번 사귄 사람한테는 정성을 다하는 절개와 의리가 있었다. 용춘의 천거로 벼슬 길에 나갔던 그는 정사년(597년)에 용춘이 백반 무리의 모함으로 물러날 때 귀산, 파랑 등과 더불어 지방 현령으로 나가게 되었다. 이때 귀산과 파랑은 왕명에 불복하여 스스로 벼슬을 버렸고, 찬덕도 한동안 고민하다가 용춘을 찾아가서 사직할 뜻을 밝혔다. 그런데 용춘이,

"그렇다고 해서 공과 같은 인재들이 모두 조정을 떠나면 나라 꼴이 어찌 되겠소. 사사로운 의리와 절개도 가벼운 것은 아니지만 무릇 더 중한 것이 나랏일이 아니오. 내가 이미 공의 마음을 알고, 공이 내 마음을 알면 그뿐이지 굳이 사직을 할 까닭이 없소. 그러잖아도 귀산과 파랑이 물러났다는 소식을 듣고 마음이 편치 않다오. 내 진심을 알아주는 이가 어찌 이토록 없단 말씀이오!"

하며 탄식하는 말을 듣고는 통연히 마음을 고쳐 왕명을 따랐다. 이후 찬덕은 여러 곳의 현령을 지내며 선정을 펴고 고을을 잘 다스려서 이르는 곳마다 백성들의 칭송이 자자하였는데, 그가 거타주 속현인 가잠성 성주로 부임한 것은 백제 침략을 받기 1년 전인 진평왕 건복 27년(610년) 경오의 일이었다.

위기에 빠진 찬덕은 성문을 걸어 잠그고 군사들에게 활과 돌을 준

비시켜 대적하는 한편 성루에 봉화를 올려 팔방으로 위급함을 알렸다. 봉화를 통해 사태를 알아차린 조정에서는 급히 중신들을 불러모아 대책을 의논하였지만 대부분 군사들이 북방으로 나가 있어 원병을 보내기가 수월하지 않았다. 국력을 총동원하여 고구려의 침략에 대비하고 있던 신라로서는 생각지도 않았던 백제에게 불시의 일격을 당한 셈이었다.

"나라의 모든 장수와 군대가 한수 이북에 포진하고 있으므로 가잠성을 구원하기가 쉽지 않습니다. 북방의 군사를 빼낸다면 이를 눈치챈 고구려가 반드시 공격해올 것은 불을 보듯 뻔합니다."

상대등 수을부가 죽은 후로 거진 10여 년째 정사를 마음대로 주무르고 있던 진정왕 백반이 말하였다. 왕이 탐탁잖은 듯이 잔뜩 미간을 찌푸린 채로,

"용춘이 입궐하여 누차 백제 침략에 대비해야 한다고 말했을 때 그대와 남승은 무엇이라 하였던가? 백제는 고구려에 대해 우리보다 더한 원심을 가졌으므로 우리를 공격하는 일은 당분간 없을 거라고 용춘의 우려를 한껏 조롱하지 않았던가?"
하며 따지듯이 물었다.

천명 공주와의 사이에 아들 춘추(春秋)를 낳고부터 용춘에게 내려졌던 금족령은 풀렸고 왕의 신임도 조금씩 늘어갔다. 아들이 없던 백정왕에게 첫 외손인 춘추는 눈에 넣어도 아프지 않을 귀하고 사랑스러운 존재였다. 장녀 덕만은 출가한 몸이요, 셋째 선화는 백제 왕비가 되었으니 왕에게는 오직 천명과 춘추가 있을 뿐이었다. 왕은 임술년(602년)에 춘추가 태어나자마자 강보에 싸인 갓난아이를 천명과 함께 대궐로 불러 조석으로 면대하고 좋아라 하였으며, 아이가 아장아

장 걸고 입에 말을 담기 시작하자 밤낮없이 대궐에서 끼고 살았다. 심지어 편전에서 정사를 돌볼 때도 무릎에 올려놓고 볼 정도였다. 게다가 용춘을 싫어했던 마야왕비조차 춘추가 생기면서 태도가 달라져 딸 내외를 자주 궁으로 청하여 함께 시간을 보내는 때가 많았다. 왕과 왕비가 자식을 귀애하는 정은 춘추가 자라면서 더욱 깊어졌다. 째보에 애꾸라도 밉지 아니할 판국에 춘추는 나이 예닐곱에 벌써 모르는 글이 없고 거동이 어른처럼 의젓하니 용춘을 지극히 못마땅해했던 노대비 만호태후조차도 춘추만 보면 품에 안고 얼러대기를,

"욘석은 순전히 외탁을 하였구나."

기실은 상피(相避)의 소생이라 외탁, 친탁의 구분이 모호한데도 우정 그렇게 주장하며 귀여워하였다.

비록 자식 덕분에 부쩍 자주 대궐을 들락거리게 된 용춘이었지만 그는 평소 정사에 대해서는 일언반구도 없이 지냈다. 그러나 고구려에게 우명산성을 뺏긴 후 백제에 대한 방비를 소홀히 하자 왕에게 이를 시정해야 한다고 지나치는 소리로 몇 번 간하였고, 왕은 그때마다 백반과 남승에게 용춘이 우려하는 바를 전하였는데 두 사람은 약속이나 한 듯이 콧방귀만 뀌었다. 심지어 백반은 전날 백제가 화친을 제안했던 일을 말하며,

"삶은 닭이 울면 울었지 고구려 침략을 막기에도 급급한 백제가 우리나라를 칠 까닭이 없습니다. 도리어 부여장은 전날처럼 선화를 내세워 화친을 제안해올 것이니 두고 보십시오."

입찬소리를 하면서,

"용춘이 물외한인(物外閑人)으로 오래 지내다 보니 아마도 바보가 된 듯합니다. 대적(大敵)을 앞에 두고 이웃을 친다는 용춘의 걱정은

병법의 기본조차 알지 못하는 공연한 기우이오니 대왕께서는 조금도 염려하지 마십시오."

하며 용춘을 조롱하기까지 했다. 이런 뒤끝에 백제의 공격을 받았으니 아무리 백반이라지만 대답할 말이 궁했다.

"대체 알지 못할 무리가 백제요, 부여장입니다."

백반은 고개를 갸우뚱거리며 괴로운 표정을 지었다.

"그렇다고 가잠성을 포기할 것인가?"

"그까짓 쓸모없는 성곽 하나쯤이야 선화에게 주어도 그만입니다. 차라리 그보다는 수나라 양제가 군사를 낼 때 틈을 보아 고구려를 치는 편이 한결 상책이올시다."

"고구려를 친다고 반드시 이긴다는 보장이라도 있는가! 기둥을 치면 들보가 울고 마룻대가 부러지면 서까래가 무너지는 법이다! 고구려에 우명산성을 잃고 이제 다시금 백제에 가잠성을 잃는다면 뉘라서 우리 신라를 얕보지 않겠는가! 그야말로 천하의 우스갯감이 될 뿐이다!"

백정왕은 옥음을 높였다. 왕이 진노하자 백반은 당황하여 잠시 말문을 닫았다가 한참 만에 궁여지책을 내었다.

"결국은 주변성에 말하여 향군으로 돕는 수밖에 달리 계책이 없을 듯합니다. 당장 군령을 내려 상주와 하주, 북한산주의 군사로써 가잠성을 구원토록 하겠나이다."

어전을 물러나온 백반은 즉시 3주의 군주들로 하여금 원군을 이끌고 가잠성을 돕도록 하였다.

이때 조정 명령을 받은 3주 군주들은 하나같이 모두 시원찮은 자들이었다. 상주(上州 또는 沙伐州) 군주 용석과 하주(下州 : 창녕) 군주

덕치는 병부령 남승의 사람들로 이재에 밝고 성품이 비굴하였다. 용석은 10여 년째 남승과 백반의 집으로 명절마다 토산품을 진상하였지만 벼슬이 기껏 급벌찬에 머문 것을 늘 불평하였는데 가잠성을 도우라고 하자 영내 향졸 5백여 기를 징발하여 관산성으로 갔다가 멀리서 요란하게 울리는 북소리, 징 소리를 듣자 혼비백산하여 싸우지도 않고 그대로 돌아갔다. 하주 군주로 있던 덕치는 처음부터 길이 먼 것을 두고 불만이 심했다.

"가잠성 따위를 구원하는 데 어찌하여 하주 향군까지 동원한단 말인가!"

그는 명령을 받고도 이틀간이나 움직이지 않다가 마지못해 1천여 기를 징발하여 험곡을 몇 개씩이나 넘어 운장산 남면 접경에 이르렀다. 이때 잠잠하던 계곡 틈새에서 백기와 굴안의 3천 군사가 쏟아져 나오며 칼과 창을 마구 휘두르니 제대로 대적하지도 못하고 적천현 쪽으로 달아나 군막을 쳤는데, 미처 정신을 차리기도 전에 이번에는 망지와 사걸의 1천 기병이 나타나자 뒤도 돌아보지 않고 줄행랑을 놓았다. 하주의 1천 향군 가운데 투항한 자가 반수를 넘었고, 죽은 자가 3백이라, 덕치는 군사를 낸 지 달포 만에 겨우 1백 기 남짓을 이끌고 돌아왔을 뿐이었다.

이들에 비해 북한산주(北漢山州 : 경기도 광주) 군주 월종의 3천 군사는 금산에서 해수의 1만 기병을 맞아 제법 치열한 교전을 벌였다. 각간 임종의 아우 월종은 그 형과 백반의 천거로 옛날 신주였던 북한산주 군주가 되었다. 그는 주의 여러 군에서 날쌘 병사들을 차출하여 금산 동녘 들판에 진지를 구축하고 달 반이나 밀고 당기는 접전을 벌였다. 그러나 적군 숫자가 어림잡기에도 두세 배는 족하고 또 싸우는 것도 힘을 다하지 않는 듯하자 월종은 날이 갈수록 의구심이 일었다. 하루는 2천 군사를 내어 위험을 무릅쓰고 적군을 쫓도록 하였더니 갑절에 달하는 적군이 미처 싸우지도 않고 말 머리를 돌려 달아났다. 월종은 급히 징을 울려 군사를 부르고 말했다.

"전날 병부령 남승이 모산성에서 어려움에 빠진 것도 해수가 거짓으로 도망하는 간계에 걸려든 탓이라고 들었다. 이제 또다시 그의 군대가 싸우지도 않고 달아나니 이는 필시 뒤로 흉계를 감추고 있음이 분명하다."

그런데 적천현 방향에서 봉화가 오르고 가잠성에서도 연기가 오르는 것을 보자 월종은 더욱 두려움을 느꼈다.

"아무래도 가잠성은 함락된 듯하구나. 더한 봉변을 당하기 전에 군사를 물리는 것이 좋겠다."

그는 혼자 결론을 내린 뒤 쳐놓았던 군막을 걷고 돌아가버렸다. 3주 원군이 모두 돌아가자 가잠성 성주 찬덕은 분통을 터뜨렸다.

"3주 군사들은 적이 강한 것을 보고 진격조차 아니하고 성의 위급함을 보고도 구원하지 않으니 이는 의리가 아니다! 의리를 저버리는 자들과 같이 사느니 차라리 의롭게 죽는 편이 낫겠다! 모두 죽기를 각오하고 성을 사수하라!"

그는 지친 군사들을 격려하며 성문을 굳게 걸어 잠그고 버텼다. 그러나 날이 흐를수록 적군에 포위된 성 안의 사정은 어려워졌다. 양곡이 떨어지고 먹을 물도 마르자 사람들은 죽은 동료의 시체를 뜯어 먹고 오줌을 받아 마시며 연명하였다.

이렇게 해를 넘겨 임신년(612년) 정월이 되었다. 가잠성 군사들은 모두 지치고 기력이 다해 싸울 형편이 되지 못했다. 게다가 적군들은 사방에서 불화살을 쏘아대며 성을 파괴하여 마침내 형세를 회복하지 못하게 되자 찬덕은 마지막 방법으로 그나마 방비가 허술한 성의 북문으로 군사를 내어 길을 얻고자 했다. 하지만 북문 부근은 길지와 문진의 5백 군사가 구덩이를 파놓고 기다린 지 오래였다. 앞서 나갔던 선발대 2백여 명이 모조리 구덩이에 빠져 죽거나 생포되자 찬덕은 하늘을 우러러 크게 울부짖었다.

"도탄에 빠진 힘없는 백성을 거두지 않는 나라가 무슨 나라일 것이며, 제 나라 백성을 구원하지 않는 장수가 무슨 장수인가! 나는 나라에서 맡긴 성을 지키지도 못하고 적에게 패하게 되었지만 아무도 와서 도와주지 않으니 살아날 방법이 없다. 원컨대 죽어서도 무서운 귀신이 되어 백제인들을 모조리 잡아먹고 반드시 이 성을 회복하리라!"

조정에서 가잠성 구원을 방관한 뒤로 찬덕의 울분은 극에 달해 있었다. 그는 말을 마치자 팔을 걷어붙이고 눈을 부릅뜬 채 달려가서 머리로 괴목을 들이받고 그대로 죽었다. 찬덕이 죽자 성은 대번에 함락되었고, 나머지 잔병들은 모두 백제군에게 투항해버리고 말았다.

용화향도 (龍華香徒)

본래 화랑도는 나라에서 인재를 구할
방편으로 청년들을 모아 군유케 하고
그 행(行)과 의(義)를 관찰하였다가
조정에 천거하는 제도였다. 진골 이상의
귀족 자제 가운데 풍모가 청수하고
지기가 방정한 자를 우두머리로
삼아 얼굴에 분을 바르고 곱게 단장시켜
화랑이라 불렀으며, 화랑 한 사람에
교사하는 승려를 두었고, 그 아래로
부제와 낭두를 위시해
일반 평도 수백을 따르게 했다.

찬덕의 아들 해론(奚論)은 이때 나이가 열아홉으로, 마침 화랑 무리를 따라 수련을 떠나서 가잠성에 없었다. 이 무렵 신라에는 화랑도가 번성하여 그 무리가 대소 2백을 웃돌았다. 본래 화랑도는 나라에서 인재를 구할 방편으로 청년들을 모아 군유(群遊)케 하고 그 행(行)과 의(義)를 관찰하였다가 조정에 천거하는 제도였다. 진골 이상의 귀족 자제 가운데 풍모가 청수(淸秀)하고 지기가 방정(方正)한 자를 우두머리로 삼아 얼굴에 분을 바르고 곱게 단장시켜 화랑(花郎·풍월주)이라 불렀으며, 화랑 한 사람에 교사(敎師)하는 승려를 두었고, 그 아래로 부제(副弟)와 낭두(郎頭)를 위시해 일반 평도(平徒) 수백을 따르게 했다. 이들은 '충(忠)·효(孝)·신(信)·용(勇)·인(仁)'의 다섯 가지 덕목을 좇아 도덕과 인격 수양에 매진하면서 틈틈이 무술을 연마하고 경전을 배워 훗날 나라의 동량이 될 교양을 쌓았고, 평시에는 산천을 유람하며 풍류와 가악을 즐기되 전시에는 창칼이 난무하는 전장(戰場)을 택하여 수련의 장소로 삼기도 했다. 화랑도는 그 우두머리의 기질과 성향에 따라 무리의 성격이 조금씩 달랐으나 들어와서 부모에 효도하고 나가서 나라에 충성함은 노(魯)나라 사구(司寇：공자)의 가르침이요, 자연 그대로의 사리에 대처하고 말없이 가르침을 실행하는 것은 주(周)나라 주사(柱史：노자)의 뜻이며, 악한 일을 금하고 오로지 선행만을 좇는 것은 축건 태자(釋迦)의 교화인데, 유교, 도교, 불교의 3교가 가르치는 이 모두를 풍류(風流)라 칭하여 구분을 두지 않고 따르는 것은 어느 화랑 무리나 한결같았다.

화랑이 되려면 반드시 진골 이상의 귀족 자제여야 했지만 낭도로 입도하는 일은 천민을 제외한 범골 이상의 사람이면 누구라도 가능했다. 마음에 드는 화랑을 찾아가 그 기풍을 따르기로 서약하고 허락을 얻어내면 곧 풍류황권(風流黃卷：화랑도의 명부)에 이름을 올릴 수 있었다. 이들의 수련 기간은 대개 3년 정도였지만 딱히 기한이 명시된 것은 아니었고, 또 그 화랑이 살아 있는 한 기수(期數)와 차수(次數)를 달리하여 꾸준히 낭도들이 배출되었으므로 훌륭한 화랑은 늙어서까지 문하를 찾아오는 낭도들을 거느렸다. 진흥대왕 이후 나라의 어진 재상과 충성스러운 신하는 거의 다 화랑 출신이었고, 뛰어난 장수와 용감한 병졸도 낭도 중에서 생겨났다. 이러니 화랑도가 날이 갈수록 번성하지 않을 수 없었다.

한 사람의 뛰어난 화랑이 나서 그 문벌이 높아지고 나라에 대공을 세워 이름이 빛나면 문하 낭도들의 긍지와 자부심도 덩달아 고조되었고, 비록 수련이 끝나서 고향에 돌아와 농사를 짓고 살지언정 아무개 화랑의 낭도였다는 사실은 두고두고 일생의 자랑거리였다. 개중에는 출세한 화랑 덕으로 관직을 얻고 벼슬길에 나서는 예도 적지 아니하고, 더러는 용춘향도(龍春香徒)와 같이 그 우두머리의 부침에 따라 관운에 파란을 겪는 수도 있어서 한번 맺어진 화랑과 낭도는 운명까지 함께하는 경우가 많았다. 게다가 같은 무리에 속했던 낭도들 간에 우정과 유대도 일생을 두고 이어져서 나중에는 서로 죽음도 마다하지 않는 사우(死友) 관계로 발전하는 경우도 있었는데, 그 대표적인 예가 만인의 입에 화랑의 상징처럼 회자되던 사다함이었다.

진흥왕조에 열여섯 나이로 가야 제국을 토평하여 후대에 길이 남을 대공을 세운 화랑 사다함은 이듬해 자신의 낭도 가운데 무관(武官)이라는 벗이 병으로 죽자 식음을 폐하고 슬피 통곡하다가 급기야는 이레 만에 벗의 뒤를 따라 요절하였다. 이후 사다함은 모든 신라인의 귀감이 되었고, 특히 젊은 청년들에게는 최고 우상이자 전범(典範)이 되어 누구나 사다함과 같이 되는 것을 지고지선의 목표로 삼았다. 확실히 신라 화랑도는 사다함 이후 불 일듯이 일어났다.

나라에 화랑도가 번성하고 저마다 화랑을 자처하는 무리가 늘어나자 조정에서는 이를 권장하는 일변으로 화랑을 관리하는 직책을 따로 만들어 그 직명을 화주(花住)라 하고, 화주의 주관으로 해마다 화랑 가운데 기량이 가장 뛰어난 이를 선발하여 화랑들을 대표하는 최고 화랑으로 삼기도 했다. 나라에서 인정하는 이 최고 화랑은 국선(國仙)이란 이름으로 불렸다. 따라서 국선 화랑이 되는 것은 모든 화랑의 꿈이자 앞날 출세를 보장받는 지름길이었고, 그를 따르는 낭도들에게는 더할 나위 없는 자랑이자 영예였다.

해론은 그 즈음 신라 화랑도 가운데 차차 두각을 나타내던 용화향도(龍華香徒)의 일원이었다. 언제부턴가 유명세를 타기 시작한 용화향도는 그 성원이 모두 합해야 일흔 명 정도에 지나지 않는 소수 무리였다. 통상 수백에 달하는 낭도들이 적지 않은 판국에 고작 일흔여 명에 불과한 그들은 숫자로는 별것이 아니었지만, 산야를 누비며 무예를 겨루거나 용맹을 시험하는 일에서는 어떤 무리에도 뒤지는 법이 없었고, 그 엄격한 규율과 가혹한 수련은 만인의 입에 오르내릴 정도였다.

본래 용화향도는 우두머리인 용화 김유신(金庾信)을 따라 국원 소경 부근의 산자수명한 곳을 찾아다니며 도의를 연마하던 10여 명의 청년들이 그 모태였으며, 시초의 구성원들은 모두 멸망한 금관국과 가야국 후예들이라는 공통점이 있었다. 이는 유신의 아버지 서현(金舒玄)이 오랫동안 만노군 태수를 지낸 일과 무관치 않은 것으로, 어느 해인가 서현에게 일선군(一善郡 : 선산)에 사는 노인 하나가 찾아와서 다 죽게 된 자식 일을 의논한 적이 있었다. 사연인즉 노인의 아들이 모혜현(芼兮縣)의 배씨(裵氏) 성을 가진 부잣집에서 여러 해 품을 팔았는데 배부자가 품삯을 차일피일 미루는 통에 끼니조차 거를 때가 많았을 뿐 아니라, 한겨울 농한기에 나라의 부역을 갔다가 두어 달 만에 돌아왔더니 그새 도둑놈으로 몰려 도리어 옥에 갇히는 신세가 되었노라 하였다.

"나락 열 섬 값을 물지 못하면 자식놈은 고사하고 일문 전체가 노비 신세를 면치 못할 형편이니 이 노릇을 어찌하면 좋습니까."

서현은 노인의 사정이 딱하기는 하지만 일선군의 일을 만노군에 와서 하소연하는 이유가 궁금하여,

"그런데 노인장은 어찌하여 나를 찾아와 그런 의논을 하는가?"
하고 물었더니,

"소인 같은 망국민들이 믿을 데라고는 온 나라를 통틀어 태수 어른밖에 더 있습니까요."

하여 그제야 그가 금관국 사람임을 알았다. 노인이 문득 고개를 돌려 땅이 꺼지게 한숨을 토하며,

"지금이야 지나가는 개도 하찮게 여기는 오그랑바가지 신세가 되었지만 소인네 일문도 전날 금관국이 번성했을 때는 대대로 나라의 녹을 먹었고, 고조 대에는 재상 벼슬까지 지낸 이가 있었습니다."

하고서,

"평생에 망국민으로 겪어온 설움을 어찌 필설로 다 할 수가 있겠습니까. 이놈한테 치이고 저놈한테 눌리고, 2월에 부역을 나갔다가 오면 7월에 또 모군(募軍) 통기가 오고, 그래 관아에 찾아가서 말이라도 할라치면 문 앞에서 벌써 목자부터 부라리며 명줄 붙어 있는 것도 감지덕지인 줄 알라고 호통입지요. 부역을 나가서도 어렵고 힘든 일은 몽땅 우리네 차집니다. 소인에게 아들놈이 셋이고 딸년이 둘인데, 딸년 둘은 옳은 혼처도 못 구해서 모다 늙은이 후살이로 들어갔습니다. 아들놈도 하나는 진작에 장사치로 나서고 둘은 남의 집에 품을 팔아 근근이 살아가는데, 같은 신세를 만나야 짝이라도 이루고 친구라도 삼을까 그렇지 않으면 천 날 만 날 외톨이로 지낼 도리밖에 없습니다요. 이번 이 일만 해도 그렇습지요. 배가놈이 같이 품 팔던 신라 사람들한테는 모다 품삯을 꼬박꼬박 챙겨주면서 유독 소인의 자식놈한테만 사사건건 오금을 걸고 나왔는데, 도둑놈이라고 누명을 덮어씌운 것도 관아의 구실아치들과 한통속이 되어 가야놈이 아니고선 도둑질할 놈이 없다고 잡아 족쳤다니, 전날 신라 왕실에서 망국민도 신라 백성들과 똑같이 보살피겠다고 왕명으로 말한 것은 순전히

말뿐이요, 실은 마소보다 못한 취급을 당하고 있습니다. 소인 주변에
는 금관국뿐 아니라 여섯 가야국 망국민들이 여럿 있습니다만, 그 처
참하고 기구한 형편은 일일이 말로 옮기기가 어렵습니다."

눈물까지 글썽여가며 장황한 넋두리를 늘어놓았다.

"그 지경이오?"

서현이 눈을 휘둥그레 뜨고 묻자 노인은 허탈하게 웃음을 지었다.

"나리처럼 높은 벼슬에 계시는 분은 어떤지 모르지만 저희 같은
범골 이하 천한 것들은 이승이 곧 지옥이올습니다요."

그리고 노인은 이렇게 덧붙였다.

"그래도 가야국 출신 천민들에 비하면야 저희는 또 호시절을 살고
있습지요. 그네들 중에선 오죽하면 자식을 낳아 제 손으로 죽이는 사
람까지 있겠습니까요."

노인의 처참한 말에 서현도 덩달아 눈물을 흘렸다. 망국민들이 더
러 신라 사람들에게 천대와 따돌림을 당한다는 말은 풍설로 들었지
만 아이를 낳아 제 손으로 죽일 만큼 지독한 멸시와 업신여김을 당하
는 줄은 서현도 그제야 알았다. 그러고 보니 금성에서 벼슬을 살 때
조정 대신들이 간혹 자신을 멀리 두고 쑤군거리던 모습이 떠올랐다.
만명이 아이를 뱄을 때 온 나라가 발칵 뒤집혔던 일도 고요히 생각하
니 반드시 골품 때문만은 아니었구나 싶었다. 실제로 자신의 아버지
무력 장군이 전조에 워낙 대공을 세운 사람이라 그 덕으로 벼슬도 얻
고 험한 꼴도 안 당하고 살아왔지만 자신을 제외하면 망국대부의 자
손들치고 변변한 이가 아무도 없었다. 금관국이 망한 지 70여 년, 시
초에는 많은 사람들이 신라에서 새로 품계와 관작을 얻고 벼슬길에
나갔다고 들었으나 이제 와 둘러보면 거개가 지리멸렬하였고, 그나

마 외지에서 현령 자리라도 꿰차고 있는 이는 고작 열 손가락에 꼽을 정도였다. 그때 서현의 뇌리를 강렬하게 스치는 것이 있었다. 바로 무력 장군이 살아 생전에 누군가에게 했던 말이었다.

"내 비록 태어나기로는 일국의 왕자로 태어났으나 나라가 없어졌는데 어찌 왕자가 있겠는가. 다 부질없는 소리요, 나는 그저 주인을 따라 사냥터에 나온 사냥개에 불과하네. 사냥개가 살아남자면 주인의 뜻을 좇아 열심히 뛰고 끊임없이 주인이 좋아할 사냥감을 물어오는 수밖에 더 있는가. 세상에 피비린내 나는 전쟁터를 좋아할 사람은 아무도 없지만 그곳이 아니면 우리 같은 사람들은 살아나지를 못한다네. 주인도 주인이지만 주인 옆에 있는 칼잡이들이 더 무섭지. 그들은 사냥개가 조금이라도 게으름을 피우거나 힘을 아낀다고 생각하면 주인에게 말하여 가차없이 없애버리거든."

노인을 만난 것은 서현에게는 크나큰 충격이었다. 그는 당장 구실아치로 데리고 있던 성보(星譜)를 일선군 군주(軍主)에게 보내어 모혜현의 일을 글로써 알리고 노인의 억울한 사정을 밝혀달라고 간곡히 청하였고, 성보가 발바닥에 불이 나도록 열심히 뛰어다닌 끝에 겨우 일이 타첩되어 옥에 갇혔던 노인 아들이 누명을 벗고 풀려나왔다.

그런데 이 일이 있은 뒤부터 서현을 찾아 만노군으로 모여드는 사람들이 날로 꼬리에 꼬리를 물었다. 찾아오는 이들이 시초에는 대개 금관국의 후손들이었는데, 시일이 흐르면서 다른 가야국 출신들까지 가세하여 서현이 거처하는 태수 관저가 연일 억울하거나 원통한 사연을 가진 망국민들로 북적거렸다. 사람이 많으니 담고 오는 사연도 각양각색이라, 개중에는 과연 망국지한에 걸맞은 딱한 경우도 있었지만 더러 혼처를 구해달라거나 재물을 모으게 해달라는 이도 없지 아니하고, 한사코 딸을 데려와 바치겠다며 어구망측한 고집을 피우는 이도 있었다. 어떤 이들은 가야국을 재건하자고 은밀히 속삭여서 서현을 난처하게 만들기도 했다. 또 전날 나라가 망하던 초입에는 망국의 높은 지위에 있어 신라 조정에서 품계와 벼슬을 얻었지만 그 후로 금성 텃세를 견디지 못해 도태된 망국대부의 후손들 중에서도 간혹 소문을 듣고 찾아오는 자들이 있었다. 이들의 경우엔 반드시 무슨 청을 하자는 것이 아니라 서현과 더불어 술잔을 기울이는 것으로 만족하곤 하였다. 그러나 어떤 경우가 됐건 서현은 이들을 박대하지 않았다. 성보를 시켜 관저 옆에 행랑채를 짓고 찾아오는 사람들을 일일이 면대하여 도울 일이 있으면 돕고, 그렇지 않은 경우에도 따뜻한 말로 마음을 어루만져 돌려보내곤 하였다. 서현이 공무를 보느라 바쁠 때는 주로 성보가 이 일을 대신했다. 성보는 서현의 장인인 숙흘종이 죽고 나서 만명부인을 찾아온 부인의 몸종 살피(薩皮)와 혼인하여 슬하에 소천(昭天)이라는 아들을 두고 있었는데, 그 자신 또한 함안의 아시량국(아라가야) 망국민 출신인지라 마치 제 일처럼 문객들의 사정을 보살폈다.

이런 날이 오래 지속되면서 만노군은 여섯 가야국 후손들의 유일한 의지처로 자리를 잡아갔다. 서현에게 도움을 받은 자들 가운데는 그 뒤가 좋아져서 철마다 방물을 싸들고 찾아오는 이도 생겨났고, 더러는 행랑채에서 만나 저희들끼리 먹고 살 방도를 구하거나 혼담을 넣어 가연을 맺기도 했으며, 아예 살던 곳을 떠나 만노군 근처로 이사를 오는 사람들까지 있었다.

"자네들, 용화 도령을 보았나?"

"아까 만노군 들머리에서 말을 타고 비호처럼 달려가는 것을 보았

네."

"나는 용화 도령을 볼 적마다 하늘에서 무슨 각별한 뜻이 있어 낸 인물인 것만 같네."

"각별한 뜻이라니?"

"혹 누가 아는가? 우리 가야국 망민들이 죽도록 고생하고 있으니 지하의 열성조가 보다 못해 용화 도령과 같은 인물을 보낸 건지도 모르지."

딱히 언제부터라고 말할 수는 없지만 만노군을 찾아오는 망국민들 사이에선 차츰 서현의 장자 용화의 기품을 두고 입질하는 사람들이 늘어났다. 용화가 나이 일곱에 이미 말을 몰았고, 열 살 무렵에는 달리는 말잔등에 뛰어오르기도 곧잘 하지만 달리는 말잔등에서 뛰어내리기도 곧잘 하여 보는 사람들을 놀라게 하였는데, 그 헌칠하고 준걸한 용모가 제 나이보다 5, 6년은 족히 더 노성해 보여 열다섯에 이르자 빈틈없는 청년의 모습을 갖추었다.

"신라 왕실에 저만한 인물이 과연 있던가?"

"왕실이건 저자건 신라에 잘난 인물이 있어야 말이지. 금왕부터가 멋대가리 없이 기골만 장대했지 제왕의 천품을 타고난 인물은 아님세. 국반도 아들이 없기는 금왕과 마찬가지고, 기껏 백반에게 아들이 둘 있지만 생긴 꼬락서니가 왕의 재목은커녕 어디 가서 빌어 처먹지나 않으면 다행이라고들 하더구만."

"저희들이 제아무리 성골이네 씹골이네 해도 따지고 보면 별수가 없으이. 그게 다 무슨 소용인가. 눈으로 보는 순간에 판가름이 나는걸."

망국민들은 용화의 우뚝하고 늠름한 기상을 보면서 자신들의 고달픔에 한 가닥 위안을 삼곤 했다.

"자고로 용이 용을 낳고 봉이 봉을 낳는다지만 용화 도령이야 용과 봉이 만나 낳은 인물이니 그럴 수밖에 더 있나."

"그건 또 무슨 소리인가?"

"금관국과 신라국 두 왕실의 피가 용화 도령에게 이르러 딱 합쳐진 것을 말하네. 이치로 따지자면야 성골의 제일 윗자리에 우리 용화 도령이 있는 셈이지."

"옳거니! 여기 태수 어른도 인물로야 누구한테 빠지는 사람이 아니지만 자제들의 기품이 오히려 윗길이니 그 말도 영 틀린 말은 아닐세!"

"아무튼 망한 가야국 왕실에 저렇듯 걸출한 인물이 났으니 낙담하지 말고 오래 살고들 볼 일일세. 또 누가 아는가? 우리 살아생전에 망국이 다시 서는 좋은 날을 보게 될는지……."

본래 미륵을 뜻하는 용화라는 이름이 가야국 망국민들 사이에 널리 회자되면서 비슷한 처지와 또래의 젊은 청년들이 하나둘씩 용화 주변으로 모여들기 시작한 것은 어쩌면 당연한 일이었다. 용화보다 두 살이 많은 비녕자(조寧子)는 금관국에서 사간 벼슬을 지낸 이의 장손으로 신라에서 5두품에 봉해져 금성에 터를 잡고 살았는데, 그 조부가 죽자 벼슬길이 막히고 가솔들도 뿔뿔이 흩어져 고생이 심하였고, 모지(謀支)와 존대(尊臺), 죽죽(竹竹) 역시 금관국 대신들의 후손이었으며, 합천 대야주(大耶州:대가야) 출신의 석체(昔諦)도 신라에 병탄된 직후에는 그 가계가 5두품에 봉해졌으나 오랫동안 고향에서 땅을 부쳐먹고 살았을 뿐이었다. 또한 성산 사람 부순(芙純)은 용화보다 무려 열 살이 위였고, 호숙(昊宿)과 절숙(絶宿) 형제는 아시량국 왕손들이었다. 이들은 하나같이 기상이 우뚝하고 자질이 걸출한 젊은이들로, 윗대에선 세상의 권세와 영화를 한 몸에 누렸지만 신라에 와서 망국지한을 통감하던 집안의 자손들이었는데, 대개가 토박이 신라 범골보다도 오히려 고단한 나날을 살아오고 있던 터였다. 이것이 바로 용화향도의 시발이었다.

그 후로 소문을 듣고 찾아오는 청년들이 나날이 늘어나 무리의 숫자가 3, 40을 헤아리게 되었을 때 낭도들 사이에선 약간의 이견과 충돌이 생겨났다. 용화향도가 유명하게 되자 새로 낭도가 되려는 자들은 말할 것도 없고, 기왕 다른 무리에 있던 자들까지 용화를 찾아와 입도를 청하게 된 것이다. 그런데 뒤에 찾아온 이들은 대개가 신라 토박이 청년들이었다. 사정이 여기에 이르자 어떤 이는 무리 전체가 어지럽고 잡박해질 것을 우려하여 망국민의 후손이 아니면 단호히 배척할 것을 말하고, 일부는 무리의 번성함을 꾀하여 차별과 구분을 두지 말아야 한다고 주장하였다. 또 입도를 원하는 자들은 가리지 말고 받아들이자는 이가 있는가 하면, 일정한 과정과 엄격한 시험을 거치게 하여 향도가 어중이떠중이 무리로 전락하는 것을 막아야 한다는 의견도 만만치 않았다. 하루는 용화가 서현을 찾아가서,

"아버지께서 생각하시기에는 어떻게 하는 게 좋겠습니까?"
하고 의향을 물었다. 서현이 제법 깊이 생각하다가,

"전날 너희 할아버지 무력 장군께서 내게 말씀하시기를 우리의 근본은 장송거목이지만 당신께서는 한낱 씨앗이요, 나는 한 치 길이의 싹에 불과하다고 하셨다. 그리고 일생토록 두 가지를 명심하라고 당부하셨거니와, 첫째는 혼자 있을 적에 그 근본을 한시도 잊지 말라는 것이요, 둘째는 두 사람만 있어도 그 근본을 생각하지 말라는 것이었다."
하고서,

"내가 싹이라면 너희 형제들은 무성한 잎을 단 싱싱하고 푸른 나무로 자라야 하는데 신라 땅에 살면서 신라 사람을 배척한다면 이는 마치 물가에 사는 나무가 물을 빨아들이지 않겠다는 것과 무엇이 다르겠느냐."

하고 반문하니 용화는 부친의 말뜻을 알아듣고 곧 크게 고개를 끄덕이며 환한 표정을 지었다.

"아버지 말씀이 지당합니다. 소자 또한 그렇게 생각하였으나 혹시 아버지 뜻은 어떤지를 알아보았을 따름입니다."

이튿날 용화는 무리들을 모아놓고 이렇게 말했다.

"지금 신라 토박이들이 망국민을 따돌리고 업신여기는 것은 그들에게 우리를 배척하는 마음이 있기 때문이다. 그런데 우리가 만약 무리를 이끌면서 신라 사람을 따돌리고 배척한다면 그들과 우리가 다른 것이 무엇이겠는가. 사람의 출신과 근본을 따지고 그것으로 척을 지고 당을 만드는 것은 실로 어리석은 짓이다. 만일 그렇게 친다면 금관국 왕실을 친가로 두고 신라 왕실을 외가로 하여 태어난 나는 어느 편이고 누구를 따라야 하는가? 더욱이 우리가 화랑도를 조직하여 산곡간을 떠돌며 수양하고 수련하는 것은 장부의 호연지기(浩然之氣)를 기르기 위함인데 그와 같이 치졸한 구분을 두어 무엇을 얻겠는가? 우리가 가야 제국의 후손임을 잊어서는 안 되겠지만 무엇보다 중요한 것은 지금 우리가 살고 있고 앞으로도 자자손손 살아가야 하는 이곳이 신라라는 사실이다. 나는 그간 이 문제로 마음에 갈등이 깊었으나 앞으로는 결코 흔들리지 않겠다. 우리는 어쨌거나 모두 신라인이다!"

용화의 결연한 말에 낭도들은 하나같이 입을 다물었다.

"금일 이후로 우리에게 출신의 구분을 두는 일은 결코 없을 것이며, 다시 내 앞에서 이를 말하는 자가 있다면 용납하지 않을 것이다. 다만 사람의 자질은 보아야 한다. 그래야 우리 향도가 오방 잡처에서 모여든 어중이떠중이 무리로 전락하는 불상사를 막을 수 있지 않겠는가. 새로 풍류황권에 이름을 올리려는 자들은 철마다 일정한 날을 두고 한꺼번에 모아서 우리와 함께 수련을 떠나도록 하고, 거기서 배겨나지 못하는 자나 여러 사람의 눈 밖에 나는 자는 결코 받아들이지 않을 생각이다."

적어도 낭도 무리 가운데서 화랑이 내린 결정은 그대로가 법이었다. 만일 그 결정이 마음에 들지 않으면 누구든 무리를 떠나면 그뿐이었지만 그런 사람은 아무도 없었다.

이때부터 용화향도는 출신과 근본에 구애됨이 없이 청년들을 새로이 받아들이게 되었는데, 입도 승낙을 얻어내기까지 거쳐야 하는 시험과 관문이 매우 엄격하고 까다로워서 열에 아홉은 낙방하거나 스스로 포기하여 돌아갈 정도였다. 대부분의 화랑도가 무예는 남에게 뒤지지 않을 정도만 연마하고 나머지 시간에는 주로 가람이나 산수를 찾아다니며 한가로운 놀이에 열중하는 데 반해 이들은 사냥을 하거나 맨몸으로 고봉 준령을 타고 오르며 놀았고, 일부러 위급한 상황을 만들어 그 처신하고 행동하는 바를 유심히 관찰하기도 했다. 여름에는 타는 햇볕 속에 앉아 온종일 글을 읽고 겨울에는 강물에 얼음을 깨고 들어가 몇 시간씩 좌선 고행을 했으며, 이름난 스승이 있다는 소문을 들으면 반드시 찾아가서 가르침을 청하였다. 또 수시로 편을 갈라 무예를 겨루고 패하는 쪽에는 가혹하다 싶을 만큼 엄혹한 벌칙을 내리기도 했다. 이런 과정에서 지나치게 자신만을 생각한다거나,

남에게 책임을 떠넘기고자 하는 자는 비록 제아무리 자질이 우수해도 받아들이지 않았다. 기왕의 무리 가운데 단 한 사람이라도 반대하면 입도를 허락하지 않는 것도 용화향도만의 특징이었다. 하지만 한번 엄격한 관문을 통과하여 향도의 일원이 된 사람은 그의 일이 곧 무리 전체의 일이라, 어려움이 생기면 전체가 나서고 경사나 조사가 생기면 모두가 팔을 걷고 도우며 보살피는 것이 흡사 한배에서 태어난 사이 좋은 형제와 크게 다르지 않았다.

해론도 뒤에 용화향도를 찾아왔다가 만장일치로 동의를 얻어 황권에 이름을 올린 경우였다. 그때 해론과 함께 입도를 청한 청년들은 근 40여 명이나 되었는데, 마지막까지 남은 사람은 해론과 설계두, 그리고 눌최(訥催)가 있었을 뿐이었다. 계두는 아찬 문보의 아들이요, 눌최는 대내마 도비의 아들이니 이들은 모두 신라 토박이 명문가의 자손들이었다.

평소 자신이 용화향도의 일원임을 늘 자랑스럽게 여기던 해론은 내기군(奈己郡)과 압독군의 산악을 두루 돌며 겨울 수련을 마치고 다시 저자에 내려와서야 가잠성이 침략당한 줄을 알았다. 비보를 들은 해론은 급히 우두머리인 용화(龍華)에게 가서,

"가잠성은 제 아버지가 성주로 있는 곳입니다. 그곳이 서적(西敵: 곧 백제)의 침략을 당했다고 하니 이만 돌아가도록 허락해주십시오."
하자 용화가 깜짝 놀라며,

"같이 가보자!"
하고는 그 길로 낭도들을 이끌고 가잠성으로 달려갔다. 그러나 이들이 도착했을 때는 이미 성이 함락된 뒤였다. 해론은 분한 마음을 억누르며 금산 접경에서 서편으로 아득히 바라뵈는 가잠성 성루 위에

나부끼는 백제국의 깃발을 바라보았다. 화랑 무리들이 금산 사람들에게 성이 함락될 때 사정과 성주 찬덕의 소식을 두루 물으니 대답하는 자들마다 이구동성 말하기를,

"원군이라고 온 것들은 저 살기에 바빠 모두 그대로 돌아갔고, 성은 근 석 달을 버티다가 얼마 전에야 무너졌는데, 가잠성 성주의 마지막이 되우 장렬하였다고 합니다."

하며 찬덕의 최후를 칭찬하였다. 해론이 비분강개하여 주먹을 부들부들 떨며 닭똥 같은 눈물을 쏟자 낭도들이 그 주위에 둘러서서 모두 위로하였는데, 오직 우두머리인 용화만이 입술을 꾹 다문 채 오래 말이 없다가,

"구적(寇賊)을 토평하지 않는 한 해론이 당한 일은 앞으로도 끊임없이 일어날 것이다."

하고서 문득 어금니를 깨물며,

"공산 중악은 예로부터 신령스러운 곳으로 내 이제 해론과 더불어 그곳으로 들어가 하늘의 뜻을 알아보아야겠다. 만일 하늘의 뜻이 우리 신라에 있다면 반드시 무슨 감응이 있을 것이니 너희들은 모두 고향으로 돌아가 힘써 심신을 단련하고 기다리다가 내가 천명을 얻어 부를 때 다시 모여라. 어디를 가든 용화향도 이름에 먹칠을 하는 일이 없도록 하라!"

하니 따르던 낭도들이 일제히 그 말에 복종하였다.

신라에는 본래 5악(五嶽)이 있었으니 동악은 토함, 서악은 속리(통일 이후에는 계룡산으로 바뀌었다), 남악은 지리, 북악은 태백이었다. 중악은 압독군(대구)의 공산(公山：팔공산)을 일컫는 말로 금성의 남산과 더불어 나라 사람들이 특히 신성하게 여겨 부악(父嶽：아버지 산)이라 부

르기도 했는데, 뜻을 세운 이가 들어가서 정성껏 치성을 올리면 감응하는 일이 잦았다. 용화는 그 길로 해론과 함께 중악 공산으로 향했다.

한편 탁군의 임삭궁에 머물며 나라 전역에서 군사를 징발한 수나라 양광은 신년인 임신년(612년) 정월에 마침내 다음과 같은 고구려 정벌 조서를 내렸다.

고구려의 미물들은 어리석고 불손하여 발해와 갈석(碣石) 사이에서 무리를 모아 요동과 예맥의 땅을 잠식해왔다. 비록 한나라와 위나라의 거듭된 토벌로 그 소굴이 잠깐 허물어졌으나 그로부터 오랜 세월이 흐르니 족속들이 환집하여 다시금 하천의 물처럼 불어나고 들판의 새 떼처럼 번성하였다. 요동과 현도와 낙랑 등지의 아름답던 강토를 돌아보니 이제 모두 오랑캐의 땅이 되었고, 세월이 오래되니 죄악이 여물어 천지에 가득하였다. 천도는 음탕하고 사악한 자에게 재앙을 내리는 법이니, 저들에게 패망할 징조가 어찌 없으랴. 도덕과 미풍을 훼손하는 일은 이루 헤아릴 수 없이 많고, 겉으로 드러나지 않은 흉악한 행동과 속에 품은 간사한 생각은 날로 더해가도다. 조칙으로 내리는 엄명을 한 번도 직접 받아간 일이 없으며, 입조하는 의식에도 직접 오기를 꺼려 하여 예를 다하지 아니하였다. 우리에게 반역하는 무리들을 수없이 유혹하였고, 변방에 척후를 놓아 걸핏하면 우리의 봉후(烽候)를 괴롭혔다. 이로 말미암아 치안은 안정되지 못하고, 백성들은 생업을 버리게 되었다. 전날에 정벌하려 할 때 이미 저들은 천라지망(天羅地網)에서 빠져나갔으며, 그 전에도 사로잡은 자를 놓아주고 항복한 자를 용서하여 죽이지 않았지만 은혜를 모르고 도리어 악을 쌓았다. 또 거란의 무리와 합세하여 해수(海戍 : 해역을 방비하는 자)를 죽였고, 말갈의 행동을 본받아 요서(遼西)를 침략하였다. 어디 그뿐이랴. 동방의 온 나라가 모두 조공하고 벽해 오지에서조차 정삭(正朔:달력. 여기서는 제도를 따른다는 뜻)을 받아가거늘 유독 고구려만이 조공하는 물품을 탈취하고 다른 나라 사신이 왕래하는 길을 막았다. 저들은 죄 없는 자를 학대하고 성실한 사람을 해칠 뿐 아니라 심지어 천자의 사신이 탄 수레가 해동(海東)에 갔을 때 칙사의 행차가 속국 경계를 지나가게 되었는데, 이때에도 도로를 끊고 사신을 모멸하니 이는 천자를 섬길 마음이 없는 것이다. 사군(事君)의 마음이 없으니 어찌 신하 된 예를 갖출 것이며, 이를 참는다면 무엇을 엄벌할 것인가!

고구려는 법령이 가혹하고, 부역이 잦고 무거우며, 강신(强臣)과 호족(豪族)이 국정을 농락하고, 당파끼리 결탁하는 고약한 습속을 가진 나라다. 그리하여 뇌물이 아니면 백성들은 억울한 사정을 호소할 길이 없고, 해마다 재변과 흉년이 들어 집집마다 굶주리며, 싸움은 계속되고 부역은 기한이 없으니 가엾게도 군량을 옮기는 일에 기운을 다 쓰고 지친 몸은 구렁 속으로 자꾸 쓰러져만 간다. 이 같은 백성들의 근심과 고통을 누가 없애줄 것인가! 고구려 땅 전역이 깊은 슬픔과 두려움에 잠겨 있으니 그 폐단은 이루 말할 수가 없구나. 백성들의 마음을 살펴보자니 그들은 모두 어떻게든 살아남기만을 도모할 뿐 늙은이와 어린애까지도 세상을 원망하며 한탄하고 있다.

짐은 풍속을 살피러 북방에 왔거니와 백성들을 위로하고 죄 있는 자에게는 죄를 물어 이후 두 번 다시 오지 않아도 되도록 할 것이다. 이에 친히 육사*를 거느리고 구벌**을 행함으로써 위급한 자를 구하고, 도망친 무리를 섬멸하는 동시에 하늘의 뜻에 순종하여 선조의 밝은 도리를 이어갈 것이다.

이제 마땅히 군령을 내려 길을 떠나되 대오를 나누어 목적지로 향할 것이며, 발해(渤海)를 벼락같이 습격하고 부여(扶餘)를 번개처럼 지나 누구든 대적하는 무리는 하나도 남김없이 소탕할 것이다. 병기를 나란히 세우고 말을 당겨 부대를 경계한 후에 행군할 것이며, 자주 명령하고 알려서 반드시 이길 것을 알고 난 후에 싸우도록 하라.

좌(左) 12군(軍)은 누방, 장잠, 명해, 개마, 건안, 남소, 요동, 현도, 부여, 조선, 옥저, 낙랑으로 진군할 것이요, 우(右) 12군은 점선, 함자, 혼미, 임둔, 후성, 제해, 답돈, 숙신, 갈석, 동시, 대방, 양평의 길로 진군하되, 진군로를 서로 연락하여 모조리 평양에 집합토록 하라!

이때 탁군을 출발한 군사는 물경 1백13만 3천8백 명이었는데 2백만이라 불렀고, 실제로 군량을 수송하는 사람은 그 갑절이나 되었으니 3백만 이상이 전쟁에 동원된 셈이었다. 양광은 출병에 앞서 토지신에게 지신제(地神祭)를 지내고, 임삭궁 남쪽에서 천신제(天神祭)를 지내고, 계성(薊城) 북쪽에서 다시 마조제(馬祖祭)를 지낸 뒤에 직접 절도를 주어 장수를 임명했다. 각군(各軍)에는 상장(上將)과 아장(亞將) 한 명씩과 40대의 기병을 두었는데, 한 대가 1백 명이요, 열 대를 한 단으로 하였다. 또한 보졸은 80대를 두었고, 이를 네 단으로 나누고 단마다 편장 한 명씩을 두었으며, 단의 갑옷과 투구와 끈과 깃발의 빛깔을 달리하여 서로 구분할 수 있도록 하였다.

수 대군은 매일 1군씩 파병하되 선군이 40리를 가면 후군이 출발하여 전군(全軍)이 출발하는 데만도 모두 40일이 걸렸다. 한 대열의 후미와 다음 대열의 선두가 서로 닿았고, 진군의 북과 나팔 소리가 잇따랐으며, 깃발만도 장장 9백60리에 뻗쳤다. 또 양광의 진영 안에는 '12위, 3대, 5성, 9시'가 있었는데, 내외, 전후, 좌우의 6군을 나누어 배속시켜 후미가 모두 떠나자 뒤따라 출발하게 하니 이 대열 또한 무려 80리에 뻗쳤다. 이와 같이 성대한 군사가 동원된 예는 유사에 없었고, 그때까지 어느 누구도 보거나 듣지 못한 전대미문의 규모였다.

고구려와 수나라의 사활을 건 운명적인 여수대전(麗隋大戰)은 이렇게 시작되었다.

(3권으로 계속)

연표로 보는 삼한지

연도	신라	고구려	백제	중국
554년	명활성 축조.	백제의 웅진성 공격.	성왕(26대), 관산성 전투에서 전사. 위덕왕(27대) 즉위.	
559년		양원왕 사망. 평원왕(25대) 즉위.		
562년	대가야 정복.		신라 변경 공격.	
576년	진흥왕 시망. 진지왕(25대) 즉위.			
579년	진지왕 폐위, 사망. 진평왕(26대) 즉위.			수 건국(581).
586년		평양 장안성으로 수도를 옮김.		
590년		평원왕 사망. 영양왕(26대) 즉위. 온달, 아단성에서 전사.		수, 중국 통일(589).
598년		수 1차 침입.	위덕왕 사망. 혜왕(28대) 즉위.	
599년			혜왕 사망. 법왕(29대) 즉위.	수, 돌궐 공격.
600년			왕흥사 창건 법왕 사망. 무왕(30대) 즉위.	
603년		신라의 북한산성 공격.		
607년		백제의 송산성과 석두성 공격.		수, 장성 수축.
608년		신라의 우명산성 함락.		
611년			수에 사신 보내 고구려 침공 요청. 신라의 가잠성 함락.	수, 고구려 원정을 위해 총동원령 내림.
612년		수 2차 침입. 을지문덕, 살수에서 수나라 군대 섬멸.		서돌궐, 3분됨. 수, 고구려 정벌군 귀환.
613년		수 3차 침입.		수 양제, 고구려 재침입을 위해 총동 원령 내림. 수, 양현감 반란.
614년		수 4차 침입.		
616년			신라의 모산성 공격.	
618년	백제의 가잠성 공격.	영양왕 사망. 영류왕(27대) 즉위.		수 양제, 피살. 당 건국
624년			신라를 공격하여 6개 성 점령.	

연도	신라	고구려	백제	중국
628년			신라의 가잠성 공격.	당, 중국 통일 완성.
629년	김유신, 고구려의 낭비성 함락.			당, 돌궐 공격.
631년	칠숙·석품 등 모반.	천리장성 축성.		
632년	진평왕 사망. 선덕여왕(27대) 즉위.			
633년			신라의 서곡성 공격.	
634년	분황사 준공.		왕흥사 준공.	
636년			신라의 독산성 공격. 우소, 신라를 공격하다 옥문곡에서 전사.	
638년		신라 칠중성 공격.		
641년			무왕 사망. 의자왕(31대) 즉위.	
642년	대야성 전투에서 김춘수 딸과 사위 김품석 백제군에 희생됨.	연개소문, 영류왕 시해. 보장왕(28대) 즉위. 여제동맹 체결.	신라를 침공하여 40여 개 성 점령. 신라의 대야성 점령. 김춘추의 딸과 사위를 죽여 신라로 보냄.	
643년			고구려와 연합해 신라의 당황성 공격, 당으로 통하는 신라의 뱃길을 끊으려 함.	
644년	김유신, 백제의 7성 공략.			당, 고구려 원정 선포.
645년	당나라와 연합하여 고구려 공격. 황룡사 9층탑 완공.	당의 1차 침입.		
646년		천리장성 완성.		
647년	비담·염종 반란. 선덕여왕 사망. 진덕여왕(28대) 즉위.	당의 2차 침입.		
648년	백제 성 21개 점령.	당의 3차 침입.	요차성 등 신라의 성 10여 개 점령.	
649년			신라의 석토성 등 7성을 점령했으나 도살성에서 김유신에게 패배.	당 태종, 고구려 침략 준비 중 사망.
654년	진덕여왕 사망. 태종무열왕(29대) 즉위.	말갈군과 함께 거란 공격.	사택지적비 건립.	당, 수도에 나성 축조.
655년		백제·말갈군과 함께 신라를 공격해 30여 개 성 점령.		당, 왕후 왕씨를 폐하고 측천무후 세움.

연도	신라	고구려	백제	중국
656년			성충, 의자왕에게 충언하다 옥사.	
657년			왕의 서자 41명을 좌평에 임명.	
659년			신라의 독산·동잠 2성을 공격.	당, 측천무후 득세.
660년	백제와 황산벌 전투에서 반굴, 관창 전사.	신라의 칠중성 침공.	황산벌 전투에서 계백 전사. 의자왕, 웅진성으로 피난. 백제 멸망. 당, 웅진도독부 설치.	당, 백제 출병 결정.
661년	태종무열왕 사망. 문무왕(30대) 즉위.	공격해온 당나라와 압록강에서 격전.	복신·도침·흑치상지, 백제 부흥 운동 전개.	당, 고구려 공격 명령.
662년	백제 부흥군 토벌.	연개소문, 사수에서 당나라 군대를 크게 이김.		
663년	당, 계림도독부 설치		백제·왜 연합군, 백강에서 나당 연합군에 패배.	당 유인궤, 백제에 주둔.
664년		신라에 돌사성 점령 당함.		
665년	백제 부여융과 화친 맹약.			
666년		연개소문 사망. 남생, 당나라에 망명. 연정토, 신라에 투항.		당, 이적에게 고구려 공격하게 함.
668년	당군과 함께 고구려의 평양성 포위.	평양성 함락. 고구려 멸망.		
669년	고구려 왕족 안승, 신라에 망명.	당, 평양에 안동도호부 설치.		당, 고구려 유민을 지방 각지로 옮김.
670년		검모잠, 한성에서 안승을 고구려 왕으로 추대.		
673년	김유신 사망.			
675년	칠중성·천성 등에서 당 군대와 싸움.			
676년	부석사 창건. 사찬 시득, 설인귀의 당군을 대파. 당군을 완전히 몰아냄. 삼국 통일 완성.			

외백제 담로국[*]

군이 삼국만을 놓고 말하자면 4세기 말, 고구려가 광개토대왕(廣開土
大王)과 장수대왕(長壽大王)이라는 두 걸출한 군주를 배출하여 한동안
괄게 타는 불길 같은 전성기를 구가했다. 그러나 장수대왕 말년에 백제
에서 동성대왕(東城大王)이 나타났고, 동성과 무령(武寧) 형제가 근초고
왕(近肖古王) 이후 백제의 두 번째 성기를 일구었다.

그런데 다시 무령대왕 말년에 신라에서 법흥대왕(法興大王)이 즉위하
여 이후 법흥, 진흥(眞興) 양대에 신라 최고의 전성기를 구가하니 영웅
과 시절의 돌고 도는 이치가 공평하면서도 사뭇 절묘한 데가 있었다.

무령대왕의 뒤를 이어 백제 임금으로 즉위한 선왕의 장자 성왕(聖王)
은 휘가 명농(明穠)으로, 지혜와 식견이 뛰어나고 사리를 잘 판단하여 성
군 자질을 충분히 갖추었는데, 문제는 그가 만난 어지러운 시기였다.

무령대왕의 죽음이 알려지자 고구려는 즉각 군사를 내어 외백제의 패
수(浿水 : 요동의 태자강) 부근을 침공했고, 이후로도 계속해서 무령이 없는
백제를 공격했다. 더구나 명농의 시대 서른두 해는 신라에서는 법흥과

진흥의 시대였다.

초기에만 해도 명농은 고구려에 대항해 싸우는 한편 신라의 법흥왕과
는 수교를 맺어 화친을 꾀하였다.

재위 16년, 그는 고구려의 거듭되는 침략과 점차 세력을 팽창해나가
던 신라에 위협을 느낀 나머지 수도를 곰나루 웅진에서 남쪽의 사비(부
여)로 옮기고 국호 또한 남부여(南扶餘 : 이 국호는 그 후로 잘 쓰이지 않았음)
라 칭하였다.

이후에도 고구려의 침략은 여전히 계속되었으며 말년에는 법흥왕의 뒤
를 이어 즉위한 신라 진흥왕까지 야심을 드러내기 시작했으니 이는 줄곧

---

* 담로는 고구려의 '다물도(多勿都)'에 그 어원을 두고 있다. 고구려 시조왕 주몽이 비류국을 탈취하여
이를 다물도라 불렀는데 이는 복구한 땅이라는 뜻이다. 이 말이 백제에 이르러 수많은 담로(擔魯)와
담로국들을 일컫는 근본이 된 것이다.
　중국의《구당서(舊唐書)》에 따르면 "백제의 지경은 서쪽으로 바다 건너 월주에 이르고 남쪽으로 바다
건너 왜국에 이르며, 북쪽으로는 바다 건너 고구려에 이른다"고 했고,《신당서(新唐書)》〈백제전〉에
도 "백제의 서쪽 경계는 월주이고, 남쪽 경계는 왜이며, 북쪽 경계는 고구려로서 모두 바다를 건넌
다"고 하였다. 중국의《양서(梁書)》〈백제전〉에도 "백제의 도성은 고마(固麻 : 공주)이고 읍을 일러 담
로라 했는데 이것은 중국의 군현과 같다. 이 나라에는 22개의 담로가 있으며 자제종친(子弟宗親)을
모두 여기에 분거시킨다"고 했고 "백제는 진나라 때에 요서를 점거하여 요서(遼西)와 진평(晉平) 두
군에 백제군을 설치하였다"고 하였다. 또한《송서(宋書)》〈백제전〉에도 이르기를 "요서를 차지한 백
제의 치소는 진평군 진평현이다"고 하였다. 사마광의《자치통감》에는 "북위가 병력을 보내어 백제를
공격하였으나 백제에 패했다. 백제는 진(晉)대로부터 요서와 진평 2군을 차지하고 있었다"는 기록이
나오고《통전(通典)》〈백제전〉에도 "백제는 진나라 때 요서, 진평 2군을 점령하였으니 지금의 하북성
유성과 북경 사이이다"고 했다.《남사(南史)》의〈백제전〉역시 마찬가지다.《주서(周書)》〈백제전〉에
는 "백제국이 양자강 어귀의 좌안(左岸)을 진대부터 송, 제 양대에 이르기까지 점령하고 있었고, 후위
때에는 중원을 차지했다"고 적었으며,《북사(北史)》〈백제전〉에 역시 "백제국이 진대부터 송, 제 양
대에 양자강 좌우를 차지하고 있었다"는 기록이 나온다.《남제서(南濟書)》〈백제전〉에는 "지난 경오
년(490년)에 북위가 개전치 아니하고 군사를 이끌고 깊이 쳐들어왔으므로 사법명 등을 파견하여 단번
에 들이치니 흉도들이 당황하고 무너져 달아나는지라 적을 뒤쫓아가며 마구 치고 무찌르니 시체가 들
에 깔리고 피가 땅에 붉게 물들었다. 이로써 적을 제압하여 예기를 꺾으니 이제 영내가 모두 고요하게
되었다"고 하여 백제가 위나라를 물리쳐 산동반도 전역을 평정한 사실을 기록하고 있다. 청나라의 뿌
리를 밝힌《만주원류고(滿洲源流考)》에도 "금주, 의주, 애훈 등지가 다 백제 땅이다"라고 했다. 이러
한 기록들은 실로 무수하다.

백제의 여러 신하들이 염려했던 대로였다.

명농왕 재위 28년, 왕이 장군 달사(達巳)를 파견하여 1만의 군사로 고구려의 도살성(道薩城：천안)을 빼앗자 고구려에서 즉각 반격을 가하여 백제의 금현성(金峴城)을 포위한 일이 있었는데, 이때 신라 진흥왕이 백제를 돕는답시고 군사를 보내어 장군 이사부(異斯夫)로 하여금 두 쪽의 성을 모두 공취했다. 신라는 그 여세를 몰아 곧바로 고구려를 쳐서 북방의 10여 성을 함락시켰으므로 백제에서는 감히 항의조차 하지 못하였는데, 명농왕 재위 31년에 이르자 돌연 다시 군사를 일으켜 백제가 고구려에게서 수복한 한수(한강) 하류를 빼앗고 그곳에 신주(新州：경기도 광주)를 설치하였다. 당황한 명농왕은 자신의 딸을 신라 진흥왕에게 주어 마지막 화친을 시도했지만 신라가 끝내 신주를 돌려주지 않자 이듬해 대가야(大加耶)와 연합하여 관산성(管山城：충북 옥천)에서 칼과 창을 마주하게 되었다. 이 싸움으로 양국 간에 맺었던 오랜 화친은 여지없이 깨지고 말았다.

이때 가야제국의 새로운 맹주로 떠오른 곳이 대가야였다. 금관국(金官國：본가야)이 망한 뒤로 끊임없이 신라의 위협에 시달리고 있던 대가야는 나머지 가야 연맹을 통합하고자 노력하는 한편 서방으로 백제와 연합하여 팽창하던 신라에 대적했다. 그러나 백제와 대가야는 신라와의 대결에서 갈수록 궁지에 몰리기 시작했다.

관산성 전투는 양측이 서로 포기할 수 없는 일대 혈전이자, 혼미한 내륙의 패권 장악을 위해 사활을 걸고 벌인 한판 승부였다. 명농왕은 친히 말잔등에 올라 군사를 지휘하였고, 처음에는 거의 승기를 잡는 듯 하였다. 신라에서는 관산성 군주 우덕(于德)과 이찬 탐지(耽知) 등이 군사를 거느리고 나와 싸우다가 말 머리를 돌려 달아나므로 왕은 이들을 쫓아

구천(狗川) 부근에 이르렀다. 금성을 출발한 각간 세종(世宗)의 부대가 당도한 것은 그 무렵이었다. 왕은 야음을 틈타 세종의 부대를 앞에서 공격하고 동시에 복병으로 후미를 치니 피로에 지친 신라군은 크게 무너졌다. 구천 싸움에서 백제군은 대승을 거두었을 뿐 아니라 적장 세종을 전사시키는 개가를 올리기도 했다.

하지만 성이 함락되기 일보 직전, 신주에서 달려온 김무력(金武力)의 부대가 당도하자 전세는 갑자기 크게 뒤바뀌었다. 원군은 장수와 병졸이 한덩어리가 되어 죽기를 각오하고 달려들었다. 명농왕은 그제야 적장 김무력이 전날 죽인 세종의 아우임을 알아차렸다. 급히 말 머리를 돌려 다시 구천으로 퇴각하였을 때 홀연 그림 같은 칼 솜씨를 자랑하며 무인지경 추격해 들어오는 신라 장수 고우도도(高于都刀)에게 그만 목이 떨어져 전사하니 이때가 서력 554년 7월, 보위에 오른 지 서른두 해 만의 일이었다. 군주를 잃은 백제의 병사들은 분루를 삼키며 퇴각하지 않을 수 없었다. 그들은 황망히 왕의 시신을 수습하여 사비로 돌아가 성대히 장사를 지내고 시호를 성왕(聖王)이라 하였다.

한편 관산성 전투를 계기로 가야제국을 완전히 병탄하고자 욕심을 낸 신라는 서력 555년, 창녕의 비화가야(非火加耶)를 점령하고 이곳에 하주(下州)를 설치하여 더욱 가까운 거리에서 대가야를 위협했고, 그로부터 7년 뒤인 562년, 이사부와 사다함(斯多含)이 이끄는 신라 대군은 금관가야 이후 가야제국의 중심이었던 대가야를 쳐서 마침내 쓰러뜨렸다. 함안의 아라가야(阿羅加耶), 고성의 소가야(小加耶), 진주의 고령가야(古寧加耶), 성산의 성산가야(星山加耶) 등 나머지 가야제국들도 이때 함께 멸망하니 5백여 년 가야사는 이로써 완전히 막을 내렸다.

성왕의 뒤를 이어 즉위한 이가 바로 창왕(昌王:威德王)인 부여창(扶餘昌)이었다. 창왕은 성왕의 원자(元子)로, 신체가 강건하고 용맹하였으나 그 인물됨이 부왕이나 조부인 무령대왕에는 미치지 못하였다.

그는 부왕의 시신을 마주하고 이를 갈며 복수할 것을 다짐하였다. 그리하여 국상을 치르고 보위에 오르자마자 직접 군사를 이끌고 신라를 치려 하였지만 돌연 고구려가 대군을 일으켜 웅천성(熊川城)을 공격하는 바람에 뜻을 이루지 못하였다. 게다가 그가 보위에 오른 이 시기를 전후해 중국 대륙 전체가 거대한 격변의 소용돌이에 휘말리자 백제로서는 신라 하나만을 상대할 형편이 되지 못하였다.

훗날 위덕왕으로 시호된 창왕은 이때부터 598년에 이르기까지 장장 마흔다섯 해 동안이나 보위를 이어갔지만 정작 부왕을 죽인 신라에 대해서는 한두 차례밖에 군사를 내지 못하였으니, 그 딱한 사정을 헤아리기 위해서는 백가가 창궐해 자웅을 겨루던 당시의 중국 정세에 대해 간략한 설명이 불가피하다.

280년, 중국은 위(魏), 촉(蜀), 오(吳)의 삼국시대가 끝나고 사마염(司馬炎)이 세운 진(晉)나라가 천하를 통일하였는데, 이것이 오래가지 못하고 내란으로 분해된 것이 300년 전후의 일이다. 이를 기화로 한나라 이후 중국 대륙에 편입되었던 북방의 흉노족과 동북방의 선비족, 서방의 티베트족 등이 각기 난립하여 진나라의 수도인 낙양을 강탈하고 주민들을 학살하므로 한동안 어지러운 정세가 이어졌다. 황하 이북의 북중국이 비한족(非漢族)들의 전쟁과 약탈로 큰 혼란에 빠지자 이를 피하여 수많은 한족(漢族)들이 황하를 건너 양자강 이남으로 피신하였는데, 이 가운데 진나라 왕족의 후예인 사마예(司馬睿)가 남경에 도읍하여 세운 나라가 동진(東晉)이었다. 동진은 건국 이후 비한족에게 빼앗긴 북중국을 아우르고 다시 구토를 회복하여 천하를 통일하려는 생각에 젖어 있었지만 국력이 약하여 뜻을 이루지 못하였고, 도리어 내란으로 그 세력이 차츰 저물고 시들어갔다.

420년, 동진의 장군 유유(劉裕)가 마침내 허약한 동진의 왕실을 짓밟고 제위를 찬탈하여 나라를 세우니 이것이 송(宋)나라, 즉 유송(劉宋:420~479년)이다. 이후 유송은 남제에 망하고, 남제는 양나라에 무너졌으며, 양나라는 다시 진나라(陳:557~589년)에 망하니 나라 하나가 섰다가 망하는 것이 비조즉석이요, 일국의 역사가 일천한 것이 기껏 사람의 한평생에도 미치지 못하였다. 이른바 남조(南朝)의 6조라 함은 본래 남중국에 있던 손권의 오나라와 사마예의 동진, 그리고 뒤를 이어 명멸한 이들 네 나라를 함께 일컫는 말이다.

북중국의 사정은 이보다 더 험하고 어지러웠다. 훗날 5호 16국 시대로 불리는 시기가 바로 이때인데, 5호(五胡)는 비한족을 통칭하는 말로써 북방 터키족인 흉노(匈奴:훈족)와 갈(羯), 동북방 몽골족의 선비(鮮卑), 서방 티베트족인 강(羌)과 저(氐)를 가리킨다. 이들이 304년부터 439년 사이 황하 북쪽에 세운 나라가 모두 13국이다. 흉노족이 세운 나라는 전조(前趙)와 북량(北凉), 하(夏)의 3국이요, 갈족은 후조(後趙)를 세웠으며, 선비족이 세운 나라로는 전연(前燕), 후연(後燕), 서진(西秦), 남연(南燕), 그리고 남량(南凉) 5국이다. 저족은 성한(成漢), 전진(前秦), 후량(後凉)을 세웠고, 마지막으로 강족은 후진(後秦)을 건국하였다. 그런데 여기에 대항하기 위하여 한족들이 세운 나라가 다시 전량(前凉)과 서량(西凉), 북연(北燕)의 3국이라 이들을 모조리 합하면 도합 16국이다.

140년 가까이 5호가 날뛰고 16개 나라가 저마다 흥망성쇠를 거듭하던 끝에 마침내 위나라가 출현하여 중국의 북조(北朝)를 통일했다. 이것은 앞서 삼국의 위나라와 구분하기 위해 북위(北魏)라 일컫는데, 선비족의 탁발씨(拓跋氏) 부족이 386년에 세운 나라였다. 북위는 건국 이후 차례로 북중국을 평정하여 드디어 북조를 하나로 묶는 데 성공했다.

그러나 북위는 백제의 동성대왕과 벌인 잇따른 전쟁에서 번번이 참패하여 국력이 크게 쇠하였고, 결국은 이로 인해 535년 동서로 양분되면서 탁발씨의 사직도 막을 내렸다. 이후 동위는 550년에 망하고 고양(高洋)이 북제를 세웠으며, 서위 또한 557년에 정변이 일어나서 북주(北周)가 되었는데, 중원의 통일을 꿈꾸던 북주의 무제가 북제를 쳐서 아우른 것이 577년의 일이다. 이때 백제의 우호국이었던 북제의 왕과 대신들은 백제의 담로국으로 피신하여 도움을 청하였으나 무령대왕 이후 차츰 세력을 잃어가던 백제는 이들을 도와줄 형편이 아니었다. 게다가 북제를 아우른 북주의 무제는 그 여세를 몰아 백제의 영토까지 쳐들어오니 바로 백제 창왕(昌王)이 보위에 있을 때였다.

이보다 몇 해 앞서 고구려에서는 평성왕(平成王:시호는 양원왕)이 붕어하고 양성왕(平崗王:시호는 평강왕 또는 평원왕)이 즉위하였다. 역시 진흥왕의 신라에 두려움을 느낀 양성왕은 혼란스러운 중국 대륙으로 관심을 돌려 요하 부근의 외백제를 침공하였다. 놀란 백제왕 부여창은 요하의 담로국에 왕으로 가 있던 자신의 아우 부여숭(扶餘崇)을 도장군으로 삼고, 조선 태수와 낙랑 태수, 대방 태수 등을 각각 용려 장군과 건위 장군으로 삼아 고구려의 침략을 막도록 하는 일변, 사신을 북제로 파견하여 원군을 요청하였다. 그러나 북주를 막기에도 벅찼던 북제는 원군을 보내주지 않았고, 급기야는 부여숭마저 전쟁에서 패하여 황하 이남의 내주로 피신하니 비류(比流)와 온조(溫祚) 이후 수백 년간 백제 세력의 근거지였던 대방 고토가 그만 고구려의 손으로 넘어가고 말았다.

이제 나라 밖 외백제의 영토는 동성대왕이 개척했던 하남의 동안(東岸)과 월주, 서역의 일부 지역밖에 남아 있지 않았다. 그런데 북제를 쳐서 아우른 북주의 무제가 하남의 동안마저 넘보게 되자 백제로서는 사력을 다해 이를 막지 않을 수 없었다. 창왕은 내주로 피신해 있던 아우 부여숭에게 다시금 결사항전을 명령했으나 한창 기세가 오른 북주의 군사를 당할 수가 없었다. 거듭된 전투에서 왕의 혈족인 청하 태수가 죽고 부여숭은 가까스로 목숨을 부지하여 성양군으로 피신했다가, 다시 남향하여 광릉 태수에게 몸을 의탁하니 대륙의 동안에 흩어져 살던 백제 유민들도 차차 세력이 약해져서 돌궐이나 말갈로 흩어져 투항해버렸다. 게다가 남중국의 성양군에서 광릉군에 이르는 백제의 영토 또한 더 이상 본국의 지원을 받지 못하고 고립되자 580년을 전후해 진나라에 병탄되었고, 이로써 월주와 서역의 담로지를 뺀 중국 대륙의 모든 백제국이 소멸되고 말았다. 이것이 모두 창왕의 재위 기간에 일어난 일이었다.

맹렬한 기세로 하북의 북제와 백제 땅을 차례로 아우른 북주였으나 나라의 수명은 그리 길지 못했다. 581년, 북주 장군 양견(楊堅)이 제위를 찬탈하여 왕조를 무너뜨리고 스스로 문황제(文帝)라 칭하며 새로운 나라를 일으키니 곧 수(隋)나라다. 북주에게 대방 고토를 잃고 밤잠을 이루지 못하던 백제의 창왕은 즉시 수나라 문제 양견에게 사신을 파견하여 선물을 바치며 수나라 건국을 치하하였고, 이에 문제 양견은 창왕을 책봉하여 상개부의동삼사대방군공(上開府儀同三司帶方郡公)으로 삼았다.* 이는 중국에서 오랫동안 백제를 대방군의 주인으로 인정해온 까닭이었다.

그로부터 8년 뒤인 589년, 수나라 양견은 마침내 남중국의 진나라를 쳐서 멸하고 사마염의 진나라 이후 3백 년 만에 남북조를 다시 통일하는 대업을 이루었다. 창왕은 또 한 번 양견에게 표를 올려 수나라의 중원 통일을 극찬하였다. 비록 진나라와 오랫동안 우호를 맺어오긴 했지만 진이 혼란기를 틈타 성양군에서 광릉군에 이르는 백제의 영토를 슬그머니 차지한 데 대해 원심을 품어온 창왕으로서는 당연한 일이었다. 대륙의 동쪽 해안이 본래 백제의 영토임을 익히 알고 있던 양견은 백제에 대해 일말의 미안한 느낌을 가지고 있었으므로 창왕의 서신을 접하자 이를 아름다운 일이라며 크게 기뻐하고 조공을 해마다 바치지 않아도 좋다는 답신을 보내기까지 하였다.

  중국을 통일한 수나라는 자연히 국경을 접한 고구려로 관심을 돌렸다. 고구려 역시 수나라의 강성함을 직접 피부로 느낀 터라 해마다 조공을 바쳤지만 그것만으로 양견의 야망을 달랠 수는 없었다. 고구려의 양성왕(陽成王)은 팽창하던 수나라에 위협을 느끼고 도읍을 선왕 때 축조한 장안성(長安城 : 평양)으로 옮겨 군사를 정비하는 한편 곡물을 저축하여 만일의 사태에 대비하였는데, 이 일로 두세 차례 조공을 거르게 되자 그러잖아도 소문을 듣고 양성왕에게 심기가 잔뜩 뒤틀려 있던 양견은 드디어 불같이 화를 내며 고구려가 번국(藩國)이라 칭하면서도 성의를 다하지 않는다고 책망하였다. 그는 양성왕에게 조서를 보내어 말하기를,

  그대의 나라는 비록 영토가 협소하고 인구가 적더라도 이제 만일 왕을 쫓아낸다면 그대로 비워둘 수는 없을 것이어서 결국은 다시 관리를

  * 책봉의 예는 상하 종속 관계가 아니라 서로를 인정한다는 의미로 당시의 외교적인 관례였다.

임명하여 그곳을 안정시켜야 한다. 그러나 왕이 마음을 깨끗이 씻고 행실을 고쳐서 앞으로 우리의 법도를 따른다면 이는 곧 짐에게는 좋은 신하가 되는 것이니 무엇 때문에 수고롭게 다른 관리를 뽑아 보내려 하겠는가? 그대는 요하의 넓이를 장강(양자강)과 비교해보라. 그리고 고구려 사람들의 숫자를 진나라와 비교하여 생각해보라. 내가 그대를 용서하지 않고 허물을 탓하려고 든다면 다만 한 장군에게 정벌할 것을 명하면 그만이지 어찌 큰 힘이 필요하겠는가. 내가 이처럼 은근한 말로 타이르는 뜻은 그대가 깊이 뉘우쳐 잘못을 깨닫고 행실을 고치게 하려는 데 있다.

하였으니 양성왕과 고구려에게는 극심한 모욕이 아닐 수 없었다. 고구려 조정에서는 외교의 상규와 예를 벗어난 양견의 조서에 크게 격분하였다. 싸움을 하더라도 수나라에 조공하지 말자는 축과 중원을 통일한 수나라의 힘이 두려우므로 곧 사죄하는 표문을 올리자는 축으로 공론이 양분되어 조정이 달포간이나 시끄러웠는데, 그러는 사이에 왕이 그만 병을 얻어 붕어하니 이때가 경술년(590년) 10월, 왕이 즉위한 지 서른두 해 만의 일이었다. 고구려에서는 왕을 장사 지내고 평강상호왕(平崗上好王 혹은 평원왕)이라 시호하였다.

평강왕이 수나라에 대해 뚜렷한 결론을 내리지 못하고 타계하자 이 일은 곧 선왕의 장자인 대원(大元)의 손으로 넘어왔다.

대원은 풍채가 뛰어나고 인내심이 뛰어나며 지모가 남달랐는데, 선왕 재위 7년에 태자가 되어 장장 스물다섯 해나 부왕이 정사 펴는 것을 곁에서 목도한 인물이었다. 그는 세상을 잘 다스려 백성을 편안하게 하는 것이 임금의 첫 번째 소임이라고 여겨 우선 흥분하는 중신들을 달래고 화친하자는 측의 주장을 받아들였다.

그런데 이럴 무렵 고구려왕의 붕어 소식이 문제 양견의 귀에도 들어갔다. 양견으로서는 새로 즉위한 태자와 처음부터 악연을 맺을 까닭이 없었다. 그는 먼저 사신을 파견하여 대원왕을 상개부의동삼사(上開府儀同三司)로 삼고 선왕에게 내렸던 요동군공(遼東郡公)의 벼슬을 그대로 이어받게 하면서 별도로 의복 한 벌을 보내주기까지 했다. 대원왕은 양견의 생각을 단번에 알아차렸다. 즉시 사신을 수나라로 보내어 양견의 배려에 감사의 뜻을 전하면서 자신을 고구려왕으로 봉해달라며 스스로를 낮추니 양견은 크게 기뻐하며 이를 허락하고 책봉사의 편에 왕이 타는 수레와 겸하여 또다시 용포 한 벌을 보내주었다.

이처럼 시작이 순조롭고 사이가 돈독했던 대원왕과 수나라 양견의 관계는 그로부터 여덟 해 뒤인 무오년(598년)에 대원왕이 말갈의 병사 1만여 명을 동원해 여수(麗隋) 국경 부근의 요서 지방을 공격함으로써 크게 틈이 벌어졌다. 신왕 즉위 이후 10여 년 가까이 군량을 비축하고 착실히 국력을 다져온 요동의 대국 고구려로서는 과거처럼 수나라의 위세가 두렵기만 한 것도 아니었지만, 항차 대원왕이 공격한 곳은 비록 수나라의 영토라고는 해도 실은 백제의 땅으로, 오래전부터 요하를 사이에 두고 고구려와 백제가 서로 국력의 성쇠에 따라 일진일퇴의 공방을 계속해오던 곳이었다. 대원왕의 요서 침공이 수나라 조정에 전해지자 양견은 머리털이 곤두설 정도로 크게 격노하였다. 당장 자신의 넷째아들인 한왕(漢王) 양량(楊諒)과 장군 왕세적(王世績)을 원수로 삼아 수륙 30만 대병을 거느리고 고구려 정벌을 명하는 한편 전날 대원왕에게 내린 벼슬과 관작을 모두 빼앗고 말았다.

양량은 보기병을 이끌고 육로를 통해 임유관으로 진격해 들어오고 왕세적과 주라후 등은 옛 백제의 임시 도읍지였던 내주(萊州) 동쪽에서 배를 내어 뱃길을 따라 평양성으로 향했다. 대원왕은 즉각 항전을 준비했다. 먼저 요하 부근의 지리에 밝은 것을 이용해 막리지 연태조(淵太祚)와 장군 고승(高勝), 온달(溫達), 건무(建武) 등으로 하여금 양량의 군사를 정면으로 막게 하고 젊은 장수 을지문덕(乙支文德)을 부장(副將)으로 발탁해 날쌘 기병을 이끌고 후방의 보급로를 끊도록 지시하였다.

이때가 음력 6월 하순으로 하필이면 해마다 장마비가 내릴 때였다. 아직 변변히 교전도 하기 전인데 갑자기 하늘에서 뇌성과 벽력이 치고 엄청난 폭우가 쏟아지더니 그로부터 보름간이나 그칠 기미가 보이지 아니하였다. 요하는 범람하고 언덕에선 굽이치는 물줄기가 폭포수와 같았으며 땅은 질고 평지에도 장정 허리 근처까지 물이 차는 데가 허다하였다.

수나라 군사들은 곧 도탄에 빠졌다. 30만 대군의 식량을 운반하는 길이 막히고 막사를 쳐서 쉴 곳을 찾기도 어려운 마당인데 설상가상 역질까지 돌아 싸우지 않고도 저절로 죽어가는 자가 부지기수였다. 게다가 내주에서 출발한 수군마저 바다에서 풍랑을 만나 대부분 표몰되었다. 자연의 섭리를 감안하지 않고 성급히 군사를 낸 양견의 실수였다.

육로와 수로 양쪽의 군사가 두 달이나 물과 풍랑으로 고전을 거듭한 끝에 마침내 9월에 이르러 양견의 명령으로 철군하였는데, 30만 대병 가운데 살아서 돌아간 군사가 열에 한두 사람 꼴이었다.

이 싸움은 양국에게 모두 커다란 충격과 심대한 타격을 입혔다. 고구려의 대원왕은 비록 하늘의 힘을 빌려 수나라 군대를 물리치긴 했지만 양견이 30만에 달하는 대병을 움직인 것에 놀라움과 두려움을 느꼈고, 수의 양견은 패전의 피해도 피해였으나 고구려가 생각처럼 만만한 나라가 아님을 비로소 깨달았다. 양견은 이때의 일로 고구려 원정이 불가능하다고 판단하여 무력으로 정복하려는 뜻을 깨끗이 단념했다.

대원왕은 전쟁이 끝난 뒤 양견에게 표를 올려 사죄의 뜻을 밝히고 서신의 말미에 스스로를 낮추어 요동분토(遼東糞土)의 신(臣)이라 칭했다. 양견은 양견대로 이를 흔쾌히 받아들여 빼앗은 관작을 다시 내리고 전날과 다름없이 예우하였다.

　그런데 이보다 앞서 백제의 창왕은 수나라가 군사를 내어 고구려를 친다는 소식에 접하자 마치 자신의 일처럼 크게 기뻐하였다. 즉위 이후 끊임없이 고구려의 침략에 시달려왔을 뿐 아니라 드디어는 요하 부근의 금싸라기 같은 외백제 영토마저 양성왕에게 잃은 그로서는 당연하기 짝이 없는 반응이었다. 그는 즉시 양견에게 왕변나(王辯那)를 보내어 조공하고 수나라 군사의 향도(嚮導:길 안내)를 자청하였다. 사실 요하를 건너가는 육로건 내주에서 출발하는 뱃길이건 백제인들만큼 지리에 통달한 사람들이 없었다. 수의 양견은 백제 사신 왕변나를 만나고서야 성급하게 군사를 낸 점을 크게 탄식했다. 왜냐하면 이때는 이미 9월 중순으로, 수나라가 전쟁에서 참패하고 철군한 뒤였기 때문이다.

　양견은 창왕의 뜻을 가상히 여겨 왕변나를 후하게 대접하여 돌려보내면서 이미 고구려를 용서하였으므로 토벌하지 않겠다는 뜻을 전했다. 창왕으로서는 애석하기 짝이 없는 일이었다.

　백제가 수나라에 사신을 보내어 향도를 자청했다는 소문은 곧 고구려 대원왕의 귀에 들어갔다. 대원왕은 노여움을 감추지 못하고 군사를 내어 여러 차례 백제의 변경을 공격하였는데, 공방이 계속되는 사이에 그만 백제에서 국상이 나는 바람에 자연히 싸움도 흐지부지되고 말았다.

　마흔다섯 해 동안 백제의 보위를 이어온 창왕은 대륙의 거대한 혼란과 격변의 소용돌이에 휘말려 중국의 영토를 거의 상실한 채 고단하고 한많은 일생을 마감하니 이때가 무오년(598년) 12월이었다.

그는 말년으로 갈수록 패배감에 젖어 폭음을 일삼는 날이 많았고, 늘 편전에 홀로 앉아 자신의 힘이 미약한 것을 깊이 탄식하곤 했다. 백제 사람들은 왕이 오랫동안 보위에 머물며 위엄과 덕망을 잃지 않았다 하여 시호를 위덕(威德)으로 삼아 생전의 한을 달래고, 왕성 근처 볕 바른 양지에 성대히 장사 지냈다. 그가 관산성에서 부왕을 죽인 신라에 대하여 일생을 두고 고작 한두 차례밖에 군사를 내지 못한 사정이 대개 이와 같았다.

왕이 후사 없이 붕어하자 백제 조정에서는 보위를 이어갈 후왕을 구하게 되었다. 본래 무령대왕은 아들 셋과 딸 셋을 두었는데, 아들 가운데 장자가 성왕인 부여명농이요, 딸 가운데 장녀가 잔국 계체왕비로 간 수백향이었다.

명농의 아우로는 부여윤(扶餘淪)과 부여지(扶餘旨)가 있었으나 두 사람 모두 담로왕으로 복무하다가 임지에서 죽었고, 담로국의 왕위는 그 아들들이 세습하였다.

관산성에서 전사한 성왕 명농은 왕비의 몸에서 아들 넷과 딸 둘을 낳고 후궁의 몸에서 다시 아들 둘을 더 보태었는데, 정비가 낳은 아들들이 창(昌)과 계(季)와 숭(崇)과 명성(明星)이요, 후궁에게서 본 아들이 자실(紫悉)과 용남(勇楠)이었다. 정비가 낳은 공주 가운데 둘째는 신라 진흥왕의 후실이 되었다. 그 후 성왕이 죽자 맏이인 창이 보위를 잇고 나머지 아들들은 국법과 관행에 따라 모두 나라 밖의 담로국 왕으로 나가게 되었다. 그런데 창왕이 말년에 아들이 없으니 서역에 나가 있던 큰동생 부여계(扶餘季)를 불러들여 자주 말벗을 삼으며 외로움을 달래곤 했다. 이 바람에 계는 자신의 임지를 아들인 선(宣)과 우로(宇魯)에게 맡겨둔 채 본국으로 건너와 살고 있었다. 창왕이 죽고 나자 계가 뒤를 이어 왕위에 오른 것은 서열로 보나 선왕의 유지로 보나 지당한 일이었다.

계왕은 즉위하자마자 서역에 나가 있던 장자 부여선(扶餘宣)을 불러들여 태자로 삼았다. 그런데 계왕은 보위에 오를 때 이미 칠순에 가까운 노인이었다. 더욱이 늘 말벗이 되어 지냈던 형의 죽음에 심한 충격을 받아 즉위식에서조차 헛소리를 할 정도였다. 결국은 보위에 오른 지 불과 반년 만에 뚜렷한 병 없이 천수를 다하여 죽으니 시호를 혜왕(惠王)이라 하였다.

그 다음 왕위는 자연히 태자 부여선으로 넘어갔다. 그는 오랫동안 서역국에 나가 살던 사람이었다. 그가 맡아 다스리던 담로국은 곤륜이란 곳으로 날씨가 무덥고 습기가 많은 땅이었고, 불교가 번성하여 사람마다 집에서 부처를 받들던 곳이었다. 선은 보위에 오르자 나라에 영을 내려 살생을 금하게 하고 민가에서 기르던 매와 새 떼를 거두어 놓아주었으며 출렵과 어렵 기구를 모두 불에 태우도록 명하였다. 이듬해에는 왕업의 번성함을 기원하는 뜻으로 도성 근교에 왕흥사(王興寺)를 창건하고 속인 30명을 승려로 삼아 불법을 받들도록 하였다. 또한 봄에 한재가 들자 백관들을 거느리고 칠악사(漆岳寺)에 행차하여 친히 기우제를 지내기도 했다.

그러나 선왕(宣王)은 부왕의 명을 받들어 급히 귀국한 뒤로 현저한 기후의 차이를 이기지 못하였다. 자주 토사곽란에 시달리고 걸핏하면 자리에 누워 불덩이 같은 신열을 앓다가 마침내 일어나지 못하고 세상을 떴다. 나라에서는 그가 정성을 다하여 불법을 받들었다 하여 법왕(法王)이라 시호했다. 이때가 경신년(600년), 왕이 보위에 오른 지 겨우 여덟 달만이니 공교롭게도 백제에서는 3년을 내리 국상을 치른 셈이었다.

백제와 고구려의 관등과 직급

1. 백제의 16관등과 관직

가. 16관등

1. 좌평(佐平 : 처음에는 5인을, 뒤에는 6인을 두었음)

   내신좌평(內臣佐平) : 선납사, 왕명 출납 및 왕 보필 업무.

   내법좌평(內法佐平) : 예의(예절과 의례)에 관한 사무.

   내두좌평(內頭佐平) : 창고와 재정의 사무.

   위사좌평(衛士佐平) : 숙위병사에 관한 사무.

   조정좌평(朝廷佐平) : 형옥(형벌)에 관한 사무.

   병관좌평(兵官佐平) : 군사 및 내외 병마에 관한 사무.

2. 달솔(達率 : 30인)

3. 은솔(恩率 : 이하는 정해진 인원이 없음)

4. 덕솔(德率)

5. 한솔(扞率)

6. 내솔(奈率)

7. 장덕(將德)

8. 시덕(施德)

9. 고덕(固德)

10. 계덕(季德)

11. 대덕(對德)

12. 문독(文督)

13. 무독(武督)

14. 좌군(佐軍)

15. 진무(振武)

16. 극우(克虞)

나. 내외관의 부서

성왕 때 수도를 사비(泗沘:부여)로 옮긴 뒤 새로 마련한 기관이다.

1. 내관(內官) : 중앙의 업무를 맡아보는 기관.

전내부(前內部), 곡부(穀部), 육부(肉部), 내경부(內倞部), 외경부(外倞部), 마부(馬部), 도부(刀部), 공덕부(功德部), 약부(藥部), 목부(木部), 법부(法部), 후궁부(後宮部)

2. 외관(外官) : 궁실에서 필요한 물품을 조달하는 기관.

사군부(司軍部), 사도부(司徒部), 사공부(司空部), 사구부(司寇部), 점구부(點口部), 주부(綢部), 일관부(日官部), 도시부(都市部), 객부(客部), 외사부(外舍部)

• 백제의 모든 관직은 원칙적으로 3년 임기제였다. 그 밖에 갈문왕, 검교, 상서, 좌복사, 상주국, 지원봉성사, 홍문감경, 태자시서학사, 원봉

성대조, 기설랑, 서서랑, 공자묘당, 대사, 녹사, 참군, 우위장군, 공덕사, 절도사, 안무제군사, 주도령, 좌, 승, 상사인, 하사인, 중사성, 남변제일 등의 관함이 있었으나 설관의 시말과 고하를 알 수 없다.

다. 수도의 행정체제

수도 안에는 다섯 개의 방(方)이 있고 각각 5부(五部 : 上部, 下部, 前部, 後部, 中部)로 구성되어 있었으며, 부에는 다시 5항(五巷)이 있어 백성들이 살았다. 방에는 방진이 1인씩 있었는데 달솔로써 방진을 삼고, 방좌가 이를 도왔다. 방의 산하에는 10군(十郡)이 있고, 군에는 장수 3인이 있었는데, 덕솔로써 이를 삼았다. 장수 1인이 거느리는 군사는 대략 7백 명에서 1천1백 명 정도이다.

2. 고구려의 관등과 관직

가. 12관등설과 14관등설

고구려의 관등은 삼국지 《위지동이전(魏志東夷傳)》(10관등), 《양서(梁書)》(10관등), 《주서(周書)》(13관등), 《남사(南史)》(9관등), 《북사(北史)》(12관등), 《수서(隋書)》(12관등), 《구당서(舊唐書)》(12관등), 《신당서(新唐書)》(12관등), 《통전(通典)》(14관등), 《삼국사기(三國史記)》(14관등)에 나타난 것처럼 숫자와 명칭이 일정하지 않다. 그리고 이에 관한 연구 결과도 학자마다 다르므로 소설에서는 임의로 12관등설을 따랐다.

12관등설	14관등설
1. 태대형, 막리지, 대대로	1. 막리지, 대대로
2. 대형(大兄 : 5부 욕살)	2. 태대형(太大兄)
3. 소형(小兄)	3. 울절(鬱折)
4. 대로(對盧)	4. 태대사자(太大使者)
5. 의후사(意侯奢)	5. 조의두대형(皁衣頭大兄)
6. 오졸(烏拙)	6. 대사자(大使者)
7. 태대사자(太大使者)	7. 대형(大兄)
8. 대사자(大使者)	8. 발위사자(拔位使者 : 수위사 자라고도 함)
9. 소사자(小使者)	9. 상위사자(上位使者)
10. 욕사(褥奢)	10. 소사자(小使者)
11. 예속(隸屬)	11. 소형(小兄)
12. 선인(仙人)	12. 제형(諸兄)
	13. 선인(仙人)
	14. 자위(自位)

＊대막리지는 연개소문이 처음 만든 것으로, 이는 신라의 김유신을 높여 태대각간으로 삼은 것과 같다.

나. 그 밖의 관직

나라의 사신이나 빈객의 접대를 맡은 고추대가가 있었고 중외대부, 내평, 외평, 좌보, 우보, 주부, 대주부, 국상, 구사자, 중리소형, 중리대형 등이 있었으니 이들은 모두 중신들이다. 또한 중국의 사서에는 상가(相加), 패자(沛者), 우태(優台), 사자(使者), 조의(皁衣) 등이 나오기도 하나 그 고하는 알 수가 없다.

또한 지방 관직으로 5부(五部)의 욕살(褥薩:부족장)이 있었다. 중앙 관직 대형의 벼슬에 해당하는 욕살은 대인이라 부르기도 했고, 그 직위는 대대로 세습되었으며, 영내의 권한은 왕권에 버금갈 정도로 막강하였다. 5부의 이름은 계루부, 연나부, 절나부, 관나부, 순나부였으나 그 위치에 따라 동부, 서부, 남부, 북부, 중부로 칭하기도 했다. 고구려에는 나라의 인재를 양성하는 태학(太學)이 있었고, 태학에서 학생들을 가르치는 사람을 박사(博士)라 불렀으며, 신라의 화랑도와 비슷한 일종의 무사집단(武士集團)으로 마을의 경당을 중심으로 한 조의선인(皁衣仙人)이 있었는데, 이들은 주로 검은 옷을 입었기 때문에 흑의선인(黑衣仙人)이라 불리기도 했다.

백제와 십제

동부여 사람 고주몽(高朱蒙:동명성왕)은 예씨(禮氏) 여자와 혼인하여 유리(琉璃)라는 아들을 낳았는데, 그의 나이 스물둘에 처자를 두고 동부여를 탈출하여 졸본부여의 비류국(沸流國)으로 와서 고구려를 세웠다. 그는 그곳에서 비류국 왕자였던 우태의 미망인 소서노(召西奴)를 왕비로 맞아 온조를 낳았다. 그런데 이때 이미 스물아홉 살이던 젊은 과부 소서노는 먼젓번 남편 우태와의 사이에 구이(仇台)라는 아들을 두고 있었으니, 이 사람이 곧 지명을 따서 그 이름을 부르게 되는 훗날의 비류이다.

이후 유리에게 왕위를 물려준 고주몽의 처사에 배신감을 느낀 소서노는 두 아들과 추종하는 세력을 이끌고 남하하여 옛날 대방 땅(帶方故地:중국 남만주 요하 서쪽의 금주)에 나라를 세웠다가 다시 바다를 건너 한반도 서쪽으로 들어온다. 그런데 비류를 중심으로 한 졸본부여(卒本夫餘) 세력들은 해항(海航)에 능숙한 자들로 바다를 끼고 있는 미추홀(彌鄒忽:아산 지역)에 도읍을 정하자고 주장한 반면 온조를 따르던 동부여의 이민 세력들은 직산 위례성(慰禮城:오리골)이 수도로 적합하다고 주장한다. 결국 비류와 온조, 두 이부 형제는 이견을 좁히지 못하고 비류는 미추홀에, 온조는 위례성에 각기 무리를 나누어 살았는데, 비류의 나라를 백제, 온조의 나라를 십제(十濟)라고 불렀다. 백제란 백가(百家)가 바다를 건너왔다는 백가제해(百家濟海)의 뜻이요, 비류측에 비해 상대적으로 세력이 약했던 온조는 스스로를 낮추어 국호를 십제로 정했다. 마한을 병탄한 비류는 수도를 마한의 도읍이었던 웅진으로 옮기고 곰나루성을 축조하여 왕업을 튼튼히 하는 한편, 자신이 다스리는 땅의 곳곳에 담로를 설치하고 왕실의 자제와 종친을 담로왕으로 삼아 파견하니 백제 특유의 담로제가 이로써 시작되었다.

백제의 담로는 비단 한반도 내에만 국한되지 아니하고 황해를 건너 전날 자신들이 10여 년간 머물렀던 남만주 금주 지역의 대방고토와 남해의 탐라, 임나(부산 지역), 더 나아가 서기 100년경에는 왜의 규슈 지방까지 진출하여 야마토 담로국을 설치하고 숭신(崇神)으로 하여금 담로왕을 삼았는데, 중국의 담로국을 요서백제(遼西百濟) 혹은 외백제(外百濟), 왜에 설치한 담로국을 왜백제(倭百濟)라고 부른다. 눈부신 항해술을 바탕으로 바다를 제압한 해상강국 백제는 아시아 대륙 전역에 걸쳐 무려 스물두 개에 달하는 담로국을 지닌 거대한 나라로 성장하였다.

이후 곰나루 웅진으로 도읍을 옮긴 백제와 역시 한산(漢山:경기도 광주)으로 천도한 십제는 비류와 온조의 사후에도 나란히 지경을 접한 채 형제의 나라로 4백 년 가까운 세월을 보낸다. 백제로서는 십제를 여러 담로국 가운데 하나쯤으로 여겼고, 십제 또한 백제를 형님의 나라로 섬겨 뜻을 거스르는 일이 없었다. 다만 백제는 비류의 후손들이 왕위를 세습하였고, 십제는 온조의 후손들인 부여씨(扶餘氏)가 대대로 왕위를 이어왔는데, 나라 밖에서는 두 왕실 모두를 한 나라로 보아 백제라는 하나의 국호로 통칭하였던 것이다.

그러나 백제와 십제 간에 이같이 오랜 세력의 균형은 391년에 고구려 광개토대왕 담덕(談德)의 등장으로 깨어진다. 고구려왕 담덕은 왕위에 오르자마자 곧바로 군사를 일으켜 십제와 백제를 침략한다. 지리상 고구려에 대한 방비는 북쪽에 있던 십제의 몫이었다.

이때 십제의 왕은 근구수대왕(近仇首大王)의 중자이자 침류왕(枕流王)의 아우인 진사(辰斯)였는데, 그는 담덕왕이 용병에 능하다는 말을 듣고 응수조차 하지 않은 채 사냥터로 몸을 숨겼다. 이 바람에 관미성(關彌城 : 백제의 북침 거점)을 비롯한 북방의 18개 성이 일시에 함락되고 말았다.

소식을 접한 웅진의 백제왕 응신(應神)은 격노했다. 곧 백제 장군들을 거느리고 십제 왕실을 찾아간 응신왕은 진사왕이 몸을 피한 행궁으로 백제 장군 기각숙미(紀角宿彌)를 보내 진사왕을 죽이고 침류왕의 태자 아신(阿莘)을 새 왕으로 세운 뒤 군령을 정비하여 잃어버린 성곽들을 되찾고자 애썼다. 그러나 백제의 응신왕(應神王)은 지략이 뛰어난 용병과 전술의 귀재 담덕왕의 적수가 아니었다. 향후 5년에 걸친 크고 작은 전투에서 번번이 패한 응신왕은 396년 9월, 고구려군이 수륙 양동 작전으로 백제의 수도 웅진을 공격해 들어오자 하는 수 없이 후일을 기약하며 도망하게 되었다. 이때 응신왕이 향한 곳은 백제의 숱한 담로국 가운데 하나였던 왜국(倭國) 규슈의 대별국(大別國)이었다.

왕성이 함락되고 대왕이 해상으로 탈출했다는 소문이 전해지자 백제의 각 성을 지키던 성주들은 자연히 전의를 상실하였다. 서둘러 지키던 성을 버리고 배에 올라 대왕의 일행에 합류하니 왜국으로 향하는 선단이 바다를 뒤덮을 정도였다.

한편 십제의 왕인 아신도 당초에는 고구려군에게 대항을 시도했으나 곧 이를 포기했다. 그가 남녀 포로 1천 명과 세포 1천 필을 바치며 항복하고 영원히 종이 될 것을 맹세하자 담덕왕은 십제의 신속(臣屬)을 허락하고 아신왕의 아우 십신을 인질로 삼아 귀환했다. 담덕에게 백제와 십제는 사뭇 격이 다른 존재였다. 왜냐하면 백제는 우태의 아들인 비류가 세운 나라요, 십제는 주몽의 아들 온조의 나라이므로, 역시 주몽의 후손인 담덕이 아신에 대해 혈육의 정을 느낀 것은 인지상정이었다. 고구려군이 십제의 항복은 순순히 받아들이고, 백제의 잔병들은 끝까지 추적해 토벌한 까닭이 여기에 있었다.

왜로 피신한 응신왕은 담로국의 제후들을 모두 불러모았다. 그러자 이미 규슈로 진출해 있던 고구려인, 백제인, 임나인, 신라인 등이 응신왕을 찾아와 조공했다. 응신왕은 이들을 이끌고 니나와 지역으로 이동하여 397년 정월, 새로운 나라를 세우니 이곳이 바로 백제의 잔국(殘國)인 '나라백제'다.

응신왕은 왜를 평정하여 수중에 넣은 후로 계속해서 사신을 보내 십제왕실과 교통하며 언제고 웅진으로 돌아가 무너진 백제 왕실로 복귀할 기회만을 엿보았다. 그는 404년 드디어 나라백제의 전 해군력을 결집하여 담덕왕이 머물던 남만주의 요하로 향한다. 그러나 고구려군은 요동의 비사성 부근에 연선(連船)으로 대기하고 있다가 갑자기 반격을 시도해 오랜 항해에 지친 백제군을 거의 섬멸하고 말았다.

또다시 담덕왕에게 패한 응신왕은 나라백제에 머물며 그때까지 왜(倭)라고 불리던 지명을 큰왜(大和 : 다이와)로 바꾸고 왕을 부르는 호칭 또한 천황으로 고쳐 망명의 한을 달랬다.

407년, 응신왕은 담덕왕을 상대로 마지막 결전을 준비했다. 나라백제에서 수군을 모으고 십제와 요서백제에서 날쌘 보기병 3만 명을 지원받아 요동 반도에 상륙, 고구려의 황성을 기습하려 했는데, 이번에도 고구려 군사 5만 명이 마치 기다리기라도 한 듯이 황성 주변에 대기하고 있다가 즉각 반격을 시도하므로 어이없이 패하고 만다. 도망가는 백제군을 추격한 담덕왕은 사구성을 비롯한 5개 요서백제의 성을 탈취하여 고구려의 영토로 만들고 군사 1만여 명을 참살하니 이로써 백제는 발해만의 비사성 하나만을 남기고 요동 반도 모두를 잃게 되었다.

이때의 패전으로 응신왕은 담덕왕이 있는 한 본국으로 귀환하지 못할 것을 깨닫고 그대로 왜에 눌러앉으니 한반도에 살던 백제 구토의 유민 가운데는 자신들의 임금을 찾아 배를 타고 왜로 건너가는 사람이 많았다.

이후 백제의 영토는 십제왕이 맡아 다스렸으며, 십제와 왜국의 나라 백제는 수시로 사신과 문물을 교환하며 서로 긴밀한 관계를 유지하였다. 또한 중국에 확보하고 있던 외백제의 땅도 십제 왕실이 고스란히 승계하여 자신들의 성씨인 부여씨로 담로왕의 세력을 교체하게 되었다.

신라 제26대 임금 진평왕(眞平王)

22년(600) 고승 원광이 조빙사 내마 제문과 대사 횡천을 따라 수나라에서 돌아왔다.

24년(602) 8월에 백제가 군사를 일으켜 아막성(阿莫城)에 쳐들어오므로 왕은 장병들을 보내 크게 파했으나 귀산(貴山)과 추항 등이 전사했다.

25년(603) 8월에 고구려가 군사를 일으켜 북한산성으로 쳐들어왔다. 왕은 친히 군사 1만 명을 거느리고 나가서 이를 막았다.

30년(608) 왕은 고구려가 번번이 강토를 침범하는 것을 근심하여 수나라에 군사를 청하고 고구려를 정벌코자 하여 원광에게 걸사표를 지어 보내도록 명했다. 원광은 "자기가 살려고 남을 멸망시키는 것은 사문의 할 행실이 아닙니다. 그러나 빈도가 대왕의 땅에 살고 대왕의 수초를 먹으면서 어찌 감히 명령을 좇지 않겠습니까?" 하고 곧 걸사표를 지어 바쳤다. 2월에 고구려가 북변으로 침입해 백성 8천 명을 사로잡아갔다. 4월에 고구려 군사가 우명산성을 쳐 빼앗았다.

33년(611) 왕은 수나라에 사신을 파견해 걸사표를 바치니 수양제는 이를 허락했다. 10월에 백제가 군사를 일으켜 가잠성을 공격하고 100일 동안이나 포위했지만 현령 찬덕이 이를 굳게 지켰다. 그러나 힘이 다하여 전사하고 성이 함락되었다. (《삼국사기》권4, 〈신라본기〉 제4)

백제 제25대 임금 성왕(聖王)

왕의 휘는 명농으로 무령대왕의 장자이다. 그는 지혜와 식견이 영특하고 사리를 잘 결단했는데 무령왕이 돌아가시자 뒤를 이어 즉위하니(523년) 백성들이 성왕이라 칭했다.

3년(525) 2월에 왕은 신라와 수교했다.

16년(538) 봄에 서울을 사비로 옮기고 국호를 남부여라고 했다.

31년(553) 7월에 신라가 군사를 일으켜 동북변을 빼앗고 신주를 설치했다. 10월에 왕녀를 신라 진흥왕에게 시집보냈다.

32년(554) 7월에 왕은 신라를 습격하고자 친히 보병과 기병 50명을 거느리고 밤에 구천에 이르렀으나 신라가 복병을 내어 기습했다. 왕이 해를 입고 돌아가셨다. 시호를 성(聖)이라 하였다. (《삼국사기》권26, 〈백제본기〉 제4)

백제 제26대 임금 위덕왕(威德王)

8년(561) 7월에 왕은 군사를 내어 신라의 변경을 침공했으나 패하여 1천여 명의 사상자가 생겼다.

24년(577) 10월에 군사를 일으켜 신라 서쪽의 주와 군을 침공했는데 신라 장수 이찬 세종이 군사를 거느리고 역격하므로 패하여 돌아왔다.

11월에 사신을 후주 우문주에게 보내 조공했다.

28년(581) 왕은 사신을 수나라에 파견해 조공하니 수고조는 왕을 상
개부의동삼사대방군공에 책봉했다.

29년(582) 정월에 사신을 수나라에 파견해 조공했다.

31년(584) 11월에 사신을 진나라로 파견해 조공했다.

33년(586) 사신을 진나라로 파견해 조공했다.

36년(589) 수나라가 진나라를 평정했는데 수나라 전선 한 척이 탐라
국(제주)에 표류했다가 돌아가게 되었다. 왕은 그 배가 국경을 통과할 때
물자를 보내 심히 후대하고 아울러 사자를 파견해 진나라 평정을 치하
했다. 수고조는 이를 아름다운 일이라고 여겨 조서를 보냈는데 길이 멀
고 험하니 해마다 조공을 들이지 않아도 된다고 말했다.

45년(598) 9월에 왕은 장사 왕변나를 수나라에 보내 조공했다. 또 수
나라에서 요동 정벌을 꾀한다는 말을 듣고 글을 올려 향도(길잡이)를 자
청하니 수문제는 조서로써 말하기를 "지난해에는 고구려가 신하의 예를
다하지 않아 토벌하려 했지만 고구려 군신이 두려워하여 사죄하므로 이
를 용서하기로 했습니다" 하고 우리 사신을 후하게 대접해 돌려보냈다.
고구려에서는 이 사실을 알고 번번이 군사를 내어 국경을 침략했다. 12
월에 왕이 돌아가시므로 군신이 의논하여 시호를 위덕이라 했다. (《삼국
사기》 권27, 〈백제본기〉 제5)

백제 제27대 임금 혜왕(惠王)

왕의 휘는 계로 명왕의 차자인데 창왕이 돌아가시자 뒤를 이어 즉위
했다.

2년(599) 왕이 돌아가시므로 시호를 혜왕이라 했다. (《삼국사기》 권27, 〈백제본기〉 제5)

백제 제28대 임금 법왕(法王)

왕의 휘는 선(宣:혹은 효순)으로 혜왕의 장자이다.

원년(599) 12월에 왕은 영을 내려 살생을 금하게 하고 민가에서 사냥에 쓰는 매를 놓아주게 했다. 또한 수렵기구 따위도 불태우라고 명령했다.

2년(600) 정월에 왕흥사(王興寺)를 창건하고 속인 30명을 중으로 만들었다. 봄에 큰 한재가 들어 왕은 칠악사에 행차하여 비가 오기를 기도했다. 5월에 왕이 돌아가시니 시호를 법왕이라 했다. (《삼국사기》 권27, 〈백제본기〉 제5)

백제 제29대 임금 무왕(武王)

왕의 휘는 장(璋)으로 법왕의 아들인데, 위풍이 뛰어나고 지기가 호걸다웠다. 법왕이 즉위했다가 이듬해 돌아가시자 뒤를 이어 즉위했다.

3년(602) 8월에 군사를 내어 신라의 아막산성(阿莫山城:혹은 모산성)을 포위하니 신라 진평왕(眞平王)은 정병 수천 명을 내어 항전하므로 아군은 별 소득 없이 돌아왔다. 신라는 소타성, 외석성, 천산성, 옹잠성의 4성을 쌓고 백제를 압박했다. 왕은 노하여 좌평 해수(解讐)로 하여금 보기병 4만을 거느리고 그 4성을 침공하게 하니 신라 장군 건품(乾品)과 무은(武殷)은 많은 군사를 이끌고 나왔다. 해수는 무은의 군대를 천산 서쪽의 큰 못으로 유인해 크게 무찔렀는데, 무은의 아들 귀산(貴山)과

소장 추항이 목숨을 아끼지 않고 싸워 장렬히 전사했다. 그 모습을 지켜본 나머지 신라군이 죽기를 각오하고 분전하므로 아군은 패하고 해수는 겨우 죽음을 면해 단기로 돌아왔다.

8년(607) 3월에 한솔 연문진(燕文進)을 수나라로 파견해 조공했다. 또 좌평 왕효린(王孝隣)을 수나라에 파견해 조공하고 겸하여 고구려 토벌을 청하니 수양제는 이를 허락하고 고구려 동정을 엿보도록 명령했다. 5월에 고구려가 송산성(松山城)을 침공했으나 굳게 지키자 석두성(石頭城)을 쳐서 남녀 3천 명을 사로잡아 돌아갔다.

9년(608) 3월에 사신을 수나라로 파견해 조공했다. 이때 수나라는 문림랑 배청을 사신으로 왜국에 파견했는데 그는 우리나라 남쪽 길을 거쳐갔다.

12년(611) 2월에 사신을 수나라에 파견했다. 수양제는 장차 고구려를 정벌하려 하므로 왕은 국지모(國知牟)를 보내 군기를 의논하게 하니 수양제는 크게 기뻐 후한 상을 내리고 상서기랑 석률을 파견해 왕과 함께 고구려 정벌을 모의했다. 10월에 신라 가잠성(枷岑城)을 포위하고 성주 찬덕(讚德)을 죽여 성을 함락시켰다. (《삼국사기》 권27, 〈백제본기〉 제5)

고구려 제25대 임금 평원왕(平原王)

왕의 휘는 양성(陽成)이고 양원왕(24대)의 장자인데, 담력이 있고 기사(騎射)를 잘 하였다. 양원왕 13년에 태자가 되었다가 왕이 돌아가시자 뒤이어 즉위했다(559년).

4년(562) 2월에 진문제는 조서를 보내 왕에게 영동장군(寧東將軍)의 벼슬을 주었다.

6년(564) 사신을 북제로 파견해 조공했다.

7년(565) 정월에 왕자 원(元)을 세워 태자로 삼았다. 사신을 북제로 파견해 조공했다.

8년(566) 12월에 사신을 진나라로 파견해 조공했다.

12년(570) 11월에 사신을 진나라로 파견해 조공했다.

13년(571) 2월에 사신을 진나라로 파견해 조공했다.

15년(573) 사신을 북제로 파견해 조공했다.

23년(581) 12월에 사신을 수나라로 파견해 조공하니 수고조는 왕에게 대장군 요동군공(遼東郡公)의 벼슬을 주었다.

24년(582) 정월과 11월에 사신을 수나라로 파견해 조공했다.

25년(583) 정월과 4월과 겨울에 사신을 수나라로 파견해 조공했다.

27년(585) 12월에 사신을 진나라로 파견해 조공했다.

28년(586) 서울을 장안성(평양)으로 옮겼다.

32년(590) 왕은 진나라가 망했다는 말을 듣고 크게 두려워하여 군사를 정비하고 곡물을 저축하며 수나라에 대한 수비책을 강구했다. 수나라 고조는 왕에게 글을 보내 성의를 다하지 않는다고 책망했다. 왕은 글을 받고 두려워하여 곧 글을 써서 사과하려 했으나 목적을 이루지 못했다. 10월에 왕이 돌아가셨다. 시호를 평원왕이라 하였다. (《삼국사기》 권 19, 〈고구려본기〉 제7)

고구려 제26대 임금 영양왕(嬰陽王)

평양왕(平陽王)이라고도 한다. 왕의 휘는 원이고, 평원왕의 장자이다. 왕은 풍채가 뛰어났고 세상을 잘 다스려 백성들을 편안하게 하는 것을 자신의 책무로 여겼다. 그는 평원왕 재위 7년에 태자가 되었다가 선왕이 32년 만에 돌아가자 뒤를 이어 즉위했다. 수문제는 사신을 파견해 왕을 상개부의동삼사로 삼고 요동군공의 벼슬을 이어받게 했다. 아울러 의복 한 벌을 보내주었다.

2년(591) 정월에 왕은 사신을 수나라로 파견해 글을 받들어 사은하며 왕으로 봉해줄 것을 요청했다. 수문제는 이를 허락했다. 3월에 고구려왕 으로 책봉하고 거복을 주었다. 5월에 사신을 파견해 수문제의 은혜에 사 례했다.

3년(592) 정월에 사신을 수나라로 파견해 조공했다.

8년(597) 5월에 사신을 수나라로 파견해 조공했다.

9년(598) 왕은 말갈의 군사 1만여 명을 거느리고 요서(만주)를 침공했 는데 영주총관 위충이 이를 격퇴시켰다. 수문제는 크게 노하여 한왕 양 량과 왕세적을 원수로 삼아 수륙 30만을 거느리고 고구려 정벌을 명령 했다. 6월에 수문제는 조서를 보내 왕의 관작을 빼앗았다. 한왕 양량은 육군을 이끌고 임유관으로 나와 진군하다가 홍수를 만나 군량을 운반하 지 못해 군사들이 굶주리고 역질에 걸렸다. 또한 주라후는 해군을 거느 리고 동래(산동반도 내주)에서 바다를 건너 평양성으로 쳐들어오려 했는 데 도중에 심한 풍랑을 만나 배가 많이 침몰했다. 9월에 군사가 돌아갔 는데 이때 죽은 자가 열 명 가운데 8, 9명이었다. 그런데 왕도 역시 두려 위하여 사신을 파견해 사죄하니 수문제는 군사를 파하고 전과 같이 대 우했다. 한편 백제왕 창(위덕왕)이 사신을 수나라에 파견해 간곡한 말로 고구려 정벌군을 인도하겠다고 청했다. 수문제는 백제로 조서를 보내 고구려가 이미 복죄하여 용서하였으므로 정벌하지 않겠다고 말하고 백 제 사신을 후히 대접해 돌려보냈다. 왕은 이 사실을 알고 백제 변경을 공격했다.

11년(600) 정월에 사신을 수나라로 파견해 조공했다. 왕은 태학박사 이문진(李文眞)에게 분부하여 고사를 간략히 정리하여 《신집(新集)》 5권을 만들었다.

14년(603) 왕은 장군 고승(高勝)을 파견해 신라의 북한산성을 공격했다. 신라왕은 군사를 거느리고 한수를 건너왔고, 성중에서 북을 치고 고함을 지르며 호응했다. 고승은 적군이 많고 아군의 숫자가 적은 것을 두려워하여 그대로 퇴각했다.

18년(607) 수양제는 처음으로 계민(돌궐의 추장)의 장막에 행차하였다. 그는 계민의 장막에서 우연히 만난 고구려 사신에게 임금이 입조할 것을 요구하며 말을 듣지 않으면 침략하겠다고 협박했다. 5월에 왕은 백제의 송산성을 공격했으나 함락시키지 못했다. 대신 백제 석두성을 습격해 남녀 3천 명을 사로잡았다.

19년(608) 2월에 왕은 군사를 일으켜 신라의 북경을 습격하고 남녀 8천 명을 사로잡았다. 4월에는 신라의 우명산성(牛鳴山城)을 함락시켰다.

22년(611) 2월에 수양제는 고구려 정벌의 조서를 내리고 탁군의 임삭궁(臨朔宮)에 이르니 사방의 군사가 모두 탁군으로 모여들었다. (《삼국사기》 권20, 〈고구려본기〉 제8)